Gisela Stelly

Spiel mit mir

Gisela Stelly

Spiel mit mir

Roman

Droemer

Die Folie des Schutzumschlags sowie die Einschweißfolie
sind PE-Folien und biologisch abbaubar.
Dieses Buch wurde auf chlor- und säurefreiem
Papier gedruckt.

Bitte besuchen Sie uns im Internet:
www.droemer.de

Umschlaggestaltung: ZERO Werbeagentur, München
Umschlagabbildung: Masterfile
Satz: Ventura Publisher im Verlag
Druck und Bindung: Ebner & Spiegel, Ulm
Printed in Germany
ISBN 3-426-19665-4

2 4 5 3 1

Spiel mit mir

»Seine wievielte ist sie denn nun eigentlich?«, raunt jemand in ihrer Nähe.
Christina beugt sich vor: »Sie ist Vaters vierte Frau«, gibt sie schnell Auskunft.
Der jüngere Tischherr zur Linken dreht sich zu ihr: »Oh, tatsächlich?«, fragt er überrascht. Er ist der Bruder der Braut.
»Meine Enkelin übertreibt ein bisschen«, beruhigt der ältere Tischherr zur Rechten. »Aber auch nur ein bisschen!«, meint er dann und lacht, und auch Christina beginnt zu lachen.
Einige Gäste in ihrer unmittelbaren Umgebung lassen sich vom Lachen des Großvaters und seiner Enkelin anstecken, und schnell breitet sich Getuschel und heimliche Heiterkeit am unteren Ende der mit viel Silber und Porzellan und üppigen Rosenbouquets geschmückten, großen Hochzeitstafel aus. Der Bräutigam hebt den Kopf und schaut neugierig zu seiner Tochter hinüber. Christina nimmt ihr Glas, trinkt ihm zu und wendet sich dann ihrem noch immer erstaunt, ja verwirrt blickenden

Tischherrn zur Linken zu. Er ist nicht wesentlich älter als sie.

»Auf das Glück Ihrer Schwester!«, sagt sie. »Oder duzen wir uns? Ab heute sind wir ja wohl so etwas wie Verwandtschaft, oder? Also: auf das Glück deiner Schwester! Möge es länger währen als das ihrer Vorgängerinnen!«

Christina lacht wieder und stößt mit der neuen Verwandtschaft an. Auch der Großvater erhebt sein Glas.

»By the way«, sagt er dann und rückt ein wenig näher an seine Enkelin heran: »Was machen denn *deine* Schwestern?«

»Du hast Schwestern?«, fragt der Bruder der Braut verwundert. »Wo sind sie?« Er schaut suchend umher.

»Du wirst sie nirgends entdecken, sie sind nicht eingeladen.«

»Weshalb denn?«

»Weil sie unberechenbar sind. Es könnte zu Zwischenfällen kommen.«

»Zu was für Zwischenfällen?«, will der neue Verwandte, jetzt neugierig, wissen.

»Zu Zwischenfällen ganz besonderer Art«, antwortet der Großvater und beginnt sich laut zu erinnern, wie sich Trixa bei einer früheren Hochzeit seines Sohnes als Geist verkleidete.

»Nein, das war Klara«, verbessert Christina.

»Klara? Wirklich? Nun, du musst es wissen. Auf jeden Fall erschien dem Brautpaar in der Hochzeitsnacht ein Geist, und er verkündete der Braut, ihre Vorgängerin sei keines natürlichen Todes gestorben. Der Geist war niemand anderer als Klara unter einem weißen Laken!« Der Großvater schmunzelt amüsiert.

»Wir waren gerade von Berlin nach Kopenhagen gezogen, und Klara las in der Schule *Hamlet*«, erklärt Christina. »Der Geist von Hamlets Vater, der Hamlet auffordert, den Mord an ihm zu rächen, beschäftigte ihre Phantasie. Mehrfach behauptete sie, der Geist unserer Mutter sei ihr erschienen. Klara ist sehr theatralisch. Vater schickte sie nach dem Zwischenfall in der Hochzeitsnacht ins Internat«, erinnert sich Christina. »Eigentlich waren Trixa und Klara die meiste Zeit im Internat, wenn man es genau betrachtet.«

»Und wo sind sie jetzt?«

»In Berlin.«

»Sie sind auch in Berlin?« Der Großvater ist sichtlich erstaunt.

»Trixa hat endlich das Abitur geschafft, und Klara will nicht länger im Internat bleiben, sie hat die Schule abgebrochen. Niemand kann uns daran hindern, zusammen zu sein.«

»Treibt es aber nicht zu bunt in Berlin!«, mahnt der Großvater.

»Ich passe schon auf, keine Angst, die beiden hören doch auf mich«, beruhigt Christina ihn und lächelt verschmitzt.

»Welche Frau deines Vaters ist denn keines natürlichen Todes gestorben?«, fragt der Bruder der Braut zögernd und das Gesicht leicht verziehend.

»Das war doch nur ein Streich von Trixa, nein, von Klara, das darfst du doch nicht ernst nehmen!«, antwortet der Großvater ungeduldig und reicht einem der Kellner, die die Tafel abräumen, um sie für das Dessert vorzubereiten, seinen benutzten Teller mit dem exakt zusammengelegten Besteck. Dann sind die Dessertschalen verteilt, und Christina faltet ihre Serviette, steckt sie unter den Tellerrand, steht auf und schlägt mehrmals mit dem kleinen Löffel gegen ihr Glas.

Langsam verstummen die Gespräche, und alle Augenpaare richten sich auf sie, auch das der Braut. Nur der Bräutigam schaut vor sich hin. Christina liebt diesen Moment, wenn der Vater ihr seinen Blick noch nicht schenkt. Aber mit ihren ersten Worten wird er den Kopf heben, und sie wird seinem freundlichen, offenen, klugen, erwartungsvollen Blick begegnen: und ihr Herz wird einen Sprung machen und losrasen, und die Gedanken werden ihr nur so zufliegen. Sie wird kaum Zeit haben, sie in richtige Sätze zu verwandeln. Während sie spricht, wird sie sich selber wundern, wie sich dann doch die Worte aneinander reihen und zum Schluss so etwas wie eine kleine Rede entstanden sein wird, bunt und schillernd und manchmal sogar glänzend.

Immer umkreist sie in ihren kurzen Ansprachen, zu denen sie schon früh ermuntert wurde, den geliebten, bewunderten Vater. Und selbst wenn sie in späteren Jahren hin und wieder seinen Hang zu wechselnden Ehefrauen und unsteten Liebschaften streifte, blieben ihre Wortspiele stets schelmisch und entzückten und vergnügten nicht nur die Anwesenden, sondern auch oder vielleicht sogar vor allem den, für den sie sie erfand: den Vater.

Dieses Mal passiert es zum ersten Mal, dass sich keine Gedanken formen, keine Worte sich spielend aneinander reihen wollen, und als der Vater sie schließlich fragend ansieht, senkt Christina verwirrt ihren Blick, mit unsicherer Stimme bittet sie die Gäste, mit ihr auf das Hochzeitspaar anzustoßen. Als sie jedoch nach ihrem Glas greifen will, erinnert sie sich wieder an die Hamlet-Darstellung von Klara. Und als ob der Geist von Klara plötzlich in sie gefahren ist, ruft sie, noch bevor die Gläser der Gäste aneinander klirren können, der Braut zu, sich keineswegs durch die Zahl von Vorgängerinnen, geheiratet oder nicht geheiratet, entmutigen zu lassen. »Mag es auch den Anschein haben«, sagt sie und hebt ihr Glas, »glaub mir, mein Vater ist kein Graf Blaubart! Solltest du jedoch einmal zweifeln, so beobachte heimlich seinen Bartwuchs, und du wirst sehen, er ist nicht blau, er ist eher schon ein wenig grau. Auf euer Glück!« Christina leert ihr Glas in einem Zug, schaut den Vater nicht an. Sie hört die Gläser klirren, sieht, wie die Gäste einander etwas verlegen zulächeln oder ein bisschen hämisch oder auch sichtlich amüsiert. Dann werden die großen Flügeltüren geöffnet, und zwei Kellner rollen vorsichtig die mehrstöckige, mit brennenden Kerzen geschmückte Hochzeitstorte herein. Ein Violinvirtuose begleitet sie, tänzelt dem Werk des Zuckerbäckers voran und spielt, zupft und klopft auf seinem Instrument einen wilden, feurigen Tanz. Als die kleine Truppe auf halbem Wege zur Tafel verharrt, verlassen der Bräutigam und die Braut ihre Plätze und gehen der Hochzeitstorte und ihren Begleitern entgegen, aber da stolpert der Bräu-

tigam erst über einen Stuhl, dann über den Teppich und fast noch über seine Braut. Die Gäste springen auf, bilden einen Kreis um das Paar, lächeln ein bisschen verlegen oder hämisch oder auch amüsiert.
Christina steht abseits und beobachtet den vergeblichen Versuch des Brautpaars, gemeinsam die brennenden Kerzen auf einen Streich auszublasen. Ein Kellner tritt auf sie zu.
»Das Taxi wartet auf Sie«, sagt er. Die Straßenverhältnisse hätten sich mit dem heftigen Schneefall verschlechtert und sie müsse früher als geplant zum Bahnhof in die Kopenhagener Innenstadt aufbrechen.
Ohne sich von irgendjemandem zu verabschieden, sie hasst Abschiede, verlässt Christina durch eine Tapetentür unauffällig den Raum. Über die Seitentreppe gelangt sie in ihr Zimmer im ersten Stock. Sie klappt nur ihr Notebook zusammen und verstaut es in die bereits gepackte Reisetasche, dann verlässt sie das Zimmer gleich wieder. Unten in der Garderobe zieht sie eilig ihren wattierten gesteppten weißen Mantel über das einfache dunkelblaue Kleid aus einem fließenden Material, wechselt noch die Schuhe gegen warme Stiefel und will schnell durch die Tür ins Freie schlüpfen, als sie die Schritte ihres Vaters hört.
»Musst du denn wirklich jetzt schon aufbrechen?«, ruft er hinter ihr.
Sie hält mit einem Seufzer inne und dreht sich zu ihm um. Er lächelt, aber Christina spürt seine Gereiztheit.
»War keine besonders gute Rede heute, tut mir Leid«, sagt sie.

»Sie war miserabel. Enttäuschend. Außerdem hast du mich beleidigt. Aber ich verzeihe dir. Ist irgendetwas nicht in Ordnung?«
»Nicht dass ich wüsste.«
»Du könntest wenigstens bis morgen bleiben.«
»Könnte ich, wenn ich könnte.«
»Und was hindert dich? Eins von diesen albernen Tierexperimenten?«
»Wir machen keine Tierexperimente.«
»Experimentiert man heute gleich mit Menschen?«
»Man macht keine Experimente mit Menschen, man erforscht ihr Verhalten. Man nennt das Verhaltensforschung, Papa, und ich stecke gerade mitten in einem sehr interessanten Forschungsprogramm, einem Feldversuch, den ich eigentlich nicht unterbrechen darf. Zwei Tage waren das Maximum.«
»Was ist denn nun eigentlich, wenn ich das endlich einmal wissen dürfte, ein Feldversuch? Oh, ich sehe, meine Tochter verdreht schon wieder die Augen. Ich verstehe. Also gut, erkläre es mir das nächste Mal.«
»An Ostern?«
»Wieso an Ostern?«
»Du wolltest an Ostern nach Berlin kommen.«
Der Blick des Vaters wird plötzlich unruhig, er schaut an sich hinunter und beginnt ein wenig auf den Zehenspitzen auf und ab zu wippen, dann runzelt er die Stirn, als müsse er sehr angestrengt nachdenken.
»Ostern wollte ich eigentlich nach Berlin kommen, stimmt«, sagt er schließlich. »Aber weißt du, Brita wünscht sich zu Ostern Rom und Mittelmeer. Als

Hochzeitsreise sozusagen. Was soll ich machen?« Er zuckt mit den Schultern.
»Ja, was sollst du da machen? Da kann man eben nichts machen.«
»Das verstehst du?«
»Klar.«
»Ist auch wirklich alles in Ordnung bei dir?«
»Was sollte denn nicht in Ordnung sein?«
»Du hast immer noch die Putzfrau abbestellt.«
»Was ist denn daran so schlimm? Kannst du denn nicht verstehen, dass ich endlich selber für mich sorgen will? Ich bin doch inzwischen wirklich alt genug.«
»Das stimmt, du bist jetzt eigentlich wirklich alt genug. Aber was ist mit deiner Frisur? Willst du sie nicht doch einmal ändern? Jetzt, wo du alt genug bist?«
»Was mit meiner Frisur ist?«, wiederholt Christina und schüttelt leicht den Kopf, als wolle sie ihr Haar ordnen, streicht es mit der Hand glatt.
»Ich werde darüber nachdenken«, sagt sie, »jetzt muss ich mich beeilen, sonst verpasse ich den Zug. Es schneit noch immer. War wirklich wieder eine hübsche Hochzeit. Grüße an die Frau Gemahlin.«
»Gibst du mir keinen Abschiedskuss?«
»Bin ich nicht schon ein bisschen zu alt dafür?«, sperrt sich Christina, doch dann umarmt und küsst sie ihren Vater schnell, aber heftig, schultert eilig ihre Reisetasche und öffnet die Haustür. Ein Stoß Schneeflocken weht ihr ins Gesicht, und sie muss blinzeln. Der Taxifahrer, der neben dem Eingang wartet, nimmt ihr die Tasche ab und trägt sie zum Wagen in der Einfahrt. Christina folgt

ihm, dreht sich auf halbem Wege noch einmal um und kann den Vater, der vor der Tür unter dem Portal steht, kaum noch erkennen, so dicht fallen die Flocken.
Der Schneefall begleitet sie auf der gesamten Rückreise, erst noch bei Tageslicht bis zur Fähre, dann in der Dämmerung beim Übersetzen über den Fehmarn-Belt und schließlich auf der Fahrt von Puttgarden nach Berlin. Jetzt ist es stockfinster hinter dem Zugfenster, und die großen weißen Flocken, durch die sie wie durch einen Sturm rasen, reflektieren das Licht, das aus dem Abteil in die Dunkelheit fällt. Christina ist allein, ihre beiden Mitfahrer sind beim letzten Halt ausgestiegen. Sie hat Bücher um sich ausgebreitet, schlägt mal im einen, mal im anderen etwas nach und notiert es im Notebook. Wenn sie zwischendurch aufschaut, sieht sie eine Weile dem Tanz der Schneeflockenscharen zu, und wie sie gegen die Scheibe drängen, bis sich ihr Blick in dem unendlich erscheinenden Chaos verliert und sie zurückkehrt zu ihren Notizen. Einmal bemerkt sie ihr Spiegelbild in der Fensterscheibe, und unwillkürlich schüttelt sie kurz und heftig den Kopf, wie sie es immer macht, wenn sie ihre Frisur in Ordnung bringen will. Sie muss sich nur selten das Haar kämmen, sie kann es zurecht schütteln. Es ist glatt und exakt geschnitten, und es fällt sofort in seine Form, denn dieses Haar ist nicht ihr eigenes, sondern das Haar einer geknüpften Perücke. Ihr Vater schenkte sie ihr vor vielen Jahren. Es ist natürlich nicht mehr dieselbe Perücke, die hat sie, während sie wuchs und größer wurde, ein paar Mal gewechselt. Aber es ist dieselbe Frisur. Eine Art Pagenschnitt mit Pony. Er umrahmt

ihr Gesicht und lässt nur ein eher schmales Oval frei. Sie trug diesen Haarschnitt schon als Kind. In der Zeit, als der Unfall passierte. Sie saß hinten im Auto, mit Schmittchen. Es schneite. Wie heute. Dicke, große, weiße Flocken. Die Eltern stritten. Der Vater fuhr zu schnell. Sie fand es lustig, in den Kurven zu rutschen. Dann hörte das Auto nicht mehr auf zu rutschen, und die Mutter schrie. Lange sah sie, ob sie wach war oder schlief, wie sich die schönen blonden Locken der Mutter rot färbten. So rot wie das schöne warme weiche Kleid, das sie trug.

Das Bild verfolgte sie so lange, bis sie sich einmal, als sie es nicht mehr aushielt, eine dicke Wollmütze über den Kopf zog. Da konnte es nicht mehr in ihren Kopf hineinkommen, konnte nicht mehr wie wild geworden in ihm herumtoben und wüten, dass ihr Hören und Sehen verging und sie nur noch apathisch vor sich hin starrte. Sie behielt die dicke Wollmütze auf. Auch wenn sie ins Bett ging und schlief. Im Winter wie im Sommer. Nie wieder würde sie die Mütze absetzen. Irgendwann jedoch ließ sie sich von ihrem Vater überreden, sie gegen eine Perücke zu tauschen. Und tatsächlich, auch sie schützte sie vor den schrecklichen Erinnerungen. Sie hat sie nur, um sie auszutauschen, hin und wieder abgesetzt. Seitdem.

Christina schlägt ihre Bücher zu und klappt das Notebook zusammen, legt alles zurück in die Reisetasche, neben Schmittchen, den mittlerweile bis aufs Unterfell zerschmusten Hasen mit den langen Zottelohren. Seit damals sind sie unzertrennlich. Die erste Zeit war

Schmittchen ihr alleiniger Vertrauter und Gefährte. So lange, bis sie mit Trixa und Klara, ihren Schwestern, spielen konnte.
Einen Augenblick zögert Christina, dann nimmt sie Schmittchen aus der Reisetasche und schaut mit ihm im Arm zum Fenster hinaus und in die wild wirbelnden illuminierten Schneeflocken hinein. In gut zwei Stunden ist sie in Berlin, und bestimmt sind Trixa und Klara zu Hause, bestimmt werden sie alles wissen wollen von der Hochzeit und von der Neuen.

*

Ihr Handy klingelt, und Stella schreckt in ihrem fünfbeinigen außergewöhnlich bequemen Bürostuhl zusammen, springt auf, sucht hektisch die Schreibtischplatte ab, findet das Klingelmonster dann endlich unter einer der vielen Zeitschriften, die rund um ihren Computer verstreut herumliegen.
»Ben! Gerade habe ich an dich gedacht. Vor ein paar Sekunden. Wo bist du? Ja, ich sitze auch noch immer in der Agentur herum. Liebst du mich? Sag mir, wie du mich liebst. Wie würdest du mich jetzt lieben, ja, jetzt, hier in der Agentur, nein, nicht vor allen Leuten, ich bin die Letzte im Büro. Der Empfang ist auch nicht mehr besetzt. Kommst du? Du liebst mich also nicht. Nicht genug. Sonst wärst du schon da. Was ich anhabe? Das rote Kleid. Was sonst. Ich glaube, ich ziehe es nicht mehr aus. Es fühlt sich einfach gut an. Wahrscheinlich macht es einen scharf. Dich? Nein, mich. Und deshalb

ist es besonders gemein von dir, mir erst ein so heißes Kleid zu schenken und dann nicht zu kommen. Was für einen Artikel denn? Über den Uhrenmarkt? Je kostbarer die Zeit, desto teurer die Uhren? Alte Uhren?«

Ben erzählt von seinen Recherchen, und Stella setzt sich wieder vor den Computer. Sie klickt sich weiter durch das Material. Sie verweilt bei einem zweigeschlechtlichen Wesen. Es ist aus Kunststoffharz und wirkt verblüffend lebendig, richtig menschlich. Es hat einen Namen und heißt *Platon*. Es ist eins von den Kunstwerken, die ihr im Internet unter den Stichworten »Human Design/Kunst« angeboten werden.

»Ich? Ich bin mindestens noch eine Stunde mit K für Kunst zum Thema H D für Human Design, sprich Humangenetik, beschäftigt, wenn nicht sogar länger. Thomas konnte der Konkurrenz im letzten Moment einen Auftrag wegschnappen. Jetzt stehen wir hier alle unter einem Superzeitdruck. Und mir fällt nichts ein. Die absolute Leere im Kopf. Viel Platz für dich. Kannst du nicht doch eben schnell vorbeikommen? Das würde mich bestimmt inspirieren. Spielverderber! Es schneit? Ist mir noch nicht aufgefallen. Bis später.«

Einen Augenblick beobachtet Stella überrascht den dichten Schneefall vor dem Panoramafenster ihres Büros. Normalerweise hat sie einen direkten Blick auf die sonst im Minutentakt, um diese Zeit im Dreiminutentakt befahrene S-Bahn-Trasse. Heute ist er verschleiert. Sie kann sich nicht erinnern, in den vergangenen zwei Jahren, seitdem sie in der Agentur arbeitet, jemals S-Bahnzüge fast lautlos durch Schnee vorbeigleiten ge-

sehen zu haben, wie jetzt die beiden Züge aus entgegengesetzten Richtungen. Sie leuchten in der Dunkelheit seltsam irisierend durch das Schneegestöber. Stella beobachtet, wie sie aufeinander zufahren und wie sie Waggon für Waggon zu einem Doppelzug verschmelzen, um sich dann aus der Verschmelzung wieder zu vereinzeln und auf der elegant geschwungenen Trasse in entgegengesetzter Richtung davon zu gleiten.
Sie spürt einen leichten Schmerz im Nacken und in den Schultern. Sie hebt die Arme über den Kopf und fasst sich an den Händen, reckt sich und streckt sich nach rechts und nach links, entspannt wieder, streicht den weichen, dünnen Wollstoff ihres Kleides glatt und fährt fort, sich durch das Angebot an Kunst zu klicken. In der Hoffnung auf eine Idee für ein Event: Vierzig Human Designer treffen sich zu einem Kongress in Berlin, und die Agentur wird dieses Event gestalten. Thomas erwartet von ihr in den nächsten Tagen, wenn nicht gar schon morgen, einen Vorschlag für die Eröffnungsgala. Aber er erwartet nicht irgendeine Idee von ihr, sondern eine, die Spaß an der Zukunft vermittelt. Da wird sie wahrscheinlich noch lange suchen müssen. Die Kunst zumindest, die sie bisher auf dem Bildschirm zum Thema Human Design gesehen hat, vermittelt diesen Spaß nicht, es sei denn, man hat Spaß an kleinen Monstern und großem Horror.

*

Am Bahnhof Zoo steigt Christina vom Intercity in die S-Bahn um und fährt vier Stationen bis zum Bahnhof Friedrichstraße. Wie in Kopenhagen liegt auch in Berlin Schnee auf den Dächern der Häuser, auf den Gehwegen und Straßen. Und noch immer schneit es, nur fallen die Flocken nicht mehr ganz so dicht. Die weiße Pracht wird gewiss nicht lange liegen bleiben, in Berlin ist es viel wärmer als in Kopenhagen. Auf den Fahrbahnen hat sich der Schnee bereits in graubraunen Matsch verwandelt. Christina stellt den Mantelkragen auf, zieht den Reißverschluss hoch und macht sich auf den kurzen Weg vom S-Bahnhof in die Wohnung in der Albrechtstraße. Nach wenigen vorsichtigen Schritten, es ist nicht gestreut, bemerkt sie Schmittchen unter ihrem Arm. Sie hält ihn noch immer, wie im Zug, fest an sich gedrückt. Und drückt ihn jetzt noch ein bisschen fester an sich.

Als sie in die wie ausgestorben daliegende Albrechtstraße einbiegt, sieht sie durch das wolkige Schneegestöber hindurch eine vermummte Frau auf sich zukommen. Die Frau balanciert vorsichtig auf hochhackigen Schuhen über den Gehweg. Plötzlich gerät sie ins Rutschen, der dünne Schal gleitet vom Kopf, und der Mantel, offenbar nur mit einer Hand zugehalten, die jetzt nach einem festen Halt an der glatten Hauswand sucht, weht auseinander. Christina erstarrt. Sie glaubt, sie im Licht der Straßenbeleuchtung zu erkennen, diese Frau mit den schönen, langen, blonden Locken und dem schönen, warmen, weichen, roten Kleid, die sich durch den lautlos fallenden Schnee auf sie zutastet. Es ist Christina, als würde sie einen Zeitsprung machen, einen Salto

mortale rückwärts. Sie presst sich gegen die Hauswand. Je näher die Frau kommt, umso heftiger.
Als Stella an Christina vorbeigeht, sieht sie unwillkürlich zu ihr hin, obwohl sie eigentlich ihre ganze Aufmerksamkeit braucht, um nicht auszurutschen. Für einen Moment blickt sie in ein angstvolles Kindergesicht, das eigentlich kein Kindergesicht ist, sondern das Gesicht einer jungen Frau, die ein Stofftier an sich drückt. Ihre Augen begegnen sich, und Stella hat das Gefühl, etwas sagen zu müssen, das Mut macht, so groß erscheint ihr die Angst in dem Kindergesicht, das keins ist, aber dann fällt ihr nichts ein, und so lächelt sie nur und sagt: »Typisch April, heute Morgen schien noch die Sonne.«
Mit einem Schlag verschwindet die Angst aus dem Kindergesicht, und es ist sofort das Gesicht einer jungen Frau. »Ach, wirklich?«, sagt diese junge Frau kaum hörbar und geht weiter.
Stella schaut ihr hinterher. Bevor sie von der Albrechtstraße in die Marienstraße einbiegt, dreht sie sich noch einmal nach ihr um und sieht Christina durch die Pforte in den Innenhof der Burg gehen. *Die Burg*, so nennen Ben und sie, wie alle Leute hier in der Nachbarschaft, den verwinkelten altertümelnden Bau aus dem vorletzten Jahrhundert, der mit seinen beiden Seitenflügeln einen mit Bäumen und Sträuchern bepflanzten Innenhof umschließt. Es gibt dort sogar eine künstlich angelegte winzige Grotte. Im Sommer wird wahrscheinlich aus ihr wie aus einem Quell Wasser sprudeln. Anders als im Westen, wo Stella bis vor kurzem wohnte, haben

die Häuser in dieser Gegend in *Mitte* weder Vorgärten noch Innenhöfe. Und auch Bäume säumen nur recht selten den Weg. Beides vermisst sie. Trotzdem würde sie nicht in der Burg wohnen wollen, sie ist ihr unheimlich.

Vorsichtig setzt sie ihren Weg die letzten fünfzig Meter die Marienstraße hinunter fort. In den hochhackigen Schuhen gerät sie immer wieder ins Rutschen. Sie hätte ein Taxi nehmen sollen und nicht nur die Straßenbahn. Sie hat die Schneeverhältnisse in den Nebenstraßen einfach völlig falsch eingeschätzt. Nein, hat sie nicht, sie hat an Schnee und Glätte gar nicht gedacht, sie war viel zu müde. Jetzt ist sie wach. Wahrscheinlich wird sie auch noch eine Weile wach bleiben, und die beunruhigenden, unheimlichen Phantasiewesen aus der Zukunft, durch die sie sich die letzten Stunden hindurchgeklickt hat, werden in ihrem Kopf kreisen und sie erinnern, dass sie ja noch immer auf der Suche nach einer Idee ist, die Spaß an der Zukunft vermitteln soll. Und Ben wird schlafen, und sie wird ihn nicht anrufen können wie bisher immer, um ihm ihre Gedanken auf den Anrufbeantworter zu sprechen, damit sie sie loswird, denn vor gut drei Wochen sind sie zusammengezogen und bewohnen jetzt gemeinsam den fast neuen Dachausbau in der Marienstraße.

Leise öffnet Stella die Wohnungstür. Sie führt direkt in den großen Wohnraum. Bevor Stella den Lichtschalter in der Garderobennische ertastet hat, sie weiß noch immer nicht seinen genauen Platz, greift aus dem Dunkel eine Hand nach ihr. Sie zuckt zurück. Aber der ersten

Hand folgt eine zweite und zieht sie in den Raum. Und Arme legen sich um sie. Doch erst als sie seinen Geruch wahrnimmt, löst sich ihre Erstarrung.
»Wie kannst du mich nur so erschrecken!«
Sie will Ben wegstoßen, aber seine Hände und Arme, sein ganzer Körper halten sie fest.
»Ich habe auf dich gewartet«, flüstert er.
Sie spürt erst seinen Atem, dann fühlt sie seinen Mund an ihrem Ohr. Er flüstert Worte, streichelt sie mit seinem Flüstern, und sie kann sich dem Empfinden, wie die Worte und sein Mund sie berühren, nicht entziehen. Und irgendwo fällt ihr rotes Kleid auf den Boden.

*

Im großen Spiegel über dem Waschtisch betrachtet Trixa das kleine bunte Kunstwerk, das sie sich auf das Jochbein gemalt hat. Sie ist nicht jeden Morgen so zufrieden. Die zweifarbige Spirale in Rot und in Blau sieht einfach cool aus. Sie könnte sie in den nächsten Tagen wiederholen. Mit zwei anderen Farben. Vielleicht mit Grün und Orange oder mit Pink und Lila. Sie liebt es bunt. Jeden Tag malt sie sich etwas Buntes ins Gesicht, mal indisch auf die Stirn und zwischen die Augenbrauen, mal ägyptisch um die Augen oder einfach nur ein Maori-Tattoo auf die Wange, wie die Spirale. Sie will auffallen. Dann schauen mir die Leute nicht so auf die Finger, erklärte sie Christina. Auch ihre Kleidung ist bunt. Heute trägt sie zu einem Ringelpulli eine Karohose.
Trixa sortiert die Stifte und verstaut die Schachtel mit

dem Malzeug im Schrank unter dem Waschtisch. Sorgfältig entfernt sie die Farbspuren, die ihre Arbeit an ihrem Gesicht hinterlassen hat. Christina würde sonst wieder ausflippen. Sie ist, seitdem Klara da ist und sie zu dritt in der Wohnung wohnen, ein Ordnungsfreak geworden. Trixa zupft ihr kurz gelocktes, widerspenstiges schwarzes Haar zurecht, dann verlässt sie das Bad. Im Vorraum stolpert sie fast wieder über Christinas Reisetasche. Sie schiebt sie zur Seite. Normalerweise lassen sie und Klara ihre Sachen im Vorraum liegen, aber nicht Christina. Sie muss gestern Abend ziemlich durcheinander gewesen sein, die Arme. Wahrscheinlich war die Hochzeit doch zu viel für Papas Liebling. Und Schmittchen liegt im Salon auf dem Sofa! Da gehört er doch nun wirklich nicht hin. Trixa setzt ihn an seinen Platz auf der Fensterbank: Schmittchen muss sehen können, was im Hof und auf der Straße passiert ist! Sie schaut mit ihm aus dem Fenster. Es liegt kein Schnee mehr, über Nacht ist er völlig weggeschmolzen.
Sie geht zurück in den Vorraum, nimmt ihre Tarnmusterjacke von der Garderobe, zieht sie über und verlässt die Wohnung. Unten auf der Straße, direkt vor der Burg, steht Bruno. Sie zögert, will umkehren und zurück ins Haus gehen, aber er hat sie schon bemerkt. Schnell geht sie durch die Pforte, grüßt ihn flüchtig und überquert schnell die Fahrbahn. Gegenüber im Bäckerladen drängelt sie sich vor. Die Leute murren und schimpfen, und ein Mann zieht sie am Ärmel.
»Hinten ist der Schwanz!«, bellt er, aber Trixa lässt sich nicht aufhalten und stellt sich einfach neben den, der in

der langen Schlange ganz vorn ist, so, als würde sie zu ihm gehören.
»Kannst du mir zwei Schrippen kaufen?«, fragt sie ihn.
Ben dreht sich zu der Stimme um, sieht das bunte Mädchen neben sich. Er ist überrascht. So plötzlich wie ein Kobold ist es neben ihm aufgetaucht.
»Nur zwei Schrippen, ja?«, wiederholt das Mädchen.
»Kein Problem«, sagt Ben und fügt seiner Auswahl von unterschiedlichen Brötchensorten zwei Schrippen extra hinzu, bezahlt und verlässt mit Trixa den Laden, als würde sie tatsächlich zu ihm gehören. Auf der Straße will er ihr die Tüte mit den beiden Schrippen aushändigen, aber sie hakt sich einfach bei ihm ein.
»Kann ich mitkommen?«, fragt sie und zieht ihn mit sich.
»Wohin?« Ben blickt verwundert auf das bunte Wesen an seiner Seite hinunter. Es ist einen Kopf kleiner als er, und es schmiegt sich an ihn, als wären sie ein Liebespaar. Er kennt dieses Mädchen nicht, er hat es, seitdem er hier wohnt, ein- oder zweimal beim Bäcker getroffen. Vielleicht hat er es etwas länger, etwas genauer betrachtet, vielleicht sogar neugierig gemustert. Wegen der bunten Bemalung. Und der bunten Kleidung.
»Zu dir nach Hause.«
»Zu mir nach Hause?«, wiederholt er überrascht. »Was willst du denn bei mir zu Hause?«
»Brauchst keine Angst zu haben. Ich will nicht deinetwegen mitkommen. Ich will wegen Bruno mitkommen«, sagt Trixa leise. »Bruno ist hinter mir her und jetzt folgt er uns. Dreh dich bloß nicht um. Wenn du dich

umdrehst, dann merkt er, dass ich über ihn rede. Er soll denken, dass wir, dass ich …«

»Was soll er denken?«, fragt Ben, als Trixa zögert.

»Na, dass ich was mit dir habe«, sagt Trixa und fährt schnell fort: »Wenn er denkt, ich habe was mit dir, wird er mich bestimmt in Ruhe lassen. Er reagiert allergisch auf Fassadenärsche.«

»Was sind denn Fassadenärsche?«

Ben ist neugierig geworden und spielt das Spiel mit und legt den Arm um Trixas Schulter, dabei schaut er über die eigene. Tatsächlich scheint ihnen jemand zu folgen. Sie biegen in die Marienstraße ein.

»Ist Bruno der mit den Zickzackstreifen an den Ärmeln?«

»Mann, ich hab doch gesagt, du sollst dich nicht umdrehen!«

»Und was sind Fassadenärsche?«, fragt Ben noch einmal.

»Das sind Leute wie du.«

»Wie ich?«

»Leute, die aus dem Westen nach Mitte gezogen sind. In die Häuser mit den neuen Fassaden. Du bist doch auch einer aus dem Westen, oder?«

»Und Bruno, was ist das für einer?«

»Bruno hängt mit den Brüdern rum. Wenn sie klauen, beklauen sie nur Ausländer. So nennen sie die aus dem Westen.«

»Und du? Woher bist du? Wie heißt du eigentlich?«

»Trixa. Trixa Kleist. Sonst noch Fragen?«

»Tut mir Leid, Fragen ist eine Art Berufskrankheit von mir.«

»Was bist'n von Beruf?«
»Reporter. Wenn du willst, kannst du mit raufkommen«, sagt Ben, sie sind vor dem Haus angekommen.
Trixa nickt, schmiegt sich noch ein bisschen enger an Ben, wirft einen Blick über die Schulter, Bruno ist ihnen tatsächlich gefolgt. Kaum sind sie jedoch von der Straße durch den Torbogen in die Einfahrt getreten, löst sie sich sofort von Ben und geht hinter ihm durch das Treppenhaus in die Wohnung ins Dachgeschoss hinauf.
»Ziemlich leer«, meint sie kurz darauf und sieht sich neugierig in dem großen Wohnraum um. Er ist nur mit einem langen Tisch und mehreren Stühlen möbliert. An den Wänden stapeln sich Bücher, und das Fernsehgerät steht auch auf dem Boden.
»Wir sind erst eingezogen«, erklärt Ben. »Es lohnt sich noch nicht, einzubrechen. Vielleicht in ein paar Monaten.«
Er drückt die Taste des Elektrokochers. Wenn Stella noch zu Hause wäre, hätte er das Mädchen, das sich ziemlich ungeniert in dem großen Zimmer umsieht, wahrscheinlich nicht aufgefordert, mit heraufzukommen.
»Ich mache keine Brüche«, sagt sie, »das ist der Job von den Brüdern.«
»Deine beiden Schrippen«, Ben reicht ihr die Tüte.
»Die kannst du behalten, ich bin nur wegen Bruno in den Bäckerladen gegangen. Nein, auch keinen Kaffee.«
Ben schenkt sich eine Tasse ein und verschlingt ein Brötchen und schaut Trixa zu, wie sie sogar die Tür zum Bad und die ins Schlafzimmer öffnet.

»Weshalb nennst du sie Brüder?«
»*Sie* nennen sich Brüder.«
»Warum?«
»Frag sie doch selber.«
»Woher kennst du sie?«
»Bruno hat mich angesprochen. Er hat mich beobachtet. Er wollte, dass ich bei ihnen mitmache. Aber das Thema von den Brüdern ist nicht mein Thema. Ich bin mit Bruno ’ne Cola trinken gegangen und hab ihm gesagt, dass ich nicht mitmache. Seitdem lauert er mir immer irgendwo auf. Das ist lästig. Einfach nur lästig.« Trixa verzieht den Mund: »Er glaubt, er ist in mich verknallt.«
»Wo lauert er dir auf?«
»Meistens vor der Burg, und dann folgt er mir heimlich, ich merk’s meistens erst später.«
»Wieso vor der Burg?«
»Wir wohnen da. Willst du ’ne Reportage über uns schreiben? Ich habe noch zwei Schwestern.«
»Bruno und die Brüder und die Fassadenärsche, an denen sie sich rächen, das könnte durchaus eine Geschichte sein«, überlegt Ben.
»Das ist doch ein alter Hut«, sagt Trixa und bückt sich und hält das rote Kleid hoch. Es ist ziemlich zerknittert und staubig.
»Gib das her«, sagt Ben, plötzlich verärgert. »Musst du denn hier überall herumschnüffeln?« Er reißt Trixa das rote Knäuel aus der Hand und wirft es über eine Stuhllehne. »Das ist Stellas Kleid.«
Trixa betrachtet es neugierig.
»Stella? Wer ist Stella?«, fragt sie.

»Meine Braut. Ich glaube, es ist besser, du gehst jetzt, ich muss in die Redaktion.«

»Mein Vater hat auch gerade geheiratet«, sagt Trixa, ohne sich zu beeilen. »Christina, die Älteste von uns, war bei der Hochzeit in Kopenhagen. Unser Vater arbeitet in Kopenhagen. Christina ist Papas Liebling. Sie reagiert immer sehr heftig auf Papas Frauen. Sie kann vor Eifersucht Fieber kriegen. Einmal stieg das Quecksilber im Thermometer so hoch, dass der Arzt einen Krankenwagen rief. Aber auch im Krankenhaus blieb das Fieber oben. Christina jammerte immer nur *Papa, Papa*, bis er kam und blieb, und auch nachts bei ihr schlief, erst dann sank das Fieber. Nach dem Aufenthalt im Krankenhaus benahm sich Christina, als sei sie die kleine Frau von Papa, und auch er tat sehr verliebt und vernachlässigte die Neue. Sie verschwand dann auch bald wieder. Darf ich?« Trixa nimmt das rote Kleid, schüttelt den Staub heraus, legt es ordentlich über den Stuhl, geht dann zur Wohnungstür, bleibt davor stehen.

»Klara wollte nicht zur Hochzeit. Ich bin gar nicht erst eingeladen worden. Ich bin das schwarze Schaf, mit mir gab es immer nur Ärger. Mit Christina nie. Sie war ein braves Mädchen. Und immer sehr klug. Sie hatte in allen Schulen beste Zensuren und hat sogar eine Klasse übersprungen. Jetzt studiert sie. Mit einem Stipendium von der Deutschen Studienstiftung. Sie wird bestimmt einmal eine berühmte Wissenschaftlerin. Ich hätte dazu überhaupt keine Lust, ich habe eigentlich zu nichts Lust, außer zum Rumstreifen, aber Christina will, dass ich wenigstens ein paar Stunden am Tag jobbe, und wenn's nur ein Putzjob ist. Braucht ihr nicht jemanden zum Putzen? Das rote Kleid zum Beispiel müsste ausgebürstet und gebügelt, wahrscheinlich sogar, natürlich vorsichtig mit der Hand, gewaschen werden, das könnte ich machen. Oder saugen. Der Staub liegt bei euch ja zentimeterhoch herum. Und den Müll runterbringen, der stapelt sich schon in der Küchenecke ... okay, okay, du musst los, ich gehe.«

Trixa hebt die Hände, und ohne sich weiter von Ben zu verabschieden ist sie aus der Tür. Bevor Ben jedoch auch nur sein Jackett übergezogen hat, klingelt es an der Wohnungstür und Trixa steht davor. Sie hält ihm seine Brieftasche unter die Nase.

»Hab ich ganz vergessen, dir zurückzugeben, Ben Reiser. War nur zur Übung«, sagt sie und kehrt auf dem Absatz um.

Ben pfeift anerkennend durch die Zähne und kontrolliert kurz den Inhalt seiner Börse. Trixa hat sie aus seiner Gesäßtasche entwendet, ohne dass er es bemerkte, obwohl er aufgepasst hat. Es fehlt nichts, und Ben steckt sie ein.

»Arbeitest du mit den Brüdern zusammen?«, ruft er ihr hinterher.

»Ich arbeite nicht. Ich klaue, weil es mir Spaß macht«, ruft Trixa, schon ein Stockwerk tiefer.

Ben schaltet sein Handy ein, klemmt die Tasche mit dem Notebook unter den Arm, zieht vorsichtshalber den Stecker vom Elektrokocher aus der Buchse, solche und ähnliche elektrische Geräte haben in seiner Phantasie die Eigenschaft, sich von allein einzuschalten und einen Brand auszulösen. Schließlich zieht er die Wohnungstür hinter sich zu und will sie abschließen, doch er findet den Schlüssel nicht im Jackett. Er hat ihn wohl auf dem Küchentisch liegen gelassen. Einmal zugezogen ist die Wohnungstür ohne Schlüssel nicht wieder zu öffnen. Er wird Stella später anrufen, er muss sich jetzt beeilen. Er nimmt mehrere Stufen auf einmal die Treppe hinunter.

Wenn er mit der U-Bahn fährt und nicht mit dem Auto, dann wird er noch rechtzeitig zur Konferenz in der Redaktion sein.

Unten auf der Straße schaut er sich hastig nach allen Seiten um. Er sucht den jungen Mann mit den Zickzackstreifen an den Jackenärmeln und quer über der Vorderseite der Jacke. Er könnte nicht sagen, wie er aussieht, ihm sind nur die Zickzackstreifen aufgefallen. Und dass er mittelgroß ist und kräftig wirkt. Und er hat blondes, kurzes Haar. Als er ihn nirgends entdeckt, ist er enttäuscht. Trixa hat ihn neugierig gemacht auf diesen Bruno und seine Brüder. An der Pforte zum Innenhof der Burg nimmt er sich die Zeit und sucht auf der Messingleiste den Namen *Kleist*, findet ihn in der zweiten Spalte ganz unten, dann geht er schnell weiter, ohne zu bemerken, dass Bruno ihm folgt. Er ist ihm schon gefolgt, als Ben aus dem Haus in der Marienstraße gekommen ist. Bruno kann jemandem folgen, ohne dass es auffällt. Es sind meistens Leute aus dem Westen, die es nicht bemerken. Leute aus dem Osten bekommen es schneller mit. Für Bruno sieht Ben genauso aus wie einer aus dem Westen, einer von den Fassadenärschen: auffällig normal. Sie tragen normale Schuhe, oft Lederschuhe. Haben Hosen mit Jacketts an oder Anzüge. Wenn es kalt ist, ziehen sie einen Pullover drunter, und manchmal haben sie Schlipse um. Seltener tragen sie Mäntel, öfter Jacken. Ihr Haar ist immer dem neuesten Fassadenschnitt angepasst, der sich kaum ändert. Ihre Hemden sind ordentlich, und an den Handgelenken tragen sie fette Uhren. Sie tun, als wären sie große Jungs, obwohl sie Anfang/Mitte/Ende dreißig sind, und spielen ununterbrochen mit Handys und anderem elektronischen Spielzeug herum. Sie sind immer in Eile. Wie dieser da vor ihm. Bruno bleibt stehen, er folgt Ben nicht in den U-Bahn-Schacht hinunter. U-Bahn-Schächte können schnell zu einer Falle werden.

*

Auf dem Bahnsteig halten sich nur wenige Leute auf, der Zug ist gerade abgefahren. In vier Minuten kommt der nächste, sagt die automatische Anzeige. Aus den Tunnelröhren weht Ben modriger Metallgeruch entgegen. Er gähnt unwillkürlich, die Tunnelluft versetzt ihn in einen leicht schläfrigen Zustand. Keine schlechte Voraussetzung für die Themenkonferenz. Oft fallen ihm die besten Geschichten ein, wenn er nicht so ganz wach ist. Er hätte Lust, wieder einmal etwas Größeres zu schreiben, eine schöne große Reportage für die Seite 3. Als er anfing, für die Zeitung zu schreiben, ist ihm das öfters gelungen, ja, sein Einstieg in den Journalismus begann mit einer Reportage auf der Seite 3. Da war er noch gar kein Reporter, sondern Jurastudent, und die Reportage war der Anfang einer Reihe von Gerichtsreportagen, die er so lange schrieb, bis er sich entschloss, tatsächlich Reporter zu werden, und nicht Anwalt. Doch damit begann sein Abstieg von der Seite 3 auf einen Platz im Lokalteil. Es war der einzige, den man ihm anbot, ein anderer war nicht frei. Er hat ihn genutzt. Erfolgreich genutzt. *Randerscheinungen* hieß die Spalte, die er über Jahre fast täglich verfasste. Er beschrieb darin Menschen, die am Rand der Gesellschaft leben, oder in Ausnahmesituationen. Oder solche, die Grenzen überschreiten.

Ihnen liegt das Menschliche, und das brauchen wir im Lokalteil, sagte Hentschel, sein Ressortchef, wenn er an seinem mittlerweile unverrückbaren Platz im Lokalteil hin und wieder rüttelte und Ausbrüche ins Feuilleton oder auch mal wieder auf die Seite 3 probierte.

Irgendwann änderten sich die Zeiten, und Hentschel verlangte bei der allgemeinen Tendenz so vieler, an den Rand der Gesellschaft zu geraten, die Einstellung der *Randerscheinungen* und eine Besinnung auf die Mitte. Ben schlug nach einigen Überlegungen vor, die *Randerscheinungen* durch die *Marktbeobachtungen* zu ersetzen. Er überzeugte Hentschel, indem er behauptete, so wie der Krieg der Vater aller Dinge sei, sei der Markt die Mutter aller Ideen. Und für viele, vielleicht sogar für die meisten, ginge es jetzt um die richtige Idee, um irgendwie zu überleben. Seit nunmehr fast zwei Jahren beschreibt er in den fast täglichen Berichten von seinen tatsächlichen oder virtuellen Streifzügen über die Märkte der Stadt (die Bau-, die Heirats-, die Kunst-, die Wochenmärkte) die Vielfalt der Ideen beim Kampf ums Überleben, von den fiesen und gemeinen bis zu den lustigen und einfallsreichen. Heute sind seine Beobachtungen vom Uhrenmarkt im Blatt *(Je kostbarer die Zeit, umso teurer die Uhren)*, morgen werden seine Leser über den Trend der Zeit: *Geiz ist geil* (die Werbung eines Kaufhauses) unterrichtet.

Eigentlich gefällt ihm sein Platz im Lokalteil, wäre da nicht die Seite 3 aus seinen Anfängen, die ihn immer wieder lockt und seinen Ehrgeiz anstachelt. Warum schafft er nicht mehr das, was ihm vor ein paar Jahren so mühelos gelang? Sollte er vielleicht an seine früheren Erfolge aus den Tagen der Gerichtsreportagen anknüpfen und mit Bruno und den Brüdern, den Rächern der Enteigneten, ein Comeback versuchen?

Der einfahrende U-Bahnzug erzeugt Luftwirbel. Als er hält, drängen sich viele Fahrgäste durch die Türen hinaus, bevor sich die Wartenden hineindrängen, einer der letzten ist Ben. Sitzplätze sind nicht mehr frei, also bleibt er stehen und mustert seine Mitfahrer. Wäre er Bruno, würde er unter ihnen *Fassadenärsche* entdecken? Woran erkennt man sie? Fahren Fassadenärsche überhaupt mit der U-Bahn? Wie rächen sich Bruno und die Brüder an ihnen? Wer sind eigentlich Bruno und die Brüder? Je länger Ben sich mit ihnen beschäftigt, umso interessanter findet er sie. Könnte vielleicht eine Story sein.

Etwas später überzeugt Ben Hentschel davon, dass das Thema den Rahmen der *Marktbeobachtungen* sprengen und eins für die Seite 3 sein könnte: der Human-

Design-Markt. Auf dem Weg von der U-Bahn bis in die Redaktion ist ihm Stellas neuer Auftrag in den Sinn gekommen, und er hat die Brüder sofort fallen lassen. Bei Tageslicht, nach Verlassen des U-Bahn-Schachts erschienen sie ihm dann doch wie ein alter Hut aus einem bereits untergehenden Wessi-Ossi-Land oder Ossi-Wessi-Land. Er hat sich für die Zukunft entschieden, die gemeinsame. Ob er die gemeinsame frühere Vergangenheit von Menschenzucht und Rassenwahn anklingen lassen wird, hängt von Hentschels Stimmung ab. Die wiederum wird von der Ökonomie beeinflusst, denn auch das Überleben der Zeitung ist gefährdet, und Anzeigen gefährdende Töne werden zurzeit nicht gefördert.
Ben verlässt die Konferenz in bester Stimmung: vierzig internationale Human Designer in Berlin, in der Stadt, in der vor weit mehr als einem halben Jahrhundert im wahnwitzigen Schöpfungsrausch das Bild von einem neuen, einem vollkommenen Menschen gedacht wurde, das scheint ihm eine echte Herausforderung, und Ben liebt echte Herausforderungen.

*

»Wollen wir einen Kaffee trinken?«, ruft Monika Stella hinterher, die wie abwesend und ohne sie zu sehen auf dem Weg zum Fahrstuhl an ihr vorbeigegangen ist.
»Ich hab dich überhaupt nicht gesehen.« Stella kommt zurück.
»Das habe ich gemerkt, gehen wir ins Café?«

Die Freundinnen begrüßen sich mit einer angedeuteten Umarmung.
»Was machst du bei uns? Hast du einen Auftrag?«
»Stell dir vor, ich bin hier, nur um dich zu treffen! Man sieht sich ja gar nicht mehr, seitdem du verheiratet bist.«
»Ich bin nicht verheiratet.«
»Aber ihr tut so, als wärt ihr verheiratet und permanent im Honeymoon. Gehen wir nun einen Kaffee trinken?«
»Nette Idee«, sagt Stella. »Nur bin ich leider mit Ben verabredet«, fügt sie leicht schuldbewusst hinzu. »Wir wollen ein Sofa kaufen.«
»Ein Sofa, wie spießig.« Monika zieht die Mundwinkel verächtlich nach unten. »Ben kann ein paar Minuten warten«, entscheidet sie dann, begleitet Stella zum Fahrstuhl und drückt die Taste.
»Er hat keinen Schlüssel, und ich möchte ihn nicht vor der Haustür stehen lassen.«
»Solltest du aber ruhig, schließlich hat er seinen Schlüssel vergessen und nicht du, und es kann nicht schaden, wenn du deinen fabelhaften Ben ein bisschen warten lässt. Wie findest du meine neue Hose?«
»Ist mir gleich aufgefallen, woher?«
»Quartier 206, Winterschlussverkauf.«
Sie betreten den Fahrstuhl, und Monika mustert sich kritisch in der Verspiegelung. Sie streicht über die knapp sitzenden, groß geblümten Jeans, fährt sich mit beiden Händen durch ihr kurz geschnittenes, kräftiges Haar und begegnet schließlich ihrem Spiegelbild mit einem unverhohlen selbstverliebten Blick. Sie liebt es, besonders auffällig in sich selbst verliebt zu sein. Stella ist eine

der wenigen, die Monikas offene Selbstverliebtheit nur komisch findet.
Sie durchqueren die Halle des hochmodernen neuen Bürohauses und treten auf die Straße hinaus.
»Was macht Joachim?«, fragt Stella.
»Oh, er liebt mich. Er ist geradezu rasend in mich verliebt. Ich kann mich kaum vor ihm retten, aber man muss ja schließlich auch noch was arbeiten. Was ist, gehen wir nun ins Café? Das wird dich ein bisschen aufpulvern, du siehst blass aus.«
»Ehrlich gesagt, würde ich lieber frische Luft schnappen. Begleite mich doch.«
»Du weißt, ich hasse diese mickrigen, voll gekackten so genannten öffentlichen Grünanlagen. Ist was nicht in Ordnung mit dir?«
»Wieso?«
»Du siehst nicht gerade aus wie jemand, der frisch verheiratet ist, auch wenn er noch nicht verheiratet ist, ich meine, der vor lauter Glück mit seinem Typ ein gemeinsames Leben begonnen hat. Du siehst eher unglücklich aus.«
»Ich bin heute ziemlich müde. Ich könnte auf der Stelle umfallen vor lauter Müdigkeit. Thomas hat einen wirklich großen Auftrag angenommen. Wir sind alle total überfordert. Außerdem habe ich keine Idee. Aber darüber will ich jetzt nicht reden, ich brauche eine Pause.«
»Vielleicht bist du schwanger?«
»Das bin ich auf gar keinen Fall«, wehrt Stella energisch ab, bevor Monika, wie das letzte Mal, als sie es tatsäch-

lich vermutete, ihr zum Ende ihres schönen freien Lebens gratulieren kann, samt dem Ende ihrer Karriere und dem Ende ihrer Liebe, denn Kinder bekommt man nach Monikas fester Überzeugung nur aus Langeweile.
»Ich muss jetzt gehen«, sagt Stella schließlich. »Komm doch am Samstagnachmittag vorbei, ja?«
»Morgen?«
»Oh, ist morgen schon Samstag?«
»Yes my little darling«, gurrt Monika und lächelt etwas mitleidig, Stella ist eben ein bisschen verhuscht.
Sie küssen sich andeutungsweise rechts und links auf die Wange, und Stella passiert schnell die Oranienburger Straße, durchquert eilig den Monbijoupark bis zur Uferpromenade entlang der Spree. Sie ist verärgert. Seitdem sie mit Ben zusammengezogen ist, hat Monika ihr gegenüber häufig einen unangenehm schnippischen und besserwisserischen Ton. Das rote Kleid fand sie billig, nachdem sie mitbekam, dass Ben es ihr geschenkt hat. Er habe eben einen ziemlich banalen Geschmack, meinte sie verächtlich.
»Früher bin ich morgens aufgewacht und fühlte mich wie ein falsch herum angezogenes Kleidungsstück«, erklärte sie daraufhin Monika. »In dem roten Kleid von Ben bin ich total richtig herum angezogen.«
»Sie ist eifersüchtig«, meinte Ben, der von Anfang an Probleme mit Monika hatte und ihre Freundschaft nicht versteht.
»Wenn es mir schlecht geht, kann ich mich aber ganz auf sie verlassen«, erklärte sie ihm daraufhin.
Ihr Handy klingelt. Es ist Ben.

»Wo bist du?«, fragt er.
»Auf der Uferpromenade in Höhe Museumsinsel.«
Sie müsse sich nicht beeilen, erklärt er, er käme etwas später, aber auf jeden Fall noch rechtzeitig, um das Sofa zu kaufen.
Stella setzt trotzdem ihren Weg zügig fort, sie sehnt sich nach einem Duschbad. Thomas und Susanne haben sie heute mehr als deutlich ihren Missmut spüren lassen, sie war gerade noch gut genug, um Kaffee zu holen. Sie ist nicht nur der Versager des Tages, sie ist der Versager der Woche, vor allem jetzt, wo sie die Agentur Punkt fünf Uhr verlässt, anstatt wie üblich mindestens noch drei bis vier unbezahlte Überstunden dranzuhängen. Wenn sie am Montagmorgen um Punkt neun Uhr nicht mit einer Superidee – und nicht nur im Kopf, sondern bereits fix und fertig ausgedruckt – erscheint, kann sie ihre Sachen packen und gehen.
Stella bleibt stehen und lehnt sich an das Geländer der Uferpromenade. Ihre Augen schweifen unruhig umher, bis sie sich an eine Möwe heften. Die Möwe kreist in weiten Bögen über der Spree. Nur hin und wieder schlägt sie mit den Flügeln. Dann stürzt sie plötzlich aus der kreisenden Bewegung auf das Wasser hinunter, und ohne es zu berühren, wie im Flug, fischt sie einen kleinen, silbern schimmernden Fisch aus der gekräuselten Oberfläche, hält ihn im Schnabel und steigt fast steil wieder in die Luft und fliegt mit der Beute davon. Stella sieht ihr nach, bis sich die Möwe auf einem der gegenüberliegenden Dächer niederlässt und ihre Beute verschlingt.

Sie wird es Thomas und Susanne zeigen! Diesem Ausbeuterpärchen! Am Montag wird sie Thomas mit ihrer Idee haushoch schlagen! Stella setzt ihren Weg im Gefühl ihres wiedererwachten Selbstbewusstseins fort.

*

»Was machst *du* denn hier!«, ruft Trixa und springt vom Stuhl hoch und in die Mitte des Raums. Dort verharrt sie in leicht gebeugter Haltung, bereit zu einem weiteren Sprung, in welche Richtung auch immer. Stella bleibt wie angewurzelt neben der Eingangstür stehen.

»Was ich hier mache?«, fragt sie, als müsse sie sich das tatsächlich fragen. Unendlich lang erscheinen ihr die Sekunden, in denen ihr Trixas Frage durch den Kopf kreist auf der Suche nach einer Antwort, was sie denn hier in dieser Wohnung macht, und ja, einen Moment fragt sie sich, ob sie nicht eine falsche Tür erwischt hat, so fremd erscheint ihr der karg möblierte große Raum mit den Staubmäusen auf dem Boden und den Müllbeuteln neben der Tür. Bis ihr einfällt, dass Ben heute Morgen versprochen hatte, die Müllbeutel mit hinunterzunehmen und sie in den Container zu werfen. Erst jetzt nimmt sie Trixa richtig wahr, wie sie geduckt dasteht, in schweren schwarzen Stiefeln, mit bunt karierten Hosen und einem ebenso bunt geringelten Pulli unter der in Tarnfarben gemusterten Jacke, die eine Gesichtshälfte bemalt, mit schwarzem Lack im kurz gelockten Haar. Die Augen des Mädchens sehen sie erwartungsvoll an. Ohne Angst. Eher neugierig. Ganz offensichtlich erwartet es eine Antwort. Und tatsächlich fühlt Stella jetzt einen Impuls, Trixa zu antworten und zu erklären, dass sie hier mit Ben verabredet ist, weil sie ein Sofa kaufen wollen. Sie sind erst vor gut drei Wochen eingezogen, und bestimmt wird es hier bald schon etwas hübscher aussehen. Bisher hatten weder Ben noch sie Zeit, sich durch Möbelgeschäfte zu quälen, vielleicht auch keine Lust, aber heute machen sie mit dem Sofa einen Anfang. Doch dann besinnt sie sich endlich, dass nicht sie die Fremde in dieser Wohnung ist, auch wenn sie sich hier noch nicht so richtig zu Hause fühlt, sondern die andere. Und sie will endlich wissen, was diese andere, die sie nicht kennt, die sie noch nie gesehen hat, dieses auffallend bunte Mädchen, das aussieht, als gehöre es einer fremden Spezies an, hier in ihrer Wohnung macht, und wie es überhaupt hereingekommen ist.

»Durch die Tür«, antwortet Trixa, »sie war offen.«

»Ach, wirklich?« Stella schaut unwillkürlich zur Wohnungstür, die hinter ihr zugefallen ist. Sie fällt immer zu. Sie war zwar nicht abgeschlossen, aber doch im Schloss eingeschnappt, und man kann sie von außen, auch wenn sie nur eingeschnappt ist, nur mit einem Schlüssel öffnen, denn der Türknauf lässt sich nicht drehen.

Sie sieht wieder zu Trixa, und jetzt bemerkt sie deren sprungbereite Haltung, und der Blick erscheint ihr nicht mehr neugierig, sondern lauernd. Warum sagt sie nicht einfach zu dieser Einbrecherin, sie soll sofort ihre Wohnung verlassen? Soll verschwinden. Soll abhauen? Oder droht mit der Polizei? Sie könnte auch ins Treppenhaus laufen und um Hilfe rufen. Sie hat zwar Schuhe mit

Absätzen an, mit denen sie nicht besonders schnell ist, aber schneller als die dahinten in ihren schweren klobigen Stiefeln wäre sie bestimmt. Außerdem steht sie nahe an der Tür.

»Du bist hier eingebrochen«, sagt Stella und geht entschlossen auf Trixa zu, will sie packen und aus der Wohnung werfen oder sie zur Tür drängen, diese öffnen und sie hindurchschubsen, aber dann verlässt sie auf halbem Weg der Mut. Sie bleibt stehen.

»Willst du klauen?«, fragt sie und setzt eine drohende Miene auf, zumindest versucht sie es.

»Ich wollte mir noch mal das rote Kleid ansehen«, antwortet Trixa. »Ich wollte es mir heute Morgen eigentlich schon genauer ansehen, nachdem ich es aufgehoben hatte, es lag dahinten auf dem Boden. Aber Ben nahm es mir gleich aus der Hand und legte es auf den Stuhl. Er war irgendwie ärgerlich. Ich habe mich dann nicht mehr getraut. Hat er es dir geschenkt? Er hat es dir geschenkt, stimmt doch, oder?«

»Ben? Woher kennst du Ben?«

Trixa verzieht ihren Mund zu einem breiten Lachen: »Eifersüchtig?«

Stella würde jetzt gern einen Schluck Wasser trinken oder irgendetwas anderes, oder sich irgendwo hinsetzen, wenn auch nicht gerade auf einen der Stühle, die um den Tisch stehen, vielleicht würde sie sich lieber auch nur irgendwo anlehnen, an eine der Türen, an die Wohnungstür zum Beispiel, durch die könnte sie dann gleich hinausgehen und hinunter ins Café laufen, wo sie auf Ben warten würde, der ihr dann alles erklärt. Sie hat heute einfach nicht die Nerven, sich mit diesem Mädchen, das in die Wohnung eingebrochen ist, um sich ihr rotes Kleid anzusehen, und das Ben kennt, zu beschäftigen.

»Keine Angst, ich kenne ihn nicht«, sagt Trixa schließlich, »nicht wirklich. Ich kenne ihn erst seit heute Morgen. Er hat mir geholfen. Bruno war hinter mir her. Bruno ist einer von den Brüdern. Und die können ziemlich gemein sein. Vor allem Bruno. Vor allem, wenn er nicht kriegt, was er will. Und mich kriegt er nicht. Soll ich dir zeigen, wie gemein Bruno sein kann?«

Trixa geht ein paar Schritte auf Stella zu und zieht auf der linken Seite ihre Karohose bis zum Schenkel hinunter. Stella will nicht hinsehen, ertappt sich aber, wie sie auf den Schnitt starrt. Er ist mit Schorf bedeckt und an den Rändern gerötet.

»Das war Bruno«, sagt Trixa und zieht die Hose wieder hoch, wirft sich auf einen der Stühle, lehnt sich zurück und kippelt auf zwei Beinen.

»Kann ich bei euch putzen?«

»Putzen?« Stella schaut sich hilflos um. Jetzt sieht sie ihr rotes Kleid und wie es über dem Stuhl am Ende des Tisches liegt, ausgebreitet wie eine Frau, die am Tisch sitzt. Eine Frau ohne Kopf und ohne Hände. Sie will ihr Kleid vom Stuhl reißen, aber sie kann sich nicht vom Fleck rühren.

»Du willst bei uns putzen?«, wiederholt sie nur.

»Ja, putzen«, antwortet Trixa. »Christina verlangt, dass ich irgendetwas tue, selbst mit einem Putzjob ist sie zufrieden. Also, was ist, kann ich bei euch putzen? Nötig

hättet ihr's, überall Staub, dreckige Fenster, Müllbeutel, ungemachte Betten.«
»Du bist im Schlafzimmer gewesen!«, platzt es aus Stella heraus. Überhaupt hat sie das Gefühl, vor Hilflosigkeit und Wut gleich zu platzen. Doch dann zwingt sie sich, leise zu sprechen und ganz normal, als würde sie mit einem ganz normalen Menschen reden und nicht mit jemandem, der entweder verrückt ist oder kriminell oder verrückt und kriminell oder verrückt spielt und einfach nur kriminell ist. Bei denen weiß man nicht, wozu sie fähig sind, es ist besser, ganz normal mit ihnen zu reden.
»Du willst doch gar nicht wirklich hier putzen«, sagt sie schließlich mit fast sanfter Stimme. »Du willst dich doch wahrscheinlich hier vor Bruno verstecken.«
»Das wäre gut, wenn ich mich hier vor Bruno verstecken könnte«, stimmt Trixa zu, »aber putzen würde ich auch. Nur sechs Euro die Stunde. Einverstanden? Natürlich brauche ich einen Schlüssel.«
»Einen Schlüssel?«, wiederholt Stella und merkt, wie sie den Atem anhält vor so viel Kaltblütigkeit.
»Klar, ich habe von allen Leuten, für die ich putze, den Schlüssel. Aber die wohnen weiter weg und nicht gleich um die Ecke. Ich wohne nämlich hier gleich um die Ecke in der Albrechtstraße. Ich heiße Trixa. Trixa Kleist.«
Trixa zieht seelenruhig ein fein geflochtenes schwarzes Lederband aus dem Pulliausschnitt, an dem ein Schlüsselbund hängt, und zeigt Stella den Schlüssel zum Keller und zum Dachboden, den von der kleinen Abstellkam-

mer und den von der großen Abstellkammer, zeigt den Wohnungsschlüssel und den für den Eingang E. Zum Schluss zeigt sie ihr den Schlüssel zum Mülllager. Zu jedem der Schlüssel denkt sie sich einen Namen und eine Straße aus.

»Krieg ich nun den Schlüssel oder nicht? Kostet doch nicht viel, oder?« Trixa schaut Stella mit treuherzigem Blick fast bettelnd an.

»Besser, du gehst, bevor ich die Polizei hole«, sagt Stella leise und wendet sich ab. Diesen Blick von Trixa erträgt sie heute nicht einfach auch noch. Lüge. Alles Lüge.

Trixas Gesicht verzieht sich zu einer unschönen Grimasse. »Bäh, das hätte ich nicht von dir gedacht, dass du so eine bist!« Sie kippt sich mit dem Stuhl wieder zurück, stützt sich mit den Stiefeln am Tisch ab, kippelt auf zwei Stuhlbeinen und grinst Stella frech an: »Bist also 'ne richtige Fassadenärschin, hast kein Herz für die arme kleine Trixa, hast nur Angst, sie könnte dir was klauen aus deiner Scheißfassadenwohnung, wo sowieso nix zu holen ist.«

Stella spürt, wie der Wunsch in ihr aufsteigt, Trixa einen so heftigen Stoß zu versetzen, dass sie mit dem Stuhl umfällt. Als hätte Trixa ihre Gedanken erraten, springt sie in den schweren schwarzen Stiefeln mit Schwung auf ihre Füße, dass es nur so knallt. Der Kippelstuhl fällt krachend auf das Ahornparkett und wirbelt die Staubmäuse auf. Trixa bückt sich. Aber sie hebt nicht den Stuhl auf, sondern zieht blitzschnell ein eingeklapptes Messer aus dem Stiefelschacht und lässt es aufschnappen. Eine

kleine, fast unsichtbare Bewegung, und die Klinge fliegt wie ein bösartiges Insekt um ihr Handgelenk.
»Du willst mich loswerden, was? Wolltest mich die ganze Zeit schon loswerden, oder? Probier's doch! Schmeiß mich doch raus! Los!« Ein überlegenes Lächeln breitet sich über ihr ganzes Gesicht aus.
Stella starrt auf das Messer. Wie geschickt und elegant Trixa mit der gefährlichen kleinen Waffe umgehen kann! Sie verfolgt die lautlosen Bewegungen und glaubt doch, das penetrante Sirren eines lästigen Insekts zu hören.
»Ich habe keine Angst«, behauptet sie.
Trixa lächelt ein wenig spöttisch, dann beschreibt ihre Hand wieder eine kleine, kaum wahrnehmbare Bewegung, und das blitzende Metall des Butterflymessers schwirrt aus und berührt flüchtig Stellas rechte Hand.
Stella beobachtet, wie der feine rote Strich auf dem Handrücken schnell breiter wird, wie das Blut über ihre Hand fließt, sich am Knöchel verzweigt und an mehreren Fingern hinunterläuft.
»Bist du verrückt? Spinnst du? Oder hast du einen Knall? Bist du nicht ganz dicht hier oben?«
Stella spürt die Wut. Wut auf Ben. Wie konnte er dieses schwarz gelackte Papageienwesen überhaupt in ihre Wohnung lassen. Wie konnte er nur! Jetzt muss sie mit dieser verrückten Halbkriminellen, vielleicht sogar ganz und gar nicht verrückten Kriminellen, fertig werden, die sich, wer weiß wie, einfach Zugang zu ihrer Wohnung verschafft hat und sie jetzt mit ihrem Messer in Schach hält. Wie zuvor mit ihren Geschichten. Lügengeschich-

ten. Sie will nicht putzen, sie will klauen. Auch wenn es nichts zu klauen gibt. Sie weiß es ja nicht. Wahrscheinlich soll sie es auskundschaften und steckt mit diesem Bruno und seinen Brüdern unter einer Decke. Und wer weiß, mit wem sonst noch. Und vielleicht lauern die schon alle draußen im Treppenhaus herum, bereit, über sie herzufallen, wenn sie die Tür auch nur einen Spalt öffnet. Aber vielleicht sind die da draußen auch gar nicht auf Beute aus, vielleicht sind es diese Typen, die einfach nur kaputtmachen wollen, was nicht so kaputt ist wie sie!

Die Wut schnürt Stella die Kehle zu. Oder ist es jetzt Angst?

Sie starrt auf die sich immer mehr verzweigenden feinen roten Linien, die vom Handrücken an den Fingern hinunterlaufen. Von den Fingerspitzen tröpfelt das Blut auf den Boden und malt ein rot gesprenkeltes Muster auf das helle Ahornparkett.

»Ich lass mich nicht rausschmeißen«, sagt Trixa. Stella hört, wie sie zur Wohnungstür geht. Sie fällt laut hinter ihr ins Schloss. Aus dem Treppenhaus dringt das Poltern der schweren Stiefel zu ihr. Die Geräusche entfernen sich rasch.

Das Blut, die Wunde, der Mantel, die Umhängetasche – Stella weiß nicht, was tun. Soll sie zuerst die Tasche über den Kopf ziehen und dann vorsichtig aus dem Mantel schlüpfen? Oder soll sie das Blut abwaschen und die Wunde verbinden? Nein, die Tür! Sie muss die Tür abschließen, muss die Gefahren, die davor lauern, ausschließen. Und dann das rote Kleid aus seiner unmöglichen Drapierung reißen. Aber wo nur ist der Schlüssel? In der linken Manteltasche ist er nicht. Stella tastet mit der linken Hand die rechte Manteltasche ab, dort ist er auch nicht. Er ist in ihrer rechten Hand. Sie traut sich nur nicht, es zu bemerken. Sie traut sich auch nicht, die Hand zu bewegen. Sie traut sich kaum, sie überhaupt anzusehen. Wunden sind für sie etwas, das es besser nicht gibt. Der Anblick des verschorften Schnitts im Schenkel des Mädchens hatte bereits eine widerliche Übelkeit in ihr aufsteigen lassen. Wie soll sie jetzt mit diesem vielen Blut fertig werden, das sich auf dem Handrücken schon zu einem Wulst verklumpt und die Wunde verdeckt? Verdeckte Wunden, deren Ausmaß man noch nicht kennt, sind das Schlimmste. Stella zieht vorsichtig mit der linken Hand den Wohnungsschlüssel aus der verkrampften rechten.

*

Als Ben klingelt, ist er verwundert, Stellas Stimme durch die Gegensprechanlage fragen zu hören, wer da sei, sie erwartet ihn doch. Auch ist die Wohnungstür nicht angelehnt wie sonst, er muss noch einmal klingeln. Wieder fragt Stella nach seinem Namen, erst dann dreht sich der Schlüssel, und gleich zweimal, im Schloss herum. Er will fragen, was die ungewöhnlichen und ganz und gar unüblichen Vorsichtsmaßnahmen bedeuten. Ob Stella einen unwillkommenen Besuch erwartet, den sie gleich an der Tür wieder verabschieden oder gar nicht erst hereinlassen will. Da fällt sein Blick auf Stellas rechte

Hand. Oder besser auf das, was noch von ihrer rechten Hand aus einem überdimensionalen Verband, der den gesamten Vorrat an Mullbinden im Erste-Hilfe-Kästchen unter dem Waschtisch im Bad aufgebraucht haben muss, herausschaut.

»Was ist passiert?«, fragt er und will Stellas Arm nehmen, aber sie weicht vor ihm zurück.

»Sie hat deinen Schlüssel. Er liegt nicht auf dem Küchentisch. Und auch sonst nirgendwo. Er ist verschwunden. Ich habe alles abgesucht, das Bad, das Schlafzimmer, sämtliche Schubladen!«, sprudelt es aus ihr heraus. »Sie hat ihn geklaut. Wir müssen das Schloss austauschen. Sonst haben wir bald wieder Besuch. Und ich habe ganz und gar keine Lust auf einen weiteren. Mit ihr allein würde ich vielleicht noch fertig werden, aber sie wird diese Typen mitbringen …«

»Sag mal, von wem redest du eigentlich?«, unterbricht Ben Stella, die angefangen hat, erregt vor ihm auf und ab zu gehen. »Und was ist mit deiner Hand passiert?«

»Du weißt es nicht? Du könntest es erraten. Soll ich dir helfen?«

Stella setzt ihren Tigergang fort: »Es war ein Schmetterling«, beginnt sie, »ein Schmetterling aus Metall. Er kam auf mich zugeflogen. Ich bin ihm nicht ausgewichen. Ich hatte noch keine Angst. Alles sah noch aus wie ein Spiel, wenn auch ein ziemlich verrücktes. Der Schmetterling streifte nur ganz leicht meine Hand, aber es tat gleich höllisch weh. Ich möchte nicht wissen, was passiert, wenn er einen richtig berührt. Sie kann ziemlich gut mit diesem Ding umgehen. Weißt du, wer es ist?«

»Nein. Wer ist es?«
»Trixa. So heißt sie doch, oder?«
»Trixa? Was hat Trixa mit einem Schmetterling zu tun? Woher kennst du sie?«
»Ich kenne sie nicht. Du scheinst sie zu kennen, zumindest hast du sie heute Morgen in unsere Wohnung eingeladen. Und dann ist sie heute Nachmittag uneingeladen wieder gekommen, ich habe sie überrascht, da hat sie ihr Butterflymesser aus dem Stiefel gezogen.«
»Butterflymesser?« Ben schaut auf den voluminösen Verband. »Ist es schlimm?«
»Ich kann Blut nicht sehen, vor allem nicht mein eigenes.«
»Sollen wir nicht schnell um die Ecke in die Charitée gehen?«
»Ich verlasse die Wohnung nicht. Ich bleibe hier, bis das Schloss ausgetauscht ist.«
»Das Schloss? Du meinst, sie hat den Schlüssel?«
»Sie war in der Wohnung, als ich kam. Wie ist sie wohl hineingekommen?«
Ben durchsucht noch einmal die Taschen seines Jacketts, auch den Saum seines Jacketts, denn im Futter in der einen Tasche ist ein kleines Loch, aber auch im Saum versteckt sich sein Schlüssel nicht, ebenso wenig in all den anderen Taschen, die er noch nicht durchsucht hat, weil er normalerweise nie seinen Schlüssel dorthinein steckt.
»Sie hat ihn vom Küchentisch genommen, ich habe ihn mit den Brötchen dort hingelegt, das weiß ich ziemlich genau.«

»Wie konntest du sie nur mit in unsere Wohnung nehmen! Die gehört zu dieser kriminellen Bande, und wenn die einen ausgeguckt haben, ist man dran. Wir sind gerade eingezogen, und jetzt müssen wir schon wieder ausziehen. Aber als Erstes müssen wir das Schloss austauschen. Ich gehe nicht aus der Wohnung, solange nicht das Schloss ausgetauscht ist.«

»Wir wollen doch das Sofa kaufen, es soll morgen geliefert werden!«

»Und dann ist Besuch hier, wenn wir zurückkommen! Nein danke! Mit Trixa allein würden wir ja vielleicht noch fertig werden, aber sie macht mit diesem Bruno und den Brüdern gemeinsame Sache, die beiden haben die Geschichte, dass er hinter ihr her ist, doch nur erfunden, um uns auszukundschaften, und wenn wir zurückkommen, lauern sie uns hier in der Wohnung auf, um uns ein bisschen zu massakrieren.«

»Stella, jetzt übertreibst du, Trixa ist nicht gefährlich, und dieser Bruno auch nicht. Sie sind kleine Diebe, aber nicht gewalttätig.«

»Hast du die Verletzung gesehen, die er ihr beigebracht hat? Und mich hat sie schließlich auch mit einem Messer nicht nur bedroht, sondern verletzt, mit einem ziemlich gefährlichen Messer sogar, mit dem sie sehr professionell umgehen kann. Wir müssen zur Polizei. Du musst sie anzeigen. Ich bleibe hier.«

»Wen? Trixa?«

»Die ganze Bande.«

»Wir kennen sie doch nicht. Wir haben keine Beweise.

Und außerdem habe ich Trixa freiwillig mit in die Wohnung genommen.«
»Du willst sie nicht anzeigen? Du hast mehr Mitleid mit ihr als mit mir. Du solltest Mitleid mit mir haben, denn das nächste Mal, wenn du nach Hause kommst, wird mein Blut unter der Wohnungstür hindurchsickern und von den Stufen tropfen, und du wirst mich hier auf dem Boden, auf unserem schönen hellen Ahornparkettboden, als zerstückelte Leiche vorfinden und mich nur noch an meinen Haaren erkennen!«
»Paranoia! Reine Paranoia! Aber gut, ich gehe zur Polizei!«
Stella lässt sich auf einen Stuhl fallen. »Ach, das bringt ja doch nichts«, sagt sie, plötzlich mutlos. »Die Polizei können wir in Wahrheit vergessen. Die macht erst mal gar nichts. Wir brauchen ein neues Schloss!«
»Dann braucht das ganze Haus ein neues Schloss, der Schlüssel zu unserem Schloss passt auch unten auf die Haustür, wenn du die Bande wirklich für so gefährlich hältst, müssen wir die anderen Mieter unterrichten und einen Wachposten aufstellen, denn bis beide Sicherheitsschlösser samt Schlüssel ausgetauscht sind, wird eine Woche vergehen. Ich glaube, es ist einfacher, ich hole meinen Schlüssel zurück.«
Ben geht zur Tür.
»Was hast du vor?«
»Ich gehe zu Trixa und hole meinen Schlüssel.«

Wenige Minuten später stehen Ben und Stella vor der Pforte zum Innenhof der Burg. Die einschaltbare Beleuchtung hilft Ben, den Namen, den er tagsüber schon einmal gefunden hat, schnell wiederzufinden. Er drückt den Knopf auf der Messingleiste. Nichts geschieht.

»Sie heißt weder Kleist mit Nachnamen noch wohnt sie hier. Alles gelogen. Habe ich mir gedacht«, sagt Stella.

»Vielleicht ist sie gerade nicht zu Hause, könnte doch sein, schließlich sind wir nicht verabredet.«

»Ich habe noch nie von einem Dieb gehört, der sich mit demjenigen, den er bestohlen hat, verabredet«, meint Stella spöttisch. »Besser, wir gehen wieder nach Hause, wahrscheinlich treffen wir sie dort an.«

Ben klingelt noch einmal, dieses Mal gleich dreimal hintereinander, es ist dringend. Es muss dringend etwas passieren. Wegen Stella. Tatsächlich wird sein Wunsch erhört und eine Frauenstimme fragt, wer da sei.

»Ben und Stella wollen Trixa sprechen«, antwortet Ben in die Gegensprechanlage. Erleichtert stößt er mit dem Summton die Pforte auf und folgt Stella über den gepflasterten Weg. Er ist von Bodenlampen beleuchtet. Sie folgen ihm bis zur Gabelung vor dem mit Buchsbaum umpflanzten runden Mittelbeet. Bei jedem Schritt spürt Ben die kleinen quadratischen Steine. Wahrscheinlich sind die Sohlen seiner Schuhe schon wieder durchgelaufen. Das nächste Mal wird er dem Rat des Schusters folgen und Gummi statt Leder für die Neubesohlung wählen. Er ist ein Vielgeher, und Leder nutzt sich einfach schneller ab als Gummi. Obwohl er sehr viel lieber auf Leder- als auf Gummisohlen läuft. Allein wegen der Geräusche, die die einen im Gegensatz zu den anderen verursachen. Er hört die Geräusche seiner Schritte gern, und das Gefühl von Heimlichkeit, das die geräuschlosen Gummisohlen in ihm wachrufen, ist ihm unangenehm. Trotzdem wird er sich wohl das nächste Mal für Gummi entscheiden.

Stella zögert. Die Frauenstimme, in der weder sie noch Ben Trixas Stimme erkannten, hatte gesagt, sie müssten am Mittelbeet links zum Eingang E abbiegen. Aber über dem Eingang links am Seitenflügel erkennt sie in dem schwachen Licht den Buchstaben A. Ben nimmt sie am Arm, der Eingang E befindet sich links an der Frontseite des Gebäudes. Der Öffner für die Pforte scheint auch ihn zu bedienen, die Tür bewegt sich, doch dann müssen sich beide gegen sie stemmen, so groß ist das Gewicht des alten, mit geschliffenem Glas ausgefüllten Holzrahmens.

Sie betreten ein nur schwach von außen beleuchtetes hohes Gewölbe. Es ist die Vorhalle zu einem dahinter liegenden pompösen, mit dunklem Holz getäfelten Treppenhaus. Unmöglich kann es zu einer Hochparterrewohnung führen. Trixa hatte Ben erzählt, sie wohne im Hochparterre und sie befürchte, Bruno könne irgendwann einmal auf die Idee kommen, über einen der Bäume durch eins der Fenster in die Wohnung einzusteigen und sie entweder dort zu überraschen oder ihr bereits im Zimmer aufzulauern.

»Und jetzt?«, fragt Stella fast im Flüsterton. »Wie geht's jetzt weiter?«

Ben blickt suchend umher, im Halbdunkel erkennt er den rundbögigen Durchgang zu einer Seitentreppe. Er bemerkt das Flimmern eines schwach leuchtenden roten Knopfes unweit vom Eingang und drückt ihn. In der Vorhalle und im fensterlosen Nebenaufgang flackert das Licht in den altertümlichen Wandlüstern auf. Stella schaut sich überrascht um. Die Wände des Gewölbes sind bis zur halben Höhe mit kunstvollen Mosaiken in floralem Jugendstilmuster verziert.

»Meinst du, wir sind hier richtig?«

Ben zuckt die Schultern und geht schnell die wenigen Stufen, die zum Hochparterre führen, voran. Sie erweitern sich zu einem recht geräumigen breiten Absatz, von dem nur eine einzige Wohnung abzugehen scheint. Neben der Wohnungstür ist eine Klingel und das Namensschild. Doch bevor Ben erneut den Klingelknopf neben dem Messingschild mit dem eingravierten Namen *Kleist* drücken kann, wird die Tür von einer jungen Frau in weißem Sweatshirt, Blue Jeans und Mokassins geöffnet.

»Sie sind Stella und Ben, oder?« Sie schaut von einem zum anderen, und Ben nickt. »Trixa ist nicht da«, sagt sie dann, »aber kommen Sie doch bitte trotzdem herein.«

Christina gibt die Tür mit einer einladenden Geste frei.

Ben zögert, und auch Stella ist verunsichert, sie hat dieses Gesicht gleich erkannt, es ist das der jungen Frau aus der gestrigen Schneenacht.

»Vielen Dank, aber wir müssen Trixa sprechen. Persönlich«, betont Stella.

»Persönlich?«, wiederholt Christina und macht eine besorgte Miene. Gestern Nacht verwandelte ein ängstlicher Ausdruck ihr Gesicht in ein Kindergesicht, dieser besorgte verwandelt es in das einer erwachsenen reifen Frau.

Christina seufzt: »Ich weiß, worüber Sie mit Trixa persönlich sprechen wollen, ich bin ihre Schwester Christina, bitte kommen Sie doch herein.«

Ben und Stella sehen sich an. Diese unauffällige junge Frau soll Trixas Schwester sein? Sie glauben es beide nicht. Erst als Christina wissen will, was Trixa denn dieses Mal angestellt hat, ob sie ihnen die Brieftasche oder nur etwas aus der Einkaufstüte entwendet habe, glauben sie ihr.

Sie folgen ihrer einladenden Geste und betreten die Wohnung. Stella meint nach den ersten Schritten, auf Wolken zu gehen, so weich werden ihre Füße von dem hellen, hochflorigen Teppich abgefedert. Fast wird ihr ein wenig schwindelig von dem Gefühl, in diesen wolkenähnlichen Untergrund einzusinken. Er füllt den ganzen ovalen Vorraum aus. Von dem fensterlosen Oval, das durch eine indirekte Beleuchtung, versteckt hinter einer einfachen Stuckleiste, erhellt ist, gehen mehrere Türen ab. Zwischen ihnen befindet sich eine Garderobe mit einem großen Spiegel. An den Haken hängen Jacken und Mäntel, manche auf Bügeln, unter ihnen der weiße gesteppte Mantel und die tarnfarben gemusterte Jacke von Trixa.

»Wir sind uns gestern Abend begegnet«, sagt Stella. »Es schneite, erinnern Sie sich? Nein? Und die«, sie zeigt auf die tarnfarben gemusterte Jacke, »hatte Trixa heute Nachmittag an.«

»Heute Morgen auch«, sagt Ben. »Vielleicht ist der Schlüssel in einer der Taschen.«
»Trixa hat einen Schlüssel von Ihnen? Schauen Sie einfach nach«, fordert Christina Ben auf. »Wollen Sie nicht Ihren Mantel ausziehen?«, fragt sie Stella.
»Wir hatten eigentlich nur vor, unseren Schlüssel zu holen«, antwortet diese und lässt sich dann doch von Christina überreden, den Mantel abzulegen. Sie sei so froh, mit jemandem über ihre Schwester Trixa reden zu können, meint Christina.
»Das sieht aber gefährlich aus«, meint Christina, als Stella mühsam den Ärmel über den voluminösen Verband zerrt. »Etwas Schlimmes? Doch nicht Trixa?! Was für eine Katastrophe! Wie gut, dass Sie gekommen sind, Sie hätten ja auch zur Polizei gehen können. Der Schlüssel ist nicht in der Jacke? Auch nicht in den Innentaschen? Was für ein Schlüssel ist es denn? Kommen Sie herein, Sie müssen mir alles erzählen, wollen Sie vor dem Kamin sitzen? Ich muss Ihnen aber gestehen, ich bin nicht darin geübt, ihn anzuzünden. Oder setzen wir uns lieber an den Tisch? Ich sehe, Sie sind erstaunt. Sie haben sich Trixas Zuhause wahrscheinlich anders vorgestellt. Wenn Sie sich überhaupt etwas vorgestellt haben. Setzen wir uns. Wollen Sie etwas trinken, Kaffee, Tee? Nichts? Soll ich Ihnen die Wohnung zeigen? Sie gehört unserem Vater. Er hat sie kurz nach dem Mauerfall günstig gekauft. In der Zwischenzeit sind die Preise gefallen, sie werden wieder steigen, meint unser Vater. Er ist Geschäftsmann und hat das, was man als Geschäftsmann braucht, eine Nase für Geschäfte. Er hat

sich ziemlich weit nach oben gearbeitet. Seine damalige Frau richtete diese Wohnung ein. Sie war eine durchgeknallte Spießerin. Wollen Sie sich nicht doch die Wohnung ansehen? Reporter sind doch neugierig, oder? Trixa hat erzählt, Sie sind Reporter und sehr neugierig. Sie wollten alles über Bruno und die Brüder wissen, aber sie hätte nichts verraten. Sie hat einen etwas übersteigerten Gerechtigkeitssinn, wahrscheinlich durch den frühen Tod unserer Mutter. Langweile ich Sie?«

»Nein, nein«, sagt Ben und bedankt sich, nur wären sie eigentlich nicht gekommen, um sich die Wohnung anzusehen, sondern um ihren Wohnungsschlüssel zu holen, den Trixa heute Morgen geklaut habe.

Christina seufzt und verdreht die Augen. »Seitdem dieser Bruno hinter ihr her ist, vergeht kein Tag, an dem sie nicht in irgendeine dumme Situation gerät. Überall lauert ihr dieser Kerl auf. Seinetwegen hat sie sich ein Messer angeschafft. Es ist durchaus möglich, dass sie irgendwann mit diesem Messer auf ihn losgeht. Das wäre wirklich schlimm, sie kann mit dem Messer nicht wirklich umgehen. War das da das Messer?« Christina deutet auf Stellas Verband.

Stella nickt. »Die beiden sind also kein Paar?«

»Ein Paar?« Heftig schüttelt Christina den Kopf. »Wenn Bruno Trixa weiterhin belästigt, werde ich ihn bei der Polizei anzeigen!«, droht sie.

Stella sinkt in den bequemen Sessel zurück. »Da bin ich aber beruhigt!«, sagt sie erleichtert, und jetzt, da sie weiß, dass Trixa und Bruno kein Paar sind und Trixa

nicht zur Bande gehört, ist sie auch bereit, ja, neugierig, sich von Christina die Wohnung zeigen zu lassen. »Wie viele Zimmer gibt es?«, fragt sie.
»Dieses ist der so genannte Salon. Unsere damalige Stiefmutter hatte gesellschaftliche Ambitionen und wollte einen Salon führen. Deshalb gibt es hier so viele Polstermöbel. Diese beiden ominösen Chaiselongues. Die kleinen Tische. Und die vielen Spiegel, damit sich die Gäste immerzu sehen und beobachten und vor allem sich selbst spiegeln können, das war in den Augen unserer Stiefmutter wohl die wichtigste Ausstattung für einen Salon. Zählen Sie nur einmal die Unmengen von Spiegeln!«
Ben und Stella scheinen der Aufforderung zu folgen und sehen sich um.
»Außer diesem Salon gibt es noch drei weitere Zimmer«, fährt Christina fort, »eine Küche und ein Bad. Aber die drei anderen Zimmer sind nicht fertig eingerichtet, die Ehe hielt nicht lange. Wir zogen nach Kopenhagen, die Wohnung ist nie wirklich benutzt worden. Mein Vater ist froh, dass sie endlich einer nutzt. Trotzdem würde er mich sofort rauswerfen, wenn er wüsste, dass Trixa hier wohnt. Es wäre nicht die erste Wohnung, die sie ihm ausräumt. Aber eigentlich hat sie nicht ihn, sie hat vor allem seine Frauen bestohlen. Was immer eine von ihnen neu anschaffte, verschwand bald wieder, und nicht nur Schmuck und Kleider, auch große Gegenstände. Einmal war das halbe Haus leer, als er mit einer Neuen vom Honeymoon zurückkehrte. Den Erlös spendete sie im Namen meines Vaters krebs-

kranken Kindern. Immer verschenkte oder spendete sie den Erlös. Sie hat, wie gesagt, einen etwas übersteigerten Gerechtigkeitssinn. Soll ich raten, weshalb Trixa Sie verletzt hat?«, fragt Christina unvermittelt. »Sie wollte bei Ihnen putzen und Sie haben sie rausgeschmissen.«

»Woher wissen Sie das?«

»Sie sind nicht die Erste, bei der sie putzen will und von der sie rausgeschmissen wird. Sie sucht Familienanschluss, aber das versteht natürlich keiner.«

»Auf die Idee kann man auch wirklich nicht sofort kommen, wenn jemand bei dir einbricht und mit einem Butterflymesser herumspielt. Was ist nun mit unserem Schlüssel?«, fragt Ben.

»Ich weiß nicht, wie Sie das sehen, aber ich fände es gut, aus therapeutischen Gründen sozusagen, wenn Trixa Ihnen den Schlüssel selber zurückgibt.«

Ben drängt zum Aufbruch. Er sieht eine gewisse Chance, jetzt da Stella auf Christinas Therapievorschlag eingegangen und ihr Vertrauen in ihre neue Wohngegend wiederhergestellt ist, doch noch in letzter Minute den Sofakauf hinter sich zu bringen.

»Wissen Sie zufällig, ob bei Ihnen in der Zeitung ein Praktikantenjob frei ist? Nein, nicht für Trixa«, lacht Christina, »für Klara. Sie ist die Jüngste von uns. Sie wird BWL studieren. Ein Praktikum in einem Unternehmen könnte nicht schaden.«

Er wisse nichts von einem freien Platz, meint Ben, alles sei besetzt, selbst der schlecht bezahlteste Job. Er zuckt bedauernd die Schultern, hilft Stella in den Mantel und

verabschiedet sich eilig. Dann fällt ihm ein, dass in der Kantine jemand zum Servieren gesucht wird.
»Manchmal kann das ein Einstieg sein«, meint er.

*

Auf der Suche nach dem richtigen Platz tragen sie den großen Tisch aus der Mitte des Raums, stellen ihn an die Wand und schieben das neue Sofa dort hin. Sie probieren die verschiedenen Möglichkeiten zu sitzen und zu liegen aus, mal mit dem Gesicht zum Fenster, mal zur Tür, und fühlen sich dann so mitten im Raum doch nicht wohl.
»Es gehört an die Wand«, beschließen sie. »Oder vielleicht schräg vor den Fernseher in der Zimmerecke?«
Sie werden in ihrem Findungsprozess vom Dreiklang der Wohnungsglocke unterbrochen. Stella will ihn überhören.
»Wir sind nicht da«, sagt sie. Aber dann fällt ihr Monika ein, sie hatte sie aufgefordert, sie am Samstag zu besuchen. Es ist Samstag. Stella seufzt und geht zur Gegensprechanlage. Aber nicht Monika, sondern Eckart meldet sich.
»Ulrich und ich wollen euch heimsuchen. Habt ihr was dagegen?«, fragt er.
Stella seufzt wieder und drückt auf den Öffner. Ulrich ist Bens kleiner Bruder. Zumindest nennt Ben ihn seinen kleinen Bruder. Manchmal sagt er auch: mein großer kleiner Bruder. Er sei irgendwie genial, behauptet Ben. Ulrich würde das Jurastudium mit links betreiben und

trotzdem die besten Examen machen. Zudem Kurzgeschichten schreiben, die auch noch veröffentlicht werden. Er ist Zehnkampfsportler, und es fällt ihm nicht schwer, ein Essen für zehn Personen zu kochen. Stella mag Ulrich, und sie mag auch Eckart, Bens besten Freund, trotzdem beschwert sie sich über den unangemeldeten Besuch. Sie darf ihre Zeit nicht verschwenden, bis Montag müsse ihr *die* Idee einfallen, sonst brauche ihr in der nächsten Zeit gar nichts mehr einzufallen, weil sie ihren Job verliert.

»Kannst du Stella helfen?«, fragt Ben Ulrich gleich, kaum, dass der den Kopf durch die angelehnte Wohnungstür steckt.

»Na, klar kann ich Stella helfen«, antwortet Ulrich und küsst Stella auf den Mund. »Was hast du denn mit deiner Hand gemacht? Doch nicht etwa gebrochen? Nur ein kleiner Schnitt? Ziemlich großer Verband für einen kleinen Schnitt. Suchst du den richtigen Platz für das Sofa? Ich würde es auf jeden Fall nicht in die Mitte stellen. Eckart, komm, hilf mir, wir schieben es in die Ecke vor den Fernseher.«

»Nein, bitte, lasst es stehen!«, fleht Stella.

»Hübsches Sofa. Neu? Schöne Farbe. Darf ich es ausprobieren? Sehr komfortabel«, meint Eckart und macht es sich bequem. »Wir bleiben nicht lange, keine Angst, Stella. Ulrich und ich wollten nur einmal höflichst anfragen, wann ihr gedenkt, uns zu eurer Einweihungsparty einzuladen. Hast du zufällig ein Bier, Ben?«

»Ecki, das ist nicht ganz korrekt, die Einweihungsparty war deine Idee«, widerspricht Ulrich.

»Stella, bitte, lass uns ein Fest feiern, Ulrich und ich helfen dir auch«, bettelt Eckart.
»Nachdem er Monika kennen gelernt hat, möchte Eckart einfach noch andere Freundinnen von dir kennen lernen, Stella«, erklärt Ulrich. »Unser Freund ist eben unersättlich, wusstest du das? Und unwiderstehlich.«
Eckarts Gesicht läuft rot an: »Du bist ziemlich gemein.«
»Findest du? Ich finde, Stella sollte über ihre beste Freundin Bescheid wissen, sie hat sich nämlich in Eckart verliebt, musst du wissen, zumindest überfällt sie ihn fast jede Nacht.«
»Das ist überhaupt nicht wahr«, protestiert Eckart, »außerdem habe ich dir die Geschichte von Monika nicht erzählt, damit du sie weitererzählst.«
»Verhältnisse sollten durchsichtig sein. Wir sind schon von so unendlich vielen undurchsichtigen Verhältnissen umgeben, dass wir wenigstens in unserem Privatleben Durchsichtigkeit anstreben sollten.«
»Dein kleiner Bruder ist mal wieder neunmal schlau. Du bist ein wahrer Freund!«, ruft Eckart aus, als Ben ihm das gewünschte Bier bringt. »Und Ulrich ist ein Verräter!« Eckart prostet Ben und Ulrich zu, nimmt dann einen langen Zug aus der Flasche.
»Du sagst ja gar nichts?« Ulrich legt den Arm um Stella.
»Stella braucht dringend Hilfe«, wiederholt Ben, »das heißt, eigentlich brauche ich dringend Hilfe, denn wenn Stella bis Montag keine Gestaltungsidee für ihren neuen Auftrag hat, wird sie unerträglich werden, wir streiten uns, und sie wird mich verlassen.«

»Darauf warte ich seit mindestens einem Jahr, Ben! Heiratest du dann mich, Stella? Sag ja, bitte.«
Stella sagt ja und schaut Ulrich verliebt in die Augen.
»Nimm sofort den Arm weg«, ruft Ben und zerrt an seinem kleinen Bruder, der noch ein paar Zentimeter größer ist als er, und eine Art Rauferei beginnt zwischen den ungleichen Brüdern, dem blonden Ulrich und dem dunklen Ben. Raufen ist fast ein Ritual, das zu ihrer Begrüßung gehört und für das sie immer einen Anlass finden. Und stets endet die kleine Rauferei in einer Umarmung.
»Monika wird gleich kommen«, sagt Stella. »Wahrscheinlich bringt sie Joachim mit.«
Eckart springt vom Sofa auf. »Dann gehe ich. Nicht wegen Joachim. Wegen Monika. Sie verfolgt mich, musst du wissen, Stella, ich kann mich kaum vor ihr retten. Das ist mir noch nie passiert. In der Regel bemerken Frauen mich überhaupt nicht. Leider. Nur Monika. Aber sie ist nicht mein Typ. Ausgerechnet! Kennst du nicht eine Frau für mich, Stella? Du feierst doch ununterbrochen Feste. Auf denen laufen bestimmt die nettesten Frauen herum. Ich brauche endlich eine Frau! Und zwar die Richtige!«
»Tut mir Leid, Ecki, aber wir organisieren nur die Feste, es sind die anderen, die sie feiern.«
»Vor Monika habe ich Angst, ich glaube, ich gehe jetzt besser.«
»Wir sind doch auch noch da, Ecki, wir beschützen dich, bleib und setz dich wieder.« Ben führt seinen Freund zurück zum Sofa und nimmt neben ihm Platz.

»Wir müssen Stella helfen«, wendet er sich erneut an Ulrich. »Vierzig Human Designer treffen sich zu einem Austausch in Berlin, und Stella muss die Eröffnungsgala gestalten. Sie ist dafür verantwortlich, dass sich die vierzig bei uns am richtigen Platz fühlen, sozusagen zu Hause, und unbekümmert ihre kühnsten Träume träumen. Daran bin auch ich interessiert. Ich schreibe nämlich eine Reportage über dieses Ereignis.«
»Das weiß ich ja noch gar nicht!« Stella ist überrascht.
»Stimmt. Du hast mich auf die Idee gebracht. Und dafür bin ich dir etwas schuldig, denn ich werde endlich mal wieder auf der Seite 3 erscheinen. Ulrich, du bist gefordert!«
»Darf man fragen, was das sind, diese vierzig – wie hast du sie genannt?«
»Human Designer.«
»Was ein Designer ist, weißt du doch, Ecki, oder? Und Human Designer sollen statt Mode Menschen entwerfen. Sie formen nicht irgendein Material, sondern das, aus dem wir Human Beings gemacht sind. Schon mal was von Humangenetik gehört? Ist dir doch nicht ganz und gar unbekannt, oder?«, fragt Ulrich.
»Genmanipulateure heißen jetzt also Human Designer. Klingt natürlich viel eleganter«, meint Eckart.
»Und du weißt wirklich nicht, wie man vierzig Human Designer glücklich macht?«, wendet sich Ulrich an Stella.
»Weißt du es?«
»Das weiß doch jeder«, gibt Ulrich an.
»Dann sag's.«

»Was allein macht vierzig Human Designer glücklich? Denk doch einmal nach!«

»Ulrich, wir wissen, du bist genial, wir sind es nicht, halte uns nicht länger den Spiegel vor, sag uns, was vierzig Human Designer glücklich macht!«, ruft Stella ungeduldig.

»Das Urbild der Schöpfung, Adam und Eva, vierzig Mal geklont.«

»Adam und Eva sind nackt und damit für eine Eröffnungsgala völlig unbrauchbar«, sagt Stella enttäuscht.

»Dann zieh ihnen etwas an.«

»Dann sind sie nicht mehr Adam und Eva.«

Es klingelt. Ulrich steht in der Nähe der Gegensprechanlage, drückt die Taste und öffnet die Wohnungstür einen Spalt.

»Wer hat geklingelt?«, fragt Stella.

»Ich hab's«, ruft Ulrich.

»Du kannst doch nicht einfach jemanden hereinlassen, wenn du nicht weißt, wer es ist!«, faucht Stella.

»Was ist denn mit dir los? Wir sind doch nicht unter Selbstmordattentätern, wir sind im vierten Stock in der Marienstraße in Berlin Mitte, und außerdem habe ich die Lösung.«

»Da kann man ja gespannt sein«, meint Stella gereizt.

»Hörst du mir zu? Ja? Also: Adam und Eva, die ersten Menschen, sind zwar das Urbild der Schöpfung, aber wie man weiß, nicht vollkommen. Im Gegenteil, sie sind unvollkommen. Aus diesem Grund ist die Adam-und-Eva-Idee auch keine gute Idee. Tut mir Leid, Stella. Denn wie man weiß, geht es den Human Designern um die Verbesserung der unvollkommenen Schöpfung. Deswegen lautet mein neuer Vorschlag: Ersetzen wir Adam und Eva durch das vollkommene Paar. Durch das ideale Paar!«

»Das ideale Paar? Hab ich richtig gehört? Es gibt ein ideales Paar?« Monika ist unbemerkt durch die angelehnte Tür geschlüpft und bleibt vor den Freunden stehen.

»Wer ist denn dieses ideale Paar? Seid ihr das ideale Paar?« Sie zeigt mit dem Finger auf Ben und Stella. »Oh, Eckart ist auch da! Um ehrlich zu sein: Das haben wir uns fast gedacht, dein Auto steht unten vor der Tür. Nett, euch alle zu sehen. Oder stören wir? Habt ihr vielleicht gerade von mir geredet, von mir und Joachim? Sind wir das ideale Paar? Joachim kommt gleich, er holt noch Zigaretten. Oder darf man bei euch nicht rauchen?«

»Du störst überhaupt nicht«, sagt Ulrich, »im Gegenteil, Stella braucht deine Hilfe.«

»Meine Hilfe? Wirklich? Wofür? Und das ist also das neue Sofa. Darf man sich setzen?«

Eckart rückt näher zu Ben, und Monika nimmt neben Eckart Platz.

»Was hat Stella denn mit ihrer Hand gemacht?«, fragt sie ihn.

»Sie hat sich den halben Handrücken aufgeschnitten.«

»Oh!« Monika verzieht ihr Gesicht. »Und wie ist ihr das gelungen? Du willst nicht darüber reden? In Ordnung. Also: Womit kann ich Stella helfen?«

Eckart bleibt stumm, zuckt nur mit der Schulter.

»Das war Bens Idee, dass ich Hilfe brauche«, klärt Stella sie auf.
»Brauchst du zufällig eine Idee für euer Human-Design-Event? Ja? Ich schenke dir eine: Ich würde während der Eröffnungsgala eine Modenschau veranstalten und eine breite Auswahl von menschlichen Zukunftsmodellen über den Laufsteg schicken. Die Forscher sollen sie prämieren. Ihre Wahl gäbe immerhin Aufschluss über die Geschmacksrichtung, die bei ihnen vorherrscht. Die würde mich doch sehr interessieren.«
»Rede mit Ulrich darüber«, sagt Stella, »der hat noch eine andere Idee.« Sie geht in die Küche und bereitet Tee und Kaffee. Joachim erscheint, umarmt sie und bietet ihr eine Zigarette an.
»Ich habe das Rauchen aufgegeben.«
»Aufgegeben? Schreckliche Vorstellung«, meint Joachim und zündet sich eine an, nimmt Stella das Tablett ab und trägt es zum Tisch.
»Man sollte die Genmanipulateure weltweit wegen schwerer Körperverletzung vor den obersten Gerichten anklagen«, mischt er sich in die Auseinandersetzung zwischen Ulrich und Monika ein, während er Tee oder Kaffee ausschenkt. »Die Menschen sind schon verwirrt genug, wir können nicht noch mehr Irrsinn gebrauchen.«
»Wäre das möglich?«
»Was? Die Manipulation des genetischen Codes als schwere Körperverletzung anzuklagen? Klingt auf jeden Fall ziemlich extravagant«, sagt Ulrich.
»Ulrich wäre sicherlich nichts zu extravagant, um sich mit seinen glänzenden juristischen Fähigkeiten ins Spiel

zu bringen«, meint Ben. Er jedoch bezweifle, dass selbst weltweite Klägerschaften mit Millionen von Unterschriften die Entwicklung verhindern könnten. »Der Zug ist abgefahren, wie man so schön sagt.«
»Das ist mir nur recht«, trumpft Monika auf. Ihrer Meinung nach fahre der Zug sogar viel zu langsam. Das bisherige Menschenmodell sei doch alles andere als gelungen. »Es hat einfach zu viele Fehler«, klagt sie. Sie halte durchaus bessere Modelle für möglich, intelligentere, friedlichere, schönere Wesen ohne Krankheiten und Alterungsprozesse. Über die Sache mit dem Sterben wolle sie lieber gar nicht erst nachdenken.
Ulrich unterbricht sie und bringt seine Idee vom idealen Paar wieder ins Spiel. Ein ideales weil vollkommenes neues Adam-und-Eva-Modell, von dem alle weiteren idealen Paare geklont würden, so dass die Welt irgendwann von gleichen idealen Paaren bevölkert sei, die auf die gleiche Weise ihre identischen idealen Klonkinder erziehen, die identisch sind mit ihren idealen Kloneltern und wieder ideale Paare werden wie sie und damit eine endlich ideale Welt erschaffen. »Auf diese Weise wären wir sogar unsterblich!«, ruft er aus.
»Hier spricht ein typisches Opfer der *Game-Generation*«, erregt sich Ben.
»Game-Generation?«
»Kennst du nicht die Generation, deren Angehörige sich von frühester Kindheit an mehrere Stunden täglich, wenn nicht ganze Tage hintereinander, in den virtuellen Welten von Filmen und Videos und Computerspielen aufgehalten haben und denen es einfach schwer fällt,

wenn nicht gar unmöglich ist, zwischen Fiktion und Wirklichkeit zu unterscheiden, wie die Opfer Monika und Ulrich gerade demonstrierten? Ich habe unsere Eltern gewarnt, Ulli!«

»Oh, Ben, du bist so schrecklich alt im Kopf! Du verstehst einfach nicht, dass alle Fiktion, alles, was gedacht ist, bereits die Vorform der Materialisierung ist. Und weil schon seit langem immer wieder einige aus unserer Spezies den Film im Kopf haben, Gott ähnlich werden zu wollen, ist es jetzt so weit, und sie können dieses Ich-bin-Schöpfer-Spiel, dieses ganz exquisite *Game* spielen, und natürlich verwirklichen die Guten unter ihnen einen Film, den sie auch immer schon im Kopf hatten, dass nämlich alle Menschen gleich sind. Ganz wörtlich. Mit den ideal Geklonten gibt es keine Unterschiede mehr, und jeder kennt jeden wie sich selbst. Folge: kein Neid, keine Eifersucht, keine Eltern-Kind-Dramen, Vater-und-Mutter-Komödien, keine Mann-Frau-Tragödien und natürlich auch keine Kriege, es herrscht vollkommene Gleichheit unter Gleichen.«

»Das ist ja höllisch!«, stöhnt Eckart auf, und Monika wirft ihm einen entzückten Blick zu, den Eckart übersieht.

»Dann schau dir erst mal den Film der Bösen an!« Ulrich lacht und Ben lacht mit, weil das ja alles Unsinn ist, wie er sagt, Schöpferwahn, in den die Spezies immer wieder verfällt, bis sie vor der Katastrophe und dem Scherbenhaufen steht. »Wir sind doch viel zu blöde dazu!«

»Sag ich ja! Darf man bei euch rauchen?« Monika lässt

sich von Joachim eine Zigarette anzünden, und auch Eckart bittet um Feuer.

»Ich bin dafür, dass Ulrich seine kreative Phantasie in Joachims Klage wegen schwerer Körperverletzung einbringt!«

Eckart stößt heftig den Rauch aus. »Es muss im Interesse der männlichen Population auf jeden Fall verhindert werden, dass unsere Söhne eines Tages vaterlose Gesellen sind. Geklonte Menschen haben, soweit ich informiert bin, eigentlich keine wirklichen Väter mehr. Stellt euch das doch bitte einmal vor, eine Menschheit ohne Väter! Niemand hat mehr einen Vater! Väter sind ausgestorben!« Eckart zieht immer heftiger an seiner Zigarette.

»Ganze Kulturszenarien werden wegbrechen«, stimmt Ulrich zu. »Es wird keinen Vatermord mehr geben und auch keine Vaterschuld.«

»Aber wozu dann überhaupt noch ein Paar?«, fragt Joachim. »Und dazu noch ein ideales Paar? Für die Fortpflanzung wird es nicht mehr gebraucht. Wofür dann?«

»Ist das nicht die große Chance für den Garten der Lüste?« Monika räkelt sich und schmiegt sich an Eckart, der ganz rot wird.

»Ich bin nicht eifersüchtig, Eckart, ich bete Monika an, sie ist eine prädestinierte Lustwandlerin in diesem Garten, nur glaube ich nicht, dass er eine Chance hat. Eher werden moderne Diktaturen eine Chance haben. Wo wird der Kongress eröffnet?«

»In der Philharmonie. Das war Thomas' genialer Einfall. Thomas hatte etwas von Disharmonie gehört. Von den disharmonischen Schwingungen der genetisch manipulierten DNS, die bei massenhafter Manipulation von Pflanzen, Tieren und Menschen eine weltweite Disharmonie in der Atmosphäre auslösen soll, die vielleicht sogar das Universum erfassen könnte. Und dieser Dis-Harmonie setzte er die Viel-Harmonie entgegen, und jetzt gestalten *wir* für den Verband der Pharmaindustrie den Kongress und feiern in der Philharmonie. Und ich schlage vor: Die Gastgeber des Abends sind vierzig geklonte ideale Paare, geklont nach dem tatsächlich idealen Paar Eros und Venus. Gute Idee?«

»Bravo!« Ulrich klatscht Stella Beifall. »Erlaubst du, dass Joachim und ich zu Gast sind? Wir werden dann heimlich Unterschriften für eine weltweite Klage sammeln. Selbstverständlich auch im Namen von Pflanzen und Tieren. Fangen wir doch gleich damit an! Ihr unterschreibt sicherlich alle, oder?«

Es klingelt wieder. Diesmal fragt Ulrich durch die Gegensprechanlage, wer da sei. Er erhält keine Antwort. Stattdessen klopft es an der Wohnungstür.

»Es hat geklopft, Stella, was soll ich machen?«

Stella antwortet nicht, sie ist im Bad. Ulrich öffnet die Tür. Die Augen einer ägyptischen Pharaonenfrau schauen ihn an.

»Darf ich?« Trixa schlüpft, ohne Ulrichs Antwort abzuwarten, an ihm vorbei in die Wohnung.

»Heh, ich muss wissen, wer Sie sind, sagen Sie mir sofort, wer Sie sie sind! Wer sind Sie?« Ulrich stellt sich Trixa in den Weg und lacht sein gewinnendstes Lachen. Trixa schaut an ihm vorbei.

»Sieh an, lauter Fassaden! Kleines Familientreffen auf dem neuen Sofa, oder? Ich bring den Schlüssel zurück. Ich hab ihn gestern geklaut. Wo ist Stella?« Trixa sieht sich um und begegnet cool den Blicken von Monika und Eckart auf dem Sofa. Sie hat sich für die Schlüsselrückgabe mit Ringelstrumpfhosen und kurzem Röckchen herausgeputzt. Und das Haar gekämmt. Und die Augen ägyptisch ummalt.

»Sag mal, Ben, wer ist denn diese entzückende Maske, die euren Schlüssel geklaut hat und uns Fassaden nennt, uns, die wir vor Authentizität und Wahrhaftigkeit nur so strotzen!«

Stella kommt aus dem Bad.

»Da ist jemand, der dich sprechen will«, sagt Joachim. Aber Trixa ist schon bei ihr. »Tut mir Leid. Soll nie wieder vorkommen. Vergebung.« Sie verbeugt sich tief, händigt Ben den Schlüssel aus und will die Wohnung verlassen, da stellt sich ihr Ulrich wieder in den Weg.

»Unterschreiben Sie?«, fragt er. »Sie müssen unterschreiben, wir unterschreiben alle.«

»Du kannst ruhig du zu mir sagen.«

»Du. Unterschreibst du? Eine Klage. Wegen schwerer Körperverletzung. Durch Manipulation oder Austausch von Genen oder Klonen. Eingereicht bei den obersten Gerichten der Welt. Unterschreibst du?« Ulrich gefällt das Spiel.

Trixa schaut sich noch einmal in der Runde der Freunde um. »Wir sind alle geklont, ihr wisst es nur noch nicht. Ihr habt nur eine Chance: Ihr müsst viele werden! Jeder Einzelne muss mehrere Personen auf einmal sein. Ver-

stehst du, was ich meine?«, wendet sie sich an Ulrich und lässt ihn dann, ohne eine Antwort abzuwarten, stehen, und geht, ohne sich zu verabschieden.
»Wer war denn das? Etwa eine der Kreationen aus einem der Designer-Labors? Wenn die *so* aussehen, dann *muss* man ja klagen!« Monika verlässt ihren Platz neben Eckart und läuft ans Fenster, stellt sich auf Zehenspitzen, um Trixa hinterhersehen zu können.

*

Trixa streift unentschlossen um den Bahnhof Friedrichstraße herum. Sie hat keine Lust, nach Hause zu gehen. Es ist niemand da, und sie will jetzt nicht allein sein. Aber selbst wenn jemand zu Hause wäre, hätte sie trotzdem das Gefühl, allein zu sein. Sie ist heute in dieser Stimmung. Sie kennt diese Stimmung, von der sie hin und wieder überwältigt wird wie von einer Naturkatastrophe. Sie kann nichts dagegen tun. Sie spürt ihr Nahen schon einen Tag vorher, manchmal sogar zwei oder drei Tage. Es beginnt mit einer leichten Unruhe, die sie zunächst kaum bemerkt. Die sie manchmal nur daran bemerkt, dass sie anfängt, herumliegende Kleidungsstücke aufzuheben und zusammenzulegen oder sie auf den Bügel zu hängen. Wenn sie diese ersten Anzeichen als Warnung erkennt, kann sie sich zwar nicht vor dem Hereinbrechen der Stimmung, die eine sich stetig steigernde Unruhe mit sich bringt, schützen, sie kann sie aber nutzen. Etwa für das große Aufräumen, wofür Christina sie dann lobt. Oder um sich im Spiel mit dem Butterfly-

messer zu perfektionieren. Wenn allerdings die Unruhe droht, übermächtig groß zu werden – das kann passieren, wenn sie die ersten Warnzeichen übergeht –, dann hilft nur eins: Klauen. Wenn sie klaut, wird es ruhiger in ihr. Bei sehr gewagten Aneignungsakten sogar still, geradezu friedlich. Sie hat sich, nicht aus Ehrgeiz, sondern aus Notwendigkeit, im Laufe der Jahre durch eine ständige Steigerung der Schwierigkeitsgrade beim Klauen zu einer Meisterdiebin entwickelt.
Trixa schaut auf die Uhr am Bahnhof, es ist kurz nach drei, noch haben die Geschäfte um das *Quartier 206* herum und im Quartier selber, ihrem Revier, geöffnet.
Sie läuft schnell die Stufen zur U-Bahn hinunter, steigt an der nächsten Station schon wieder aus, braucht nur die Straße zu überqueren und ist bereits in den *Galeries Lafayette*, ihrem favorisierten Ort für das Warming up: Sie übt nur ihre Fingerfertigkeit, sie legt die entwendete Ware wieder zurück an ihren Platz.
Hier hat sie Bruno getroffen. Er beobachtete sie und sprach sie dann an. Er war beeindruckt, das merkte sie, auch wenn er meinte, sie könne noch eine ganze Menge von ihm lernen. Bruno gefiel ihr, und auch die Brüder gefielen ihr, die er am nächsten Tag mitbrachte. Sie zeigte ihnen, wie sie die lästige Warensicherung umgeht, indem sie bereits gekaufte Ware aus fremden Einkaufstüten in ihre Einkaufstüte wechseln lässt. Bevorzugt aus den Einkaufstüten von Touristen, ihnen begegnet man nicht unbedingt wieder.
Es war natürlich ein Fehler, die Brüder in ihr System einzuweihen. Es war auch ein Fehler, mit ihnen eine

Cola trinken zu gehen. Sie überhaupt häufiger zu sehen. Und sich mit Bruno allein zu treffen. Von da an wollten sie, dass sie bei ihnen mitmacht. Eigentlich wollte das vor allem Bruno, und auch nicht wirklich, er wollte sie. Das war das Ende. Zu dem Treffen am nächsten Tag ging sie nicht mehr hin. Daraufhin lauerte er ihr auf. Noch nie hätte er eine nicht gekriegt, meinte er. Ich krieg dich, sagte er, ganz bestimmt! Es klang wie eine Drohung. Seitdem verfolgt er sie. Seitdem hat sie ein Messer bei sich.

Trixa drängelt sich an den Verkaufstischen mit Accessoires vorbei und nimmt die überfüllte Rolltreppe in den ersten Stock. Auch hier herrscht zwischen den Kleiderständern, Regalen und Tischen lebhaftes Gedränge. Sie mischt sich unter die Menge und lässt ihre Blicke ziellos umherschweifen. Sie fängt andere Blicke auf, die sie verstohlen, manche auch offen, anstarren. Sie hat sich heute für Stella Pharaonenaugen gemalt. Viel zu auffällig würde sie aussehen, meinten die Brüder. Und Bruno sagte, nur weil sie bemalt gewesen wäre, sei er aufmerksam auf sie geworden. Ohne all das bunte Zeug würde man sie wahrscheinlich übersehen, und das sei für den Job die viel bessere Voraussetzung, und wenn sie mit ihnen arbeiten würde, müsse sie unauffällig sein. Sie widersprach: Das bunte Zeug lenkt ab, die Leute sehen mir nicht auf die Finger.

Trixa bleibt stehen. Mitten aus der dicht gehängten Ware eines Kleiderständers leuchtet es rot zu ihr hinüber. Es ist ein ganz bestimmtes Rot, das so leuchtet. Es ist sehr selten, dieses Rot. Trixa erinnert sich nicht, es in all den Jahren irgendwo einmal gesehen zu haben. Zum ersten Mal sah sie es in der Dachwohnung in der Marienstraße wieder. Es lag auf dem Boden und war Stellas Kleid. Jetzt hängt es vor ihr zwischen anderen Kleidern und ist auch Stellas Kleid. Gleich drei Mal in verschiedenen Größen. Sie wählt die kleinste Größe und sucht eine der Umkleidekabinen auf. Sie probiert das Kleid nicht, sie hält es sich noch nicht einmal vor den Körper. Es ist nicht für sie. Sie untersucht nur, welche Methode die geeignetste ist, es zu entwenden. Es ist für Klara. Klara braucht Klamotten, sie wird bald vorsprechen. Sie will Schauspielerin werden. Die Aufnahmeprüfung ist in drei Wochen. Sie bereitet sich seit langem darauf vor, lernt Texte auswendig, probiert Rollen. Sie braucht eine Garderobe, und Trixa hat ihr versprochen, ihr eine zu besorgen. Christina unterstützt Klara nicht, sie traut ihr Managerqualitäten zu. Arme Klara! Bestimmt wird Christina schon bald einen Praktikantenjob für sie in einem dieser großen Glaspaläste gefunden haben. Sie, Trixa, hat sich noch nie in einem dieser großen Glaspaläste aufgehalten. Sie könnte es auch nicht. Was sie, seitdem sie in Berlin Mitte wohnt, von außen hinter den Glasfassaden gesehen hat, sehen konnte, hat sie darin nur bestärkt. Wenn sie vor so einem Palast steht und von ganz unten nach ganz oben blickt und die Leute, die sich wie Puppen und Automaten in ihren Büros bewegen,beobachtet, glaubt sie nicht, dass es wirkliche Menschen sind. Trixa verlässt die Kabine und hängt den Bügel mit dem Kleid zurück an seinen Platz. Sie wird mit einer Tasche, ausgepolstert mit Alufolie, wiederkommen. Ihr gefällt die Alu-Methode eigentlich nicht, sie ist ihr zu plump, aber die Folie verhindert den Alarm. Eine Tasche allerdings zieht immer Aufmerksamkeit an. Vielleicht fällt ihr bis Montag eine elegantere Methode ein, sie wird darüber nachdenken.

Mit dem Gong mischt sich Trixa um Punkt sechzehn Uhr unter die hinausströmende Menge. Ihr ist nicht aufgefallen, dass Bruno sie beobachtet hat. Sie bemerkt auch nicht, dass er ihr folgt, zuerst in die U-Bahn und dann bis zur Burg. Dort stellt er sich ihr in den Weg. Was das für ein Fassadenarsch war, an den sie sich rangeklebt hat, will er wissen.

»Das ist Ben. Und Ben ist mein Freund.«

»Vergiss ihn, der ist Scheiße«, sagt Bruno und will den Weg nicht freigeben. Sie bückt sich und will das Messer aus dem Stiefelschaft ziehen. Es steckt nicht an seinem Platz. Deshalb stößt sie im Hochkommen Bruno mit aller Kraft beiseite und ist verwundert, dass es ihr gelingt.

Oben in der Wohnung sucht sie gleich das Bad auf. Tatsächlich liegt das Messer auf der Ablage. Sie hat es dort vergessen. Gestern, als sie anfing, unruhig zu werden, ist sie ins Bad gegangen und hat sich mit dem Messer die Haut geritzt, bis es weh genug tat und sie den Schmerz mehr spürte als die Unruhe.

Trixa nimmt das Messer und spielt damit. Manchmal wird sie auch dann schon ruhiger und sie muss sich nicht noch den Schenkel ritzen. Natürlich ist der Ritzer, den sie Stella gezeigt hat, nicht von Bruno, sie hat ihn sich selber beigebracht. Manchmal muss sie das einfach tun. Es hilft. Trixa lässt die Klinge kreisen. Wenn Bruno jetzt

vorn in ihrem Zimmer steht, wird sie ihm mit dem Messer drohen.
Sie betritt ihr Zimmer und schaut in alle Ecken und sucht ihn sogar unter dem Bett. Obwohl das Fenster geschlossen ist und Bruno nicht über den Baum durch das Fenster eingestiegen sein kann. Aber sie braucht Gewissheit. Erst nach genauer Prüfung zieht sie die schwarzen Vorhänge vor das Fenster und lässt sich auf ihr Bett fallen.
Trixa streift die Kurzschafter, die sie immer nur notdürftig zuschnürt, von den Füßen und streckt sich aus. Durch die Vorhänge dringt nur wenig Licht ins Zimmer. Bruno hatte ihr geholfen, den schweren Vorhangstoff vom Kaufhaus bis vor die Pforte zu tragen. Eine Woche hat sie gebraucht, um den dicken schwarzen Filz erst zu finden, ihn dann zu kaufen und zu Hause in zwei gleich lange Teile zu schneiden, zusammenzuheften, Ringe und Gardinenstangen anzubringen und ihn schließlich aufzuhängen. Christina und Klara gefallen die Vorhänge nicht, sie haben sogar versucht, sie ihr auszureden. Sie ist froh, dass sie sich nicht davon hat abbringen lassen. Sind sie erst einmal zugezogen, fühlt sie sich sicher und glaubt nicht mehr, dass Bruno plötzlich vor ihr stehen könnte.
Trixa folgt dem schmalen hellen Lichtstreifen, der durch den Spalt auf die gegenüberliegende Wand fällt. Noch bildet er sich nur schwach ab, aber je dunkler es draußen wird, umso kräftiger wird er durch die Lichter im Hof werden, und vor allem von dem Licht der Peitschenlampe vor der Pforte. In seiner gesättigtsten Form wird er in der gänzlichen Schwärze des Zimmers fast weiß er-

scheinen. Manchmal, wenn sie so im Dunkel daliegt und den hellen Streifen beobachtet, wie er heller wird, glaubt sie, sie warte auf jemanden. Auf jemanden, den sie kennt. Den sie so gut kennt wie sich selbst. Der ihr so vertraut ist wie sie sich selber. Ja, manchmal glaubt sie, sie warte auf sich, oder auf einen Teil von sich, der ihr abhanden gekommen ist. Manchmal fehlt ihr dieser Teil so sehr, dass es wehtut, als wäre da, wo er fehlt, eine wunde Fläche. Und manchmal dringt das Wehtun durch die Haut, und es brennt, und sie muss sich kratzen. Dann geht sie an den Eisschrank und reißt eine Milchtüte aus dem Seitenfach und trinkt sie leer. In einem Zug. Manchmal einen halben Liter. Dann ist es, als ob die kalte Milch alles vereist, und es brennt nicht mehr, und sie muss sich nicht mehr kratzen.

»Du wartest darauf, dich zu verlieben«, meinte Christina. »Wieso gehst du nicht mal in die Disco?«, schlug sie vor. »Hier zu Hause wirst du den, in den du dich verlieben willst, nicht treffen.«

Sie malte sich bunt an und ging in eine Disco und tanzte stundenlang, und da war auch jemand, der mit ihr tanzte und ihr gefiel. Aber das große Warten blieb trotzdem. Und die Unruhe.

»Es war eben nicht der Richtige«, meinte Christina, »noch nicht.«

⋆

Das hübsche, blonde junge Mädchen in dem offenen hellen Mantel und dem hellgrauen, die Figur betonenden Kleid darunter steigt *Unter den Linden* in Höhe der Humboldt-Universität in den Bus.

»Kurzstrecke«, sagt sie zu dem Fahrer und legt das abgezählte Geld in die Mulde. Statt nach den drei Stationen, für die sie bezahlt hat, steigt sie erst nach fünf Stationen aus. Sie überquert die Straße gleich hinter der Bushaltestelle und bleibt vor einem der großen Bürogebäude stehen. Sie vergleicht die Nummer über dem Eingang mit der Zahl auf dem Zettel in ihrer Manteltasche. Sie entscheidet sich für die Drehtür neben der breiten gläsernen Schwingtür und dreht sich hinein in eine lichte große Halle. Der Pförtner sitzt etwas erhöht hinter dem Empfang. Er hat silbernes Haar und trägt ein dunkelblaues Jackett über einem hellblauen Hemd mit dunkelblauem Schlips. Sie geht, ohne zu zögern, auf ihn zu und sagt, sie sei Klara Kleist und wolle sich für den Job in der Kantine bewerben. Ihre Schwester habe mit Frau Meier gesprochen. Sie solle sich beim Pförtner melden, habe Frau Meier gesagt.

»Wie war der Name?«

»Klara Kleist.«

Der Pförtner blättert in seinem Kalender. Er hat sich einen anderen Namen notiert, in seinem Kalender steht nicht Klara, sondern Trixa Kleist.

»Das hat Christina durcheinander gebracht«, sagt Klara. »Christina ist die Älteste von uns«, erklärt sie, »und sie ist die Klügste von uns. Aber seitdem sie studiert und einen Feldversuch konzipiert, organisiert und überwacht, ist sie zerstreut wie ein alter Professor und bringt ständig alles durcheinander. Trixa könnte den Job gar nicht machen, Trixa hat eine Phobie, sie kann nicht mit dem Fahrstuhl fahren. Können Sie sich das vorstellen?«

Nein, das kann der Pförtner sich beim besten Willen nicht vorstellen.

»Ist denn der Job noch zu haben?«

»Diese Frage kann ich Ihnen nicht beantworten, junge Frau, aber wir können ja Frau Meier fragen.« Der Pförtner greift zum Telefonhörer und zwinkert Klara aufmunternd zu, während er mit der Kantinenwirtin spricht.

»Fahren Sie in den zehnten Stock.« Der Pförtner zeigt mit ausgestrecktem Arm in Richtung Fahrstuhltüren. »Folgen Sie dem Pfeil und Sie werden die Kantine nicht verfehlen. Frau Meier erwartet Sie dort. Ich drücke Ihnen die Daumen.«

Der Pförtner zwinkert Klara erneut aufmunternd zu, und sie bedankt sich mit einem koketten Lächeln und geht hinüber zum Fahrstuhlbereich. Dort warten bereits Leute. Klara stellt sich zu ihnen. Sie reden nicht miteinander, schauen vielmehr stumm auf den Boden oder in die Luft. Klara macht es ihnen nach. Ein leiser Klingelton zieht die Blicke der Wartenden auf eine der geschlossenen Metalltüren. Auch Klara starrt sie an. Sie öffnet sich, und viele Leute strömen heraus, dann drängeln sich die Wartenden hinein, mit ihnen Klara. Und wie die anderen drückt auch sie einen der Knöpfe auf der Knopfleiste, den mit der Zahl Zehn. Sie ist die Einzige, die diesen Knopf drückt. Die Fahrstuhltür schließt sich, und der Metallkorb hebt ab. Klara spürt die Hitze, die mit dem Hinaufgleiten, so lautlos und kaum spürbar es auch ist, von ihren Füßen durch die Beine schnell nach oben aufsteigt. Und je höher hinauf die Fahrt geht, umso höher hinauf steigt auch die Hitze in ihr, bis sie sich in ihrem Bauch ausbreitet: Es ist ihre geheime Wut. Sie ist insgeheim, auch wenn sie es ihr nicht zeigt, wütend auf Christina, die sie zwingt, sich für den Kantinenjob zu bewerben, um vielleicht irgendwann an einen Praktikantenjob heranzukommen. Die Zeitung gehöre einem großen Medienkonzern, und wenn sie BWL oder VWL studieren würde, könnte sie durch den Praktikantenjob später ins Management einsteigen, argumentiert Christina.

»Dir zuliebe probier ich's«, hatte sie gesagt, aber nur den Job in der Kantine gemeint, den könnte sie zur Not neben dem Schauspielunterricht weitermachen, das würde Christina erst einmal zufrieden stellen. Und sie möchte, dass Christina zufrieden ist. Sie verdankt ihr so viel, nicht zuletzt, dass sie in Berlin ist. Sie ist gern in Berlin. Sehr gern sogar.

Als nach schier endlos langer Fahrt mit endlos vielen Stopps, bei denen einige aussteigen und andere hinzu-, der Metallkorb, in dem nun außer ihr niemand mehr transportiert wird, seine Geschwindigkeit verringert und sich mit dem Halt die Tür zurückschiebt, kommt es Klara vor, als glühe mitten in ihr eine rote Hitzekugel. Im letzten Moment, bevor sich die Tür wieder schließt, springt sie aus dem Fahrstuhl und auf den Gang hinaus und schaut sich um, wirft ihr langes, blondes Haar zurück, wischt sich die Feuchtigkeit aus dem Nacken, die Hitze ist unerträglich. Schließlich folgt sie dem

Richtungspfeil auf dem Schild, das zur Kantine weist. Die Heimliche-Wut-Kugel in ihrer Mitte glüht noch immer rot. Trotzdem setzt sie ihren Weg fort und geht auf die Kantinentür zu. Jemand sagt *Bitte* und öffnet sie ihr. Sie geht an diesem Jemand vorbei in einen menschenleeren Raum mit vielen Tischen und Stühlen, die in einem großen runden Bogen um eine leere Fläche gruppiert sind. Die leere Fläche sieht aus wie eine Bühne. Sie wird begrenzt von einem lang gestreckten Tresen. Eine dünne, große Frau steht davor. Sie hat braunes Haar und einen Bubikopfschnitt. Sie trägt ein braunes Kostüm und darunter eine beigefarbene Bluse mit einem Schalkragen. Sie nickt und lächelt, und Klara geht auf die dünne, große Frau zu, und auch sie kommt ihr entgegen, und sie treffen sich mitten auf der leeren Fläche. Auf der Bühne. Und da verändert sich die glühende Heimliche-Wut-Kugel in Klaras Bauch und wird kleiner und fester, wird ein schöner, rot leuchtender Ball. Er beginnt, ein wenig auf und ab zu hopsen. Er hüpft und hopst und springt. Es ist, als ob er sie auffordert, mit ihm zu spielen. Es ist ein Spielball. Sie lächelt und streckt der dünnen, großen Frau die Hand entgegen.

»Ich bin Klara Kleist, meine Schwester Christina hat mit Ihnen gesprochen. Ich interessiere mich für den Job als Bedienung in der Kantine. Der Pförtner eben meinte, er sei noch nicht vergeben, ist das richtig?«

Klara ist es, als würde sie den Text einer Rolle sprechen, die sie hier demnächst auf dieser Bühne spielen wird. Den ersten Satz in einem Stück, das sie noch nicht kennt. Es wird aber hier an diesem Ort aufgeführt. Und

sie wird darin einen Part übernehmen. Einen wichtigen Part. Nicht gerade die Hauptrolle. Aber wer weiß. Alles ist noch offen. Nur der erste Satz ist bisher gesprochen. Klara spürt wieder den kleinen roten Ball. Den Spielball. Er hüpft und hopst und springt vergnügt in ihr auf und ab.
Sie wird hier auf dieser Bühne ihre erste Rolle spielen und sie wird sie richtig gut spielen. Es ist keine Traumrolle, bei weitem nicht, aber sie wird gut genug zum Üben sein. Es ist ein Anfang. Zweifellos ein bescheidener, denn sie hat Großes vor. Aber auch die Großen haben klein angefangen.
Sie sei Anna Meier, stellt sich die Kantinenwirtin vor, und der Job sei noch nicht besetzt. Ob sie Praxis habe, fragt sie, und Klara zählt gleich mehrere Aushilfsjobs in Kopenhagen auf und einen in Berlin im Literaturhaus Café. Natürlich hat sie keine Praxis, aber wie alles an dieser Rolle in dem Stück *In der Kantine* wird sie auch das Servieren schnell und leicht lernen. Frau Meier bittet Klara in ihr Büro. Klara folgt ihr, und der Spielball in ihr hüpft und hopst und springt weiter. Das ist ein lustiges Spiel, scheint er ihr zu sagen. Ja, das wird bestimmt ein lustiges Spiel werden, gibt Klara ihm Recht, und sie wird die Rolle bekommen.
»Wie war der Name?« Frau Meier setzt sich vor den Computer.
»Klara Kleist, Schauspielschülerin.«
»In welchem Semester?« Frau Meier tippt Klaras Daten in das vorgefertigte Formular.
»Ich habe mich gerade erst beworben, ehrlich gesagt.

Die Prüfung ist in drei Wochen. Meine Mutter war auch Schauspielerin. Am Theater. Ich möchte zum Film.«

»Na, hat's geklappt?«, fragt der Pförtner neugierig, als Klara wenig später aus der zehnten Etage zurückkehrt.

»Hat geklappt«, sagt Klara und wedelt mit dem Computerausdruck.

»Dann sehen wir uns ja öfter«, meint der Pförtner und zwinkert ihr wieder zu.

»Ab nächsten Montag jeden Tag von zwölf bis fünfzehn Uhr. Und vielen Dank auch noch für Ihre Hilfe.«

Klara verlässt die Halle wieder durch die Drehtür.

»Da nicht für«, ruft der Pförtner ihr hinterher.

Vor dem Bürogebäude steht Ben auf dem breiten Trottoir der Potsdamer Straße und unterhält sich mit Eckart. Klara winkt ihm zu, aber Ben reagiert nicht. Natürlich nicht. Wie sollte er auch, er kennt sie nicht, er kennt bisher nur ihre beiden Schwestern. Sie geht auf ihn zu.

»Ich bin Klara«, stellt sie sich ihm kurz entschlossen vor. »Ich bin die Schwester von Christina und Trixa. Heute Morgen bist du mit Stella bei uns an der Burg vorbeigegangen. Wir saßen mit Schmittchen an dem kleinen Tisch am Fenster und frühstückten, und sie haben gesagt: ›Schau, das da sind Stella und Ben.‹ Ich habe schon viel von dir gehört.«

»Ach ja?« Ben sieht Klara neugierig an. »Noch eine Schwester von Trixa? Wie viele Schwestern seid ihr denn?«

»Bisher sind wir zu dritt, aber vielleicht bekommen wir bald ein Geschwister, unser Vater hat wieder mal geheiratet, und seine neue Frau ist nicht viel älter als Christina und sie wünscht sich ein Baby.« Klara lacht. »Vielleicht sind wir bald vier.«

»Wie geht es Trixa? Hat sie immer noch Ärger mit Bruno?«

»Er streift um die Burg herum wie ein räudiger Kater. Er wollte von Trixa wissen, wer du bist, und sie hat gesagt, du wärst ihr Freund. Was ja nicht stimmt, du bist ja nicht ihr Freund. Das hat sie nur gesagt, um ihn zu vertreiben. Daraufhin hat er gesagt, du wärst Scheiße.«

»Was auch nicht stimmt«, sagt Ben. »Hast du den Job bekommen?«

»Den in der Kantine? Woher weißt du von dem Job?«

»Ich arbeite hier, unsere Redaktionsräume liegen im dritten Stock. Ich habe Christina den Tipp gegeben.«

»Davon hat sie nichts erzählt, unsere zerstreute Frau Professorin! Dann sehen wir uns ja öfter, am kommenden Montag fange ich an. Was für eine hübsche Überraschung!« Klara lacht wieder, und Ben bemerkt, dass er sie auf eine ähnliche Weise anstarrt, wie Eckart das schon die ganze Zeit tut.

»Ja, wirklich eine hübsche Überraschung«, stimmt er Klara zu.

»Na, dann bis bald«, sagt sie und geht davon, schlendert über das breite Trottoir der Potsdamer Straße Richtung Potsdamer Platz. Sie hört noch, wie Eckart sich bei Ben nach ihr erkundigt, versteht aber nicht Bens Antwort. Sie wirft übermütig den Kopf in den Nacken und schüttelt ihr langes blondes Haar und schaut in den Himmel. Er ist wolkenlos und leuchtet in einem satten Blau wie sonst nur im Süden. Sie zieht ihren Mantel aus und bleibt wenig später vor einem Café stehen. Die Kellner haben schnell ein paar Stühle und Tische auf dem breiten Trottoir verteilt. Sie setzt sich und bestellt einen Cappuccino.

Klara lehnt sich in dem Stuhl zurück, räkelt sich in den ersten warmen Sonnenstrahlen, rechnet ihren monatlichen Verdienst noch einmal im Kopf nach und ist trotz der geringen Gage zufrieden. Christina wird es auch sein. Sie schlägt ein Bein über das andere und betrachtet ihre leuchtend roten Schuhe mit dem halb hohen schmalen Absatz. Sie sind von Trixa. Auch den Mantel und das Kleid hat sie ihr besorgt. Extra für den Kantinenjob. Trixa unterstützt sie, will auch, dass sie die Aufnahmeprüfung an der Schauspielschule besteht. Sie glaubt, ihre Garderobe spiele dabei eine wichtige Rolle, keine geringere als die, die sie vorspielen wird. Kleider machen Leute, und wenn du genau das Richtige anhast, wirst du die Figur so darstellen, wie sie ist, und das überzeugt jeden. Sag mir, was du vorspielst, und ich besorge dir die genau richtige Klamotte, versprach sie zum Schluss.

Klara nippt an ihrem Cappuccino. Ihre Schuhe ziehen die Blicke der Vorübergehenden an. Schweifende, streifende, manchmal streichelnde Blicke, ganz andere als die, die Trixa bekommt. Die Leute bleiben tatsächlich stehen, kommt Trixa ihnen in voller Trixa-Bemalung entgegen. Im Gegensatz zu Trixa wird Christina in ihrem ewig gleichen Weißes-T-Shirt-und-Blue-Jeans-Outfit von niemandem wirklich bemerkt. Klara wechselt die Position und betrachtet jetzt selber mit schweifenden, streifenden, manchmal auch streichelnden Blicken ihre roten Schuhe. Erst in der Sonne entfaltet das Rot seine ganze Strahlkraft. Da fällt ein Schatten auf ihre Beine und die Schuhe, und Klara sieht im Gegenlicht einen Mann stehen. Sie erkennt ihn gleich wieder, es ist derselbe, der sich mit Ben unterhalten hatte.

»Kann ich mich dazusetzen?«

»Wenn du mir ein Glas spendierst und wir auf meinen neuen Job anstoßen, erlaube ich es dir«, sagt Klara. »Es ist nämlich mein allererster Job, ich habe noch nie für Geld gearbeitet. Das findest du komisch, oder? Ich bin ziemlich gespannt, wie das ist. Und was machst du? Du bist doch der Freund von Ben, oder? Arbeitest du auch bei der Zeitung?«

Eckart bestellt Prosecco, und nach dem zweiten Glas hat er Klara bereits sein halbes Leben erzählt, dass er Kunden bei einer Bank betreut und sie über ihr Vermögen berät und es auch anlegt, und dass er mit Ben zur Schule gegangen ist und alle Mädchen sich in Ben verliebten. Was Ben nicht mitbekam. Er war verliebt in eine, die niemand jemals zu Gesicht bekam. Ben lernte sie während der Sommerferien in England kennen und schwärmte sie aus der Ferne an. Er hatte keine Augen mehr für irgendeine andere. Das hätte die Mädchen ganz verrückt gemacht, und sie probierten alles Mögliche aus, um seine Aufmerksamkeit zu gewinnen, selbst ihn, Eckart, hätten sie ausprobiert, nur um an Ben heranzukommen.

»Und, hat's geklappt?«

Eckart schüttelt den Kopf. »Er hat es gar nicht bemerkt.«
»Nein, das meine ich nicht. Hat es mit dem Ausprobieren geklappt?«
»Manchmal schon.«
»Verliebt oder verlobt oder verheiratet?«
Er sei weder verliebt noch verlobt noch verheiratet, aber er wäre sowohl sehr gern verliebt als auch verlobt als auch gern verheiratet, er hätte das Singledasein einfach satt, sagt Eckart.
»Dann verlieb dich doch in mich«, fordert Klara ihn auf und lacht, »und dann verloben wir uns und heiraten und feiern Doppelhochzeit, meine Schwester Trixa sagt, Ben und Stella würden auch bald heiraten.«
Er halte das für möglich, meint Eckart, denn seitdem Ben Stella getroffen habe, würde er andere Frauen nicht mehr bemerken wie damals mit der englischen Liebe während der Schulzeit. Das sei ihm, Eckart, noch nie passiert, und falls sie sich tatsächlich in ihn verlieben sollte, und es sei schon jetzt sein leidenschaftlicher Wunsch, sie für sich zu gewinnen, so müsse er sie doch auch warnen, denn er habe in den vergangenen Jahren einen bisher unverbesserlichen Hang zu erotischer Untreue bewiesen.
Klara lacht und sagt, sie sei viel zu naiv, um etwas so Kompliziertes zu verstehen, und Eckart ist gleichermaßen verwirrt und beglückt von ihrem Lachen und bestellt zwei weitere Gläser Prosecco und beschreibt, wie Trixa auf ihn und auf Monika und Joachim gewirkt habe. »Wie von einem coolen Planeten«, sagt er zum Schluss. Und Klara erzählt von ihren Plänen, und Eckart

schaut auf die Uhr. Das Kundengespräch mit Ben fällt heute eben etwas länger aus als sonst.

Als Klara mitten in der Nacht mit Schmittchen im Arm aufwacht, ist sie noch immer betrunken, das spürt sie gleich. Aber die überdrehte Heiterkeit, die sie nur noch hin und her schwanken statt aufrecht gehen ließ, nur noch kichern statt lachen, die sie auch, kaum hatte sie die Wohnungstür hinter sich geschlossen, in die Knie gehen und zum Bett robben ließ, auf dem sie dann wie bewusstlos einschlief, diese Heiterkeit ist einem heftigen Unwohlsein, Übelkeit gepaart mit Kopfschmerz, gewichen. Sie verträgt einfach keinen Alkohol. Höchstens ein Glas Wein am Abend bekommt ihr. Aber mit Eckart hatte sie schon am Nachmittag begonnen, Alkohol zu trinken. Das darf sie einfach nicht tun. Trotzdem, auch wenn sie sich jetzt elend fühlt, es hat Spaß gemacht, sich mit Eckart zu betrinken. Nur küssen lassen wollte sie sich nicht, zumindest nicht so häufig, wie Eckart sie küssen wollte.

Klara rollt sich vom Bett, und Schmittchen fällt vor ihre Füße. Wie ist er in ihr Bett gekommen? Sie schleppt sich ins Bad und kitzelt mit dem Finger den Rachen und erbricht sich. Danach fühlt sie sich wohler. Sie setzt sich auf den Badewannenrand und wartet auf weitere Übelkeitsattacken. Dabei betrachtet sie sich im Spiegel und denkt erst an Eckart, dann an Ben und danach an den Job in der Kantine und zum Schluss an Schmittchen. Wenn sie an Schmittchen denkt, ist die Welt meistens gleich wieder in Ordnung, und tatsächlich folgen keine weiteren Attacken, und so kehrt sie in ihr Zimmer zurück. Sie zieht sich rasch aus und hängt den hellen Mantel an die Garderobe – sie versuchte am Abend erst gar nicht, ihn auszuziehen – und danach das graue Kleid in den Schrank. Die roten Schuhe ordnet sie ins untere Schuhfach ein. Sie schließt die Schranktür wieder. Normalerweise ist sie nicht so ordentlich, normalerweise hätte sie sich schon im Bad die Kleidung abgestreift und sie dort einfach liegen gelassen, wie Trixa es auch öfters macht. Aber Christina hat gestern alles aufgeräumt und auch die Schränke ausgemistet und sich beschwert und gesagt, nur wenn sie alle ordentlicher würden, könnten sie alle drei in der Wohnung wohnen. Natürlich meinte Christina, dass sie und Trixa ordentlicher werden müssten, denn Christina war schon immer die Ordentlichste. Sie, Klara, ist nicht so gnadenlos unordentlich wie Trixa, die überall alles liegen lässt, schon aus Prinzip, denn nur wenn sie ihren Besitz sichtbar um sich herum verstreut, fühlt sie sich wohl, bei sich zu Hause sozusagen, meinte sie. Klara versteht das, ihr geht es ähnlich, auch sie hasst die sterile Aufgeräumtheit, die Christina anzustreben scheint. Aber sie ist so froh, dass Christina sie nach Berlin geholt hat, und dafür allein ist sie bereit, ordentlicher zu werden. Klara schlüpft in ihr Nachthemd, eine Art Unterrock aus fließendem Stoff, der bei jeder Bewegung ihre Haut streichelt. Sie hebt Schmittchen auf und trägt ihn an seinen Platz am Fenster. Sie kann sich beim besten Willen nicht erinnern, wie er in ihr Bett gekommen ist.

Bevor sie Schmittchen in die Nische setzt, drückt sie ihn kurz an sich und gibt ihm einen Kuss auf seine Hasennase, dann schaut sie in Trixas Zimmer, die Tür ist nur angelehnt. Drinnen ist es stockfinster, die schwarzen Filzvorhänge sind ganz und gar zugezogen und lassen keinen Spalt Licht hindurch. Sie lauscht und glaubt, Trixas langen, ruhigen Atem zu hören, und schließt leise die Tür. Die zu Christinas Zimmer ist geschlossen. Klara will die Frau Professorin nicht aufwecken und geht leise durch den Salon. Er ist vom Straßenlicht schwach beleuchtet, und die Möbel spiegeln sich in den vielen Spiegeln an den Wänden, die in diesem Licht wie Öffnungen wirken, wie Durchblicke in kleine Zimmer mit bizarren Interieurs. In der Küche trinkt sie ein Glas lauwarmes Wasser, es beruhigt ihren Magen. Eckart hat sie zu einem Brunch eingeladen. Dort wird sie keinen Alkohol anrühren. Nicht einen Schluck wird sie trinken. Sie verträgt ihn einfach nicht.

*

»Endlich, wo bleibt ihr denn nur?« Monika steht in der Tür zu Eckarts Wohnung und rudert ungeduldig mit den Armen.

»Eckart fragt schon die ganze Zeit nach dir, Ben, er ist fürchterlich aufgeregt, er stottert vor Aufregung, ich habe gar nicht gewusst, dass Eckart stottert!«

Monika schlägt die Hände vors Gesicht und schüttelt wild den Kopf. Sie ist selber in hellster Aufregung, und Ben und Stella müssen sie erst darauf aufmerksam machen, dass sie noch immer den Eingang versperrt und sie noch immer draußen im Treppenhaus stehen.

»Oh! Kommt herein! Herein!« Mit einer übertriebenen Geste gibt sie den Durchgang frei.
An der Garderobe hängen Ben und Stella ihre Mäntel auf. Monika ist ihnen gefolgt, tigert auf und ab und pafft eine Zigarette.
»Schon wieder das Rote?« Sie bleibt abrupt stehen und mustert missmutig Stellas Kleid.
»Was hast du gegen das rote Kleid?«, fragt Ben.
Stella betrachtet sich im Spiegel und ist mit ihrer Entscheidung für das Rote durchaus zufrieden.
»Monika findet, es sieht irgendwie billig aus«, erklärt sie Ben. »Nein, banal hat sie gesagt.«
»Und bei dieser Meinung bleibe ich, auch wenn du es ihr geschenkt hast. Kommt ihr endlich? Was macht ihr denn die ganze Zeit?«
Monika wirft wieder ungeduldig die Arme in die Luft und stampft mit dem Fuß auf und pafft unwillig den Rauch aus, aber Stella zupft Haar und Kleid zurecht und will nicht gedrängt werden.
»Synthetik?«, fragt sie und zeigt auf Monikas rasant geschnittene Rüschenbluse, die sie zu ebenso rasant geschnittenen, gemusterten Hosen trägt.
»Hundert Prozent«, antwortet Monika, als wäre sie stolz darauf, und fährt hastig erst mit der einen, dann mit der anderen Hand durch ihr perfekt geschnittenes Haar. Kurz durcheinander gewirbelt, fällt es gleich wieder in seine Form zurück, und die Frisur ist so perfekt wie zuvor.
»Slip und BH sind auch hundertprozentig«, sagt sie, »ich liebe einfach den hundert Prozent perfekten Sitz.«

»Wenn Eckart stottert, ist er verliebt, und zwar hundertprozentig«, sagt Ben. Es gefällt ihm, Monika ein bisschen hochgehen zu lassen.

»Du glaubst, er ist verliebt?«, will sie prompt wissen, und ihre Stimme ist etwas zu laut. »Glaubst du, er ist in mich verliebt?« Sie lacht übertrieben gekünstelt.

»Dann wäre er ja unglücklich verliebt, du liebst doch Joachim.«

»Er täte besser daran, in mich verliebt zu sein, trotz Joachim, als in dieses rollige kleine Biest. Sieh sie dir an und du wirst mir Recht geben!«

»Ein rolliges kleines Biest? Klingt interessant. Was ist das? Und wo hält es sich auf?« Ben dreht sich neugierig zum großen Balkonzimmer, dort haben sich in der Mitte des Raums die meisten von Eckarts Brunchgästen um das Buffet versammelt.

»Wenn du willst, zeige ich sie dir«, bietet sich Monika sofort an, hakt sich schnell bei Ben ein und zieht ihn vom Flur in das große Balkonzimmer.

Stella ist noch immer damit beschäftigt, ihr widerspenstiges Haar in Form zu bringen, vor allem die Löckchen, die in die Stirn fallen und das Pflaster verdecken sollen. Sie haben sich im Nieselregen auf dem kurzen Weg von der S-Bahn bis zu Eckarts Wohnung unliebsam gekräuselt. Ben gefallen die bei feuchtem Wetter rund um ihren Kopf aufspringenden Löckchen, aber sie wünscht sich ihr Haar glatt. Sie zupft und zieht, aber die Löckchen springen gleich wieder zurück und geben den Blick auf das Pflaster frei.

»Das ist mein absolutes, mein ultimatives Lieblingskleid«, hört sie Joachim hinter sich sagen und spürt gleich darauf seinen Arm um ihre Taille, dann taucht er im Spiegel auf. Seine Augen heften sich an das Pflaster auf ihrer Stirn.

»Oh, das sieht ja verwegen aus«, flüstert er ihr ins Ohr. »Kann es sein, dass du dich in der letzten Zeit häufig verletzt?«

»Kann sein«, meint Stella und vermeidet Joachims Blick. Sie presst ihren Finger auf die Locke über dem Pflaster, als wolle sie sie dort festkleben. Im Spiegel sieht sie die Narbe auf dem Rücken der Hand, sie ist fast verheilt.

»Das hat bestimmt einen Grund, und diesem Grund solltest du auf den Grund gehen.«

»Joachim, bitte, mach mich nicht zu einem deiner Fälle, ja?«

»Ich habe noch gar keine Fälle, Darling, ich bin noch in der Ausbildung.«

»Deshalb willst du ja jeden zu deinem Fall machen.« Stella wendet sich vom Spiegel ab, und Joachims Arm gleitet von ihrer Taille.

»Ich bin in der Agentur gegen die Glastür gelaufen. Sie ist sonst immer offen, nie geschlossen. Das kann jedem passieren. Und jetzt zeig mir das *rollige kleine Biest*, wie Monika Eckarts neue Flamme nennt. Das weißt du gar nicht? Ist sie die Blonde, die neben Eckart steht? Bestimmt ist sie es, so, wie er sie anschwärmt. Holst du mir eine Schokomuffin? Tust du mir den Gefallen? Du fühlst dich bestimmt nicht so bedrängt von den vielen Leuten am Buffet wie ich, oder?« Stellas Lächeln ist ganz entschieden reizend.

»Du musst verstehen, Joachim«, sagt sie, »wenn man so verletzt ist wie ich«, sie zeigt auf die Stirn und den Handrücken, »dann hat man keine Lust, auch noch seinen ach so verletzten, verletzbaren, sich selbst verletzenden Zustand zu analysieren, das verstehst du doch, oder?«

Joachim lächelt nicht minder reizend, ja, fast verliebt zurück, behauptet, er versteht das, und macht sich auf den Weg. Stella beobachtet, wie sicher und gewandt er sich im Getümmel um das Buffet bewegt: Wäre sie in ihn verliebt, würde sie wahrscheinlich mit ihm schlafen. Aber sie ist nicht verliebt in ihn. Sie liebt Ben. Und wie sie ihn liebt! Ganz plötzlich vermisst sie ihn. Heftig. Und sie hält Ausschau nach ihm unter den vielen Gästen, zu denen sich immer noch neu ankommende hinzugesellen. Sie findet ihn nicht und stellt sich auf Zehenspitzen, blickt suchend über die Köpfe hinweg durch die geöffnete breite Schiebetür in die angrenzende Zimmerflucht, entdeckt ihn schließlich unmittelbar hinter dem Durchgang. Er überragt die Umstehenden, allein schon mit seinem dunklen Haarschopf, der durch die vielen Wirbel wie magnetisiert vom Kopf absteht. Jeden Morgen braucht Ben einige Zeit, um sein wildes Haar halbwegs in Form zu bringen. Am liebsten würde er es ganz kurz schneiden, aber das würde ihr nicht gefallen.

Monika steht neben Ben und redet auf ihn ein. Er hört ihr aufmerksam zu. Nein, er hört ihr nicht aufmerksam zu. Er gibt es nur vor. Das erkennt Stella an den Bewegungen seiner Augen, die erst im Zickzack umherflitzen, dann lange auf einen Punkt starren, bis sie wieder

im Zickzack lossausen. Mit seiner Aufmerksamkeit ist Ben, auch wenn er jeden direkten Blick vermeidet, bei der, die unmittelbar vor dem großen Durchgang neben Eckart steht. Bei der, die Monika das rollige kleine Biest genannt hat. Die Sicht auf dieses *Biest* wird Stella von Gästen verdeckt, die zwischen den Räumen pendeln. Nur das lange, blonde Haar des Mädchens schimmert durch die mal größeren, mal kleineren Zwischenräume.
Freunde von Eckart, die Stella nur flüchtig kennt, begrüßen sie, bleiben stehen, verwickeln sie in ein Gespräch: über Eckart, der sich nicht um einen vernünftigen Sound kümmert, sondern eine todlangweilige Endlosschleife laufen lässt, offenbar, weil er beschäftigt ist. Und ob sie die kenne, mit der er sich ausschließlich, und das schon seit Stunden, beschäftige. Stella schüttelt den Kopf, nein, sie weiß nicht, wer das Mädchen ist.
»Sie scheint eine große Wirkung auf Eckart zu haben«, meint eine Freundin. Noch nie habe sie ihn so erregt gesehen, sein spärliches Haar sei zerwühlt, und Schweißperlen würden auf seiner Oberlippe glänzen.
»Und er stottert«, sagt ein anderer Freund.
Da hören sie Eckart lachen, und alle drehen sich zu ihm herum, und sie sehen, wie sich Eckart vor Lachen biegt und versucht, etwas zu sagen und dabei auch noch gestikuliert.
»Es hat ihn total erwischt«, meint die Freundin.
Und jetzt hören sie, wie Eckart hustet, er hat sich an seinem Lachen verschluckt. Das blonde Mädchen bietet ihm ihr Wasserglas an, aber Eckart ist viel zu aufgeregt, um es zu nehmen.

»Willst du dich setzen?«, fragt hinter ihr Joachim. Er trägt einen Stuhl und balanciert mit der anderen Hand einen Teller mit drei Sorten Muffins. Stella schenkt ihm ein dankbares Lächeln und sinkt auf den Sitz. Sie ist erleichtert. Die Szenerie um den Durchgang herum ist ihr jetzt verstellt, und sie muss nicht mehr ihrem eigenen Beobachtungszwang und dem der anderen folgen. Fast andächtig verzehrt sie den ersten der hübsch geformten kleinen Kuchen.

»Wie klappt es denn mit dem Klonen der Daimonen?«, fragt Joachim. »Oh, das reimt sich ja!«, stellt er dann fest und setzt sich zu ihr auf die Lehne.

»Thomas hat dem Auftraggeber die vierzig geklonten Eros-und-Venus-Paare tatsächlich als die Daimonen verkauft, die das Mitwirken göttlicher Energien und die Harmonie zwischen den Menschen und der Schöpfung symbolisieren. Ich bin eine Verräterin, Joachim, ich hoffe, du verzeihst mir. Deine Hosen sitzen wirklich perfekt«, meint Stella, als Monika sich zu ihnen gesellt.

Monika zieht immer noch hektisch an der x-ten Zigarette und pafft den Rauch über Stellas Kopf. »Du hast ja ein Pflaster auf der Stirn! Wieder geschnitten?«

»Nach dem Verrat an Joachim und seinen Daimonen bin ich gegen die Glastür gerannt.«

»Verrat?« Monika runzelt die Stirn.

»Stella übertreibt. Soll ich euch einen Kaffee holen?«

Stella möchte lieber Tee, und Joachim macht sich wieder auf den Weg, dieses Mal zu den Getränken an dem Extratisch gegenüber vom Buffet. Monika nimmt seinen Platz auf der Lehne ein und beugt sich zu Stella hinunter.

»Seit wann interessiert sich Ecki für kleine Mädchen?«, fragt sie flüsternd. »Ist doch höchstens zwanzig, oder? Kennst du sie?« Stella schüttelt den Kopf, und Monika richtet sich wieder auf und zündet sich eine neue Zigarette an. Stella bemerkt, dass ihre Hand dabei leicht zittert.

»Ben interessiert sich auch für sie«, sagt Monika, zieht dann den Rauch tief in die Lunge und stößt ihn danach heftig in die Luft, dann hustet sie.

»Gehen wir auf den Balkon?«, schlägt Stella vor und wedelt mit der Hand gegen Monikas Rauchwolke. »Die Luft hier drinnen ist allmählich zum Ersticken, die Leute rauchen, als würden sie dafür bezahlt. Du übrigens auch.«

»Meinetwegen«, sagt Monika, und beide stehen auf und drängen sich an den Gästen vorbei zum Balkon. Joachim folgt ihnen, in der einen Hand die Tasse Kaffee, in der anderen den Tee. Beides jongliert er mühsam durch die Menge.

»Wo wollt ihr hin? Was treibt euch hinaus? Niemand ist auf dem Balkon! Wollt ihr allein sein?«

»Du störst nie«, beteuert Monika, nimmt ihm die Tassen ab, reicht die eine an Stella weiter und umarmt und küsst ihn dann mit der Kaffeetasse in der Hand so leidenschaftlich, als sei sie mitten in einer verwegenen Liebesszene. Joachim erwidert ihre Umarmung. Stella trinkt hastig den Tee und verlässt den Balkon. Wie er sie liebt!

Aufgebracht kreist Stella um den Buffettisch und wird immer aufgebrachter: über ihre untreue Freundin Monika, über die Fülle in der Wohnung, das laute Gerede, den Rauch. Alles ist ihr plötzlich zu viel, am liebsten würde sie Eckarts Brunch sofort verlassen. Sie durchquert die drei vorderen Räume, drängelt sich vorbei an den Schränken, Vitrinen, Kommoden, Tischchen und Stühlen, an den hochbeinigen kleinen Sofas und Sesseln. Meine Mutter handelt mit Antiquitäten, erklärte ihr Eckart die Anhäufung der vielen alten Möbel einmal, und dass seine Eltern seit der Erkrankung des Vaters auf dem Land leben und er in ihrer Wohnung. Viele der kostbaren Teile hat er einfach an die Wand geschoben und die Teppiche aufgerollt, so dass jetzt bei jedem Schritt der alte Parkettboden knarrt. Stella hört es trotz des Lachens und Redens um sie herum und erschrickt jedes Mal. Sie ist wirklich sehr schreckhaft. Zu schreckhaft. Sie hat sich auch über Ben und seine Blicke, die er dem blonden Mädchen zuwarf, erschrocken. Der Schreck sitzt ihr noch in den Gliedern. Unentschlossen bleibt sie an der Schwelle zum Flur stehen. Niemand hält sich dort auf, auch Ben nicht. Die meisten der vom Flur abgehenden Türen sind geschlossen. Eine von ihnen führt in die Küche. Normalerweise steht sie offen. Heute ist auch sie geschlossen. Stella geht auf die Küchentür zu und will die Klinke hinunterdrücken, da hört sie jemanden hinter der Tür reden. Sie erkennt Bens Stimme, und dann die von Eckart. Offenbar reden Ben und Eckart miteinander, aber sie versteht nicht, was sie sagen. Stella zögert, noch immer liegt ihre Hand auf der Klinke. Einen Augenblick nimmt sie überdeutlich das Metall und seine Rundungen wahr, danach lässt sie die

Klinke los, statt sie hinunterzudrücken, beugt ihren Oberkörper nach vorn, hält das Ohr an die Tür und lauscht. Sie wundert sich über sich selbst, noch nie hat sie an einer Tür gelauscht.

»Gefällt sie dir?«, hört sie Eckart fragen. Als Ben nicht gleich antwortet, sprudelt es aus ihm heraus: »Sie gefällt dir, gib es ruhig zu. Ich verstehe es ja. Hauptsache nur, sie gefällt dir nicht zu sehr. Mir gefällt sie so sehr, dass ich vor Aufregung nicht mehr schlafen kann. Ich bin wirklich ziemlich verknallt. Zum ersten Mal seit Jahren, wenn nicht überhaupt zum ersten Mal.« Bei den letzten Worten gerät Eckart tatsächlich ins Stottern.

»Wie kannst du in sie verknallt sein, du kennst sie doch noch gar nicht!«, meint Ben.

»Man verknallt sich selten in jemanden, den man kennt. Ist zumindest meine Erfahrung.«

»Und was ist mit Monika?«

»Das ist vorbei. In Monika war ich außerdem nie verknallt, sie ist über mich hergefallen. Wie findest du Klara? Sag's doch endlich?«

»Ich kenne sie nicht«, antwortet Ben ausweichend, »ich kenne nur ihre beiden Schwestern. Und die kenne ich eigentlich auch nicht. Nicht wirklich. Ich habe sie ein einziges Mal gesehen, nämlich mit dir, ich bin nie in der Kantine. Sie heißt also Klara.«

»Wie findest du sie, ohne sie zu kennen? Du hast sie dir immerhin vorhin ziemlich genau angesehen, auch wenn du so getan hast, als würdest du sie überhaupt nicht bemerken.«

»Oh, ich weiß nicht«, weicht Ben wieder aus.

»Versprich mir, dass du sie mir nicht wegnimmst«, hört Stella Eckart mit fast kläglicher Stimme betteln.

»Wie kannst du nur auf eine so absurde, auf eine so absurd blöde Idee kommen?« Ben klingt fast wütend.

»Wie gesagt, ich habe gesehen, wie du sie angestarrt hast. Und wenn du sie auch jedes Mal nur für Sekunden angestarrt hast, so hast du sie in diesen Sekunden mit deinen Blicken verschlungen wie ein Staubsauger Staub«, sagt Eckart trotzig.

»Du bist verliebt und denkst, jeder will sie haben, so was denkt man eben nur, wenn man verliebt ist. Ich bin nicht verliebt in sie, nicht ein bisschen, sie ist nicht mein Typ. Und selbst, wenn sie es wäre …«

»Worüber reden sie?«, hört Stella Monika neben sich flüstern, und wie ertappt zuckt sie zusammen und zieht die Freundin schnell ins Bad auf der gegenüberliegenden Seite.

»Ich wollte gerade in die Küche gehen …«

»Okay, okay«, unterbricht Monika ungeduldig, »also worüber haben sie geredet?«

»Sie unterhalten sich über Klara«, antwortet Stella und beginnt, ihre Hände sorgfältig mit Seife zu waschen, als wären sie vom Lauschen an der Tür schmutzig geworden.

»Sie heißt also Klara. Und hat Eckart mit Klara ein Verhältnis?«

»Weshalb willst du das wissen? Und überhaupt: Was willst du eigentlich von diesem langweiligen, von Haarausfall und Fettleibigkeit bedrohten Eckart?«, explodiert Stella. »Joachim ist ein Gott neben ihm!« Sie trocknet erregt ihre Hände.

»Ich bin nun einmal süchtig nach diesem Langweiler. Wir feiern wahre Orgien der Langeweile. Eckarts Phlegma ist total sexy. Wir haben den totalen Sex.«

»Du hast den totalen Knall!«

»Du hast Recht, Joachim sieht gut aus und hat fabelhafte Manieren, und ich bin auch wirklich sehr in ihn verliebt. Nur im Bett, da bin ich so verkrampft, dass nichts passiert.« Monika zuckt etwas ratlos mit den Schultern. »Mich scheinen gut aussehende Männer mit fabelhaften Manieren zu hemmen. Also, hat Eckart was mit der Kleinen oder nicht?«

»Er ist in sie verliebt wie noch nie in eine, und ich finde, du solltest dich da nicht einmischen.«

»Ich finde, ich sollte mich unbedingt einmischen, ich finde sogar, wir sollten uns beide unbedingt einmischen und uns, statt zu streiten, gegen dieses kleine rollige Biest verbünden! Sie hat es nämlich nicht nur auf Ecki, sondern auch auf Ben abgesehen. Also schmeißen wir sie doch einfach raus, schmeißen wir sie am besten gleich über den Balkon.«

Monika stößt die Badezimmertür auf und stürmt in die Küche. Aber weder Eckart noch Ben sind dort.

»Komm mit!«, ruft sie Stella zu und läuft entschlossen den Flur hinunter. Stella zögert. Sie kennt Monikas Neigung zu übertreiben. Sie wird das blonde Mädchen natürlich nicht gerade über den Balkon werfen, aber sie wird es auf irgendeine spektakuläre Weise aus der Wohnung ekeln, und diesen Rausschmiss wird sie so lautstark inszenieren, dass jeder ihn mitbekommt. Vor allem natürlich Eckart. Es wird eine laute, hässlich anzusehende

Szene geben, und Stella hasst laute, hässlich anzusehende Szenen.

»Eckarts neue Freundin unterhält sich mit Ben!«, hört sie Monikas Stimme laut durch alles Gerede hindurch aus dem Balkonzimmer rufen. »Redet sie tatsächlich mit Ben? Mit Eckart war sie stumm. Mit Ben lacht sie sogar. Und wie sie lacht! Schau doch mal«, ruft Monika Stella zu, die auf der Türschwelle stehen bleibt, »wie Klara lachen kann. Es sieht aus, als ob Eckarts neue Freundin nicht die Freundin von Eckart, sondern die Freundin von Ben ist! Komm, wir schmeißen sie raus. Nun komm schon!«

»Ihr schmeißt sie raus?«, fragt Joachim ungläubig und beginnt zu lachen, als er Monikas entschlossene Miene sieht. »Weshalb wollt ihr denn Klara rausschmeißen?«

»Weil sie ein rolliges kleines Biest ist. Komm, Stella, schmeißen wir sie raus, am besten schmeißen wir sie gleich über den Balkon!«

»Über den Balkon? Ihr wollt sie über den Balkon schmeißen?« Joachim lacht so laut, dass die Umstehenden, die schon neugierig geworden sind, anfangen mitzulachen, als sei das Ganze ein lustiges Spiel. Stella blickt sich Hilfe suchend nach Eckart um, der auch schon aus dem Nebenraum herbeieilt, sie will auf ihn zugehen, aber da kommt ihr Monika zuvor.

»Du musst dich unbedingt endlich um die Musik kümmern, Ecki«, ruft sie ihm exaltiert entgegen. »Deine Gäste beginnen, sich zu langweilen, ich versuche schon, sie ein bisschen zu unterhalten, zum Beispiel damit, Klara über den Balkon zu schmeißen, wie findest du das?«

»Ich finde Musik besser«, sagt Eckart und geht schnurstracks zum CD-Player, und Monika stellt sich ebenso schnurstracks neben ihn.

»Schläfst du mit dieser Klara?«, flüstert sie ihm zu.

»Wie kommst du denn darauf?« Eckart prüft verschiedene CDs.

»Stella hat an der Küchentür gelauscht.«

»Ach ja? Und was hat sie erlauscht?«

»Du bist scharf auf die Kleine, hat sie gesagt.«

Eckart drückt schnell die CD-Taste. Der weiche warme Klang der Stimme einer kapverdischen Sängerin tönt aus den Lautsprechern, und Monika fühlt, wie sie augenblicklich berührt wird von dem vollen melodischen Klang und wie er durch sie hindurchschwingt und die festgefügte Struktur ihrer Muskulatur vibrieren lässt und wie sie selber weicher wird und nachgibt und wie sie sich an Eckart anlehnt, wie sie am liebsten beide Arme um ihn legen, ihn an sich oder sich an ihn pressen und ihn leidenschaftlich küssen möchte, aber Eckart entschlüpft ihr, er müsse sich um die Aschenbecher kümmern, sagt er, und dass seine Mutter durchdrehen würde, sähe sie, wie die Rauchschwaden großflächig um ihre Kostbarkeiten wabern. Monika sieht ihm unglücklich hinterher, und da fällt ihr Blick auf dieses kleine blonde Mädchen in dem kurzen grauen Kleidchen, mit den roten Lackschühchen an den Füßen, und ein heftiger Impuls stößt sie aus dem Klangraum der warmen, weichen, vollen, melodischen Stimme, und sie geht auf Klara zu.

»Hallo, wir kennen uns noch nicht, ich bin Monika, und wer bist du?«

»Ja, wer bin ich?«, fragt Klara und legt den Finger ans Kinn und rollt die Augen nach oben und klimpert ein wenig mit den Augendeckeln, als denke sie tatsächlich darüber nach, wer sie sei.

»Soll ich's dir verraten?«, fragt Monika und gibt gleich die Antwort. »Du bist ein rolliges kleines Biest!«

»Das hört sich lustig an. Was ist das, ein rolliges kleines Biest?«

»Das ist so ein Tierchen wie du, das man vor die Tür setzt, weil es unbedingt hinaus auf die Straße will.«

»Das ist jetzt aber doch ziemlich gemein«, sagt Klara und dreht auf dem Absatz um und geht aus dem Zimmer.

»Klara!«, ruft Eckart hinter ihr her, aber Klara geht weiter, als hätte sie ihn nicht gehört, und öffnet die Wohnungstür und verlässt die Wohnung. Als Eckart ins Treppenhaus stürzt, ist Klara bereits im Fahrstuhl auf dem Weg nach unten.

»Lass sie gehen«, hört er Monikas Stimme hinter sich.

Er dreht sich mit einer heftigen Bewegung zu ihr um.

»Du hast mit ihr geredet«, faucht er sie an. »Was hast du zu ihr gesagt?«

»Was ich gesagt habe? Ich bin Monika, habe ich gesagt, und wer bist du, habe ich sie gefragt, und weil sie nicht geantwortet hat, habe ich für sie geantwortet und gesagt, sie sei ein rolliges kleines Biest.«

»Das hast du gesagt?! Du bist gemein, hinterhältig und bösartig!« Eckarts Stimme überschlägt sich fast.

»Aber Ecki, du bist doch nicht etwa in diese Kleine verknallt?«

»Genau das bin ich!« Eckart wirft Monika einen wild

entschlossenen Blick zu. »Und ich werde Klara nicht betrügen, wie du Joachim betrügst.«
»Moment …«
»Nein!«, unterbricht Eckart sie und fuchtelt mit den Armen. »Ich will nichts mehr von deinen gemeinen, bösartigen, hinterhältigen Verdrehungen hören!« Er hält sich die Ohren zu und lässt Monika stehen.
»Was ist los, Ecki?«, fragen seine Freunde.
»Ich bin verliebt!«, ruft Eckart mit verbissenem Gesicht und stürmt an ihnen vorbei zum Buffet und schenkt sich einen Grappa nach dem anderen ein und sieht nicht aus wie einer, der verliebt ist.
Ulrich betritt als später Gast die Wohnung.
»Was ist?«, fragt er, als er Monikas ungewohnt entgleiste Züge bemerkt.
»Eckart ist verliebt.«
»In dich?«
»Wie kommst du auf so einen Blödsinn? Er ist in Klara verliebt.«
»Oh, das verstehe ich.«
»Ich nicht.«
»Das verstehe ich auch.«
»Du verstehst wohl alles!«, explodiert Monika. »Wieso kennst du sie überhaupt?«, fragt sie dann neugierig und misstrauisch zugleich.
»Ich kenne sie nicht, ich habe sie eben unten am Fahrstuhl getroffen. Sie hat mich gegrüßt. Auf meine Frage hin hat sie gesagt, dass nicht sie, aber ihre Schwester Trixa mich kennen würde, was natürlich übertrieben ist, ich habe Trixa ein einziges Mal und nur recht kurz

bei Ben und Stella gesehen, du warst auch dort, erinnerst du dich nicht mehr an das bunt gekleidete Mädchen mit den ägyptischen Augen, das Stella den Wohnungsschlüssel zurückgab?«

»Diese andere Spezies? Die kleine Kriminelle? Das ist ihre Schwester? Scheint ja eine nette Familie zu sein!«

»Du hast sie ein rolliges kleines Biest genannt, hat sie gesagt. Ich habe gesagt, sie hätte sich verhört und du hast sie ein drolliges kleines Biest genannt. Aber in Wirklichkeit ist sie eine Nymphe. Ist Joachim auch hier? Ich habe die Klage aufgesetzt, es war doch seine Idee.«

»Joachim? Ja, wo ist Joachim? Ich brauche ihn. Ich brauche ihn sofort und auf der Stelle.« Monika lässt Ulrich einfach stehen.

Am Ende des Flurs kommt ihr Ben entgegen. »Du musst dich um Joachim kümmern«, sagt er gereizt, »er flirtet mit Stella, und das gefällt mir überhaupt nicht.«

»Wenn es so wäre, würde es mir auch nicht gefallen, aber es wird umgekehrt sein, Stella flirtet mit Joachim, um sich zu trösten. Sie ist enttäuscht von dir, Ben, sie hat vorhin hier an der Küchentür gelauscht, als du dich mit Eckart da drinnen unterhalten hast. Sie weiß alles.«

»Wenn sie wirklich gelauscht haben sollte, was ich mir kaum vorstellen kann, wieso soll Stella an der Küchentür lauschen? Aber angenommen, sie hat uns belauscht, dann wird sie das gehört haben, was Eckart mittlerweile allen hier erzählt, nämlich dass er in Klara verliebt ist, nein, nicht nur verliebt, er ist verrückt nach ihr.«

»Du bist auch in sie verliebt.«

»Tut mir Leid, wenn ich dich enttäusche, aber ich teile Eckarts Leidenschaft für Klara ganz und gar nicht.«

»Leidenschaft? Für dieses magere Hühnchen kann man doch keine Leidenschaft empfinden!«, schimpft Monika los und wird von Stellas Lachen unterbrochen, es kommt aus der Küche. Monika reißt die Tür auf.

»Ben behauptet, du flirtest mit Stella! Ben scheint Recht zu haben!« Monika funkelt Joachim an, der Stella im Arm hält. Und auch Stella schmiegt sich an ihn.

»Ich musste Stella einfach ein bisschen trösten, Auftritte wie die von dir mit Klara verträgt ihre Seele nicht«, erklärt Joachim gelassen.

»Bist du neuerdings Seelentröster?«, versucht Ben zu spötteln.

»So könnte man meinen Beruf durchaus auch interpretieren«, erwidert Joachim.

Ulrich kommt in die Küche. »Streit?«, fragt er und begrüßt Ben und Joachim mit einem leichten Schlag auf die Schulter, nimmt Stella aus Joachims Arm in seinen, sie lässt es geschehen und schmiegt sich an ihn wie zuvor an Joachim.

»Ich habe die Klage gegen die Manipulateure formuliert, interessiert das jemanden hier überhaupt noch, oder seid ihr mit euren kleinlichen, ichbezogenen Streitereien beschäftigt?«, fragt Ulrich.

»Vielleicht hätte ein neu designter Mensch doch mehr Vorteile als Nachteile«, sagt Stella und schmiegt sich noch ein wenig enger an Ulrich. »Das alte Modell hat eindeutig zu viele Fehler, es dominieren noch immer völlig ungebrochen die kannibalistischen Triebe, du

hättest sehen sollen, Ulli, wie Ben vorhin mit seinen Blicken Eckarts neue Freundin verschlungen hat.«
»Du bist ja eifersüchtig?« Ulrich sieht Stella erstaunt und fast ungläubig an.
»Ja«, sagt Stella einfach nur und löst sich aus Ulrichs Arm und verlässt die Küche. Ben folgt ihr. Ulrich versorgt sich aus dem Eisschrank mit einem Bier, als er sich wieder den Freunden zuwenden will, verlassen auch Monika und Joachim den sonst so geselligen Ort, wo sie alle schon häufig den Abend bis zum Morgengrauen ausdehnten und aßen und tranken und redeten und neben allem Klatsch und Tratsch über Hinz und Kunz und das alltägliche Drama an allen Fronten so manche Selbst- und Welterkenntnisformel fanden. Ulrich trinkt sein Bier und wartet. Auf Eckart. Bestimmt braucht er seine Hilfe.

*

Rund um den Savignyplatz, in dessen Nähe Eckart wohnt, gibt es viele größere und kleinere Geschäfte, Restaurants und Cafés, selbst in den S-Bahn-Bögen. Klara studiert neugierig die Schaufenster. Sie hält sich so gut wie nie im Westen auf. Die Auslagen und Dekorationen sehen anders aus als in Mitte, die Schaufenster wirken wie eingerichtete Räume. Wie ein voll gestopftes Wohnzimmer. So voll gestopft wie die Zimmer bei Eckart.
Klara setzt sich in eins der Cafés unter den S-Bahn-Bögen. Sie entscheidet sich für einen Milchkaffee. Eine

Latte Macchiato, korrigiert der Kellner. Dazu bestellt sie ein Schokocroissant. Bei Eckart auf dem Brunch ist es ihr nicht gelungen, irgendetwas zu essen oder zu trinken. Eckart bot ihr zwar immer wieder Kaffee oder Tee oder auch Saft an (alkoholische Getränke lehnte sie ab), auch belegte Brötchen, Croissants, Muffins und was es sonst noch alles so gab, und sie stimmte auch dem einen oder anderen zu. Aber er brachte ihr das gewünschte nicht, er fand einfach nicht die Zeit, es zu holen: er redete fast ununterbrochen. Die Worte und Sätze sprudelten nur so aus ihm heraus. Er müsse es ausnutzen, sagte er, nur ganz selten würde ihm jemand zuhören. Überhaupt würde eigentlich niemand mehr irgendjemandem zuhören. Und schon gar nicht so wie sie. Er zumindest hätte noch nie eine Frau getroffen, die so zuhören könne wie sie. Das gibt es auf der ganzen Welt nicht, rief er und begann vor lauter Aufregung zu stottern.

Sie studiere Menschen wie Rollen, ließ sie ihn wissen, weil sie Schauspielerin werden wolle. Nur deshalb höre sie zu.

Erzähl mir von dir, hatte sie Eckart aufgefordert. Und das tat er dann auch. Und je mehr er von sich erzählte, umso glücklicher wurde er, zumindest beteuerte er, er stottere nur, weil er so glücklich sei. Er erzählte von dem Haus, das er sich gern bauen würde, für das er aber nicht das Geld besäße. Er erzählte von der Bank, bei der er gerade dabei ist, Karriere zu machen, und von dem vielen Geld, mit dem er jeden Tag zu tun hat, und verglich den Geldfluss mit dem Redefluss, und wie befreiend doch beide Flüsse wären. Und wahrscheinlich müsse man dem Geld nur zuhören, so wie sie ihm zuhört, und es würde zu fließen beginnen wie seine Rede.

Sie wäre gern noch länger bei Eckart geblieben, doch dann brach Streit aus. Zwischen Monika und Eckart. Sie musste gehen. Streitende kann sie nicht ertragen. Bei ihr zu Hause wurde viel gestritten. Ihretwegen. In ihrem Bauch ballte sich dann etwas zusammen, wurde rot und röter und wurde Wut. Die Wut wurde so groß, dass sie damals weggehen musste. Sie ging ins Internat.

Klara bezahlt die Latte Macchiato und schlendert durch die jetzt von Lampen erleuchtete Passage an den S-Bahn-Bögen zur Haltestation. Die Dämmerung hat eingesetzt.

Als der Streit bei Eckart begann, ihretwegen, ballte sich wieder diese Wut in ihrem Bauch zusammen, diese rote Wut. Sie musste weggehen. Sie fuhr mit dem Fahrstuhl nach unten, und da stand Ulrich. Sie kennt Ulrich nicht, sie weiß nur von Trixa, dass Ben einen Bruder hat, der Ulrich heißt. Und der Mann, der vor dem Fahrstuhl stand, sah Ben ähnlich, auch wenn er blond und nicht dunkel ist wie Ben, und so sagte sie: »Hallo, Ulrich«, und er fragte: »Wer bist denn du?« Und sie sagte, sie sei Klara und ein kleines rolliges Biest. Da lachte Ulrich, und lachte und lachte, und die rote Wut-Kugel in ihrem Bauch schrumpfte und wurde wieder zu einem kleinen roten Ball, der lustig auf und ab hopste, und sie hatte Lust, mit Ulrich zu spielen, und sagte ein paar Verse aus *Hamlet* auf, die einzigen Verse, die sie auswendig kann. Und Ulrich meinte, sie sei kein rolliges, sie sei ein drolliges kleines Biest.

»Weißt du, was du wirklich bist?«, rief er dann, als er nach oben fuhr, aus dem Fahrstuhl zu ihr hinunter. »Du bist eine Nymphe!«

Klara steht auf dem Bahnsteig und wartet auf die S-Bahn. Ben und Stella kommen die Stufen hinauf. Sie reden erregt miteinander, unterstreichen das, was sie sagen, mit knappen, heftigen Gesten: Sie scheinen sich zu streiten. Klara wendet sich schnell ab, läuft bis an das Kopfende der einfahrenden Bahn. Ben und Stella steigen in den letzten Wagen ein. Sie streiten im Abteil weiter. Sie streiten noch immer über Klara.

»Ich hab's«, sagt Ben plötzlich, sein Gesicht hellt sich auf, und er hebt wie in der Schule den Finger.

»Jetzt weiß ich's. Sie sieht aus wie Christina! Und wie Trixa! Sie sieht aus wie Christina und Trixa! Das ist es!«

»Was ist was?«

»Das ist das, was an ihr nicht stimmt. Irgendetwas stimmt mit ihr nicht. Das sagt mir mein Gefühl. Und dem traue ich. Deswegen *musste* ich sie anstarren. Mit diesen drei Schwestern ist irgendetwas nicht in Ordnung, sie sind zu verschieden.«

»Eben hast du gesagt, Klara würde aussehen wie Christina und wie Trixa.«

»Sie sieht zwar ganz und gar anders aus, aber wenn man genau hinsieht, dann sieht sie ihnen sehr ähnlich.«

»So ist das mit Geschwistern: Sie sehen sich ähnlich und sehen gleichzeitig ganz anders aus. Wie Ulrich und du. Du willst mich mit deinem verdrehten Gerede nur ablenken. Du bist scharf auf sie, gib es doch endlich zu!«

»Ich bin scharf auf *dich!* Heiratest du mich? Heirate mich sofort! Heirate mich noch heute!«
Der Zug hält am Bahnhof Friedrichstraße. Sie steigen aus, werden aufgesogen von der Menge, eingeschleust in die Rolltreppenspur, auf das Transportband geschoben und, eng zusammengedrückt, hinuntertransportiert. Unten angekommen, bleiben sie einfach so eng aneinander gedrückt zusammen, gehen aneinander geschmiegt auf den Ausgang zu. Noch bevor sie den Bahnhof verlassen haben, ist es ihnen, als wehe ihnen von draußen ein leichter, lauer Frühlingswind entgegen. Er riecht nach Spreewasser. Wortlos, ohne sich abzusprechen, überqueren sie die breite Straße, anstatt in den Schiffbauer Damm einzubiegen. Es zieht sie zur Spree hinunter.
Langsam schlendern sie seitlich der Weidendammbrücke den Weg zur Uferpromenade hinunter. Sie bleiben, eng umschlungen, stehen. Die schmale Promenade, die am Wasser entlangführt, scheint in der Dämmerung gänzlich unbelebt zu sein. Weder flanieren dort Spaziergänger noch hängen Liebespaare über den Gittern der Uferbefestigung. Auch auf den Bänken unter den noch jungen Platanenbäumchen liegen nur die von den Lampen hingeworfenen Schatten. Sie zögern.
Der Kiesweg strahlt ihnen einladend hell aus seinem dunklen Mauerbett entgegen. Über dem schwarzgrünen Wasser der Spree blinzeln ihnen die sich träge wiegenden Spiegellichter der Brückenbeleuchtung zu, und die aufgeregten kleinen Wellen murmeln und

schmatzen am Rand der Steinbefestigung. Ben und Stella küssen sich.

»Das war unser Hochzeitskuss«, sagt Ben. »Und wohin geht unsere Hochzeitsreise?«

Sie schlendern weiter, der Kies knirscht unter ihren Schuhen, und sie reisen auf der gedachten Weltkarte von Marrakesch nach Hawaii und vom Atlantik in die Südsee. Stella bringt die Kapverdischen Inseln ins Spiel.

Je weiter sie sich von der breiten, verkehrsreichen Straße entfernen, umso deutlicher hören sie das Knirschen der kleinen weißen Steine unter ihren Schuhen, und bald übertönt es den Lärm der Straßen, und ihre Stimmen klingen zu laut, und sie beginnen zu flüstern und fühlen sich mitten in der Stadt wie in einem heimlichen Versteck. Ein heftiges Verlangen springt in ihnen auf, und sie lehnen sich an das Geländer. Der Himmel ist sternenklar, und trotz der Lichtkuppel über der Innenstadt durchdringen einige wenige hell funkelnde Sterne, unter ihnen der Abendstern, den milchigen Schirm. Sie schlendern wieder weiter und erreichen den Park, der an die Uferpromenade angrenzt. Eine Gruppe lärmender Jugendlicher mit Bierdosen in den Händen belagert die Treppe, die in den Park führt. Sie haben kahl geschorene Köpfe und tragen Springerstiefel. Ben und Stella weichen auf die schmale doppelbögige Brücke aus, die an dem großen abschließenden Rundbau der Museumsinsel vorbeiführt und nur von Fußgängern passiert werden kann. In der Mitte des ersten Bogens bleiben sie stehen. Ben behält die jungen Männer noch

einen Augenblick im Auge, beobachtet, wie sie sich anrempeln und miteinander raufen. Sie kümmern sich nicht um sie.
Stella stützt ihre Ellenbogen auf die Brüstung. Sie muss sich weit hinüberbeugen, um in das langsam dahinfließende, dunkelgrün schillernde Wasser sehen zu können. Sie betrachtet eine Zeit lang die Spiegelungen der rhythmisch blinkenden, nimmermüden roten und weißen Signallichter des Fernsehturms am Alexanderplatz, der hinter der Museumsinsel den Himmel zu berühren scheint. Immer wieder schallt grölendes Gelächter vom Eingang des Parks zu ihnen herüber.
Wäre er allein gewesen, er wäre vermutlich nicht ausgewichen. Er ist irgendwelchen Halbwüchsigen, die aggressiv drauf sind, noch nie ausgewichen. Aus Prinzip nicht. Der laue Wind weht Ben eine Strähne von Stellas falbenfarbenem Haar ins Gesicht. Es glänzt silbern, als würde es vom Mondlicht beschienen.
»Hör mal«, fordert Stella ihn auf und hält lauschend ihr Ohr in den Wind. Auch Ben lauscht, und auch er hört die weit entfernte Musik. Es ist eine schmeichelnde Melodie zu südamerikanisch klingenden Rhythmen. Sie scheint mit dem Wasser der Spree ihnen entgegenzufließen, bald verstehen sie die in Portugiesisch gesungenen Worte. Kurz darauf huscht grelles Scheinwerferlicht über die Steinquader am Uferrand, über die Büsche und die Bäume. Es ist der Vorbote eines mit bunten Glühbirnen und Lampions geschmückten Dampfers, der jetzt aus der Biegung der Museumsinsel heraus und auf Stella und Ben zugleitet. Vorn am Bug erkennen sie eine Frau

in einem langen schwarzen taillierten Kleid oder Mantel. Sie singt die Melodie zu den Klängen und Rhythmen, die drei Männer in roten Sakkos ihren Instrumenten entlocken.

Das sich im spiegelnden Wasser verdoppelnde Gefährt erreicht den Brückenbogen. Und als es in ihn eintaucht, erweckt das in Ben und Stella die Vorstellung, ein großer, klingender, bunt leuchtender Fisch würde unter ihnen hindurchschwimmen. Sie wechseln die Seite und sehen diesem Fisch hinterher, bis ihn die nächste Brückenöffnung empfängt, aufnimmt und er darin verschwindet. Auch sie verlassen ihren Platz und überqueren den Fluss und folgen auf dem Weg zurück dem illuminierten Schiff, diesem musikalischen Fisch im dunklen Wasser der Spree.

»Wir haben die Karibik vergessen«, sagt Ben. »Tobago, Kuba oder Haiti? Honeymoon in Haiti. Wie findest du das?«

»Das klingt nach Voodoo und schwarzer Magie. Ich glaube, Hawaii wäre mir lieber.«

Sie passieren die Burg, und Stella bleibt stehen. Sie schaut zu den Fenstern der drei Schwestern. Es brennt Licht.

»Wahrscheinlich sitzen alle drei im Salon vor dem Kamin«, meint sie, »und Klara erzählt von Eckart. Ist dein Freund immer so durchgedreht, wenn er verliebt ist? Ich würde gern Mäuschen spielen und mithören, was Klara über ihn sagt. Glaubst du, sie ist auch so verliebt in ihn wie er in sie?«

»Ich möchte mir darüber wirklich keine Gedanken machen«, antwortet Ben entschieden. »Ich will mit dir lieber über unsere Hochzeit reden. Aber wahrscheinlich werden wir beide die nächsten Tage und Wochen, wenn nicht gar Monate von Eckart heimgesucht werden und alles über sein Verhältnis mit Klara erfahren, und dann *müssen* wir uns Gedanken machen. Eckart wird Hilfe brauchen. Er wird sich einbilden, Klara sei die Frau seines Lebens. Nicht, weil es so ist, sondern weil er reif für sie ist. Er sucht seit zwei Jahren oder vielleicht noch länger die Frau seines Lebens. Und jetzt hat er sie endlich gefunden. Natürlich ist sie es nicht. Aber das ist unwichtig. Er *will*, dass sie es ist. Er ist blind von dieser Idee. Er sieht nicht, dass da irgendetwas nicht mit ihr stimmt. Aber fangen wir nicht wieder davon an, schließen wir mit den Schwestern Frieden und reden nicht mehr über sie«, sagt Ben und legt den Arm um Stella. Sie setzen ihren Weg fort und biegen in die Marienstraße ein.

Vor der Einfahrt neben ihrem Haus stehen zwei junge Männer. Als sie an ihnen vorbeigehen wollen, verstellen sie ihnen den Weg, und ein dritter springt aus der Einfahrt und auf Ben zu. Er sieht genauso unauffällig aus wie die beiden anderen, aber anders als bei den beiden anderen läuft ein Zickzackstreifen quer über die Vorderseite und an den Ärmeln der Jacke hinunter. Er lässt ihren Träger in den Schultern breit erscheinen.

Mit unauffällig schnellen Bewegungen haben die drei jungen Männer Ben eingekreist und in die Einfahrt gezogen, nein, es sieht so aus, als würden sie alle zusammen in die Einfahrt gehen. Stella steht verdutzt da, weiß nicht, was passiert ist, so schnell ging alles.

Ben versucht noch, sich zu ducken und dem Schlag auszuweichen, oder zumindest seine Wirkung zu mindern, aber die Faust trifft ihn hart unterhalb des Brustbeins zwischen den beginnenden Rippenbögen. Der Atem bleibt ihm weg. Er krümmt sich.
»Heh, seid ihr verrückt geworden!«, schreit Stella und wirft sich zwischen die drei, die Ben in ihrer Mitte gefangen halten.
»Der hat sich an Trixa rangemacht, dieser Fassadenarsch!«, presst Bruno mit leiser Stimme und verbissenem Gesicht durch die Zähne. »Und dafür kriegt er jetzt was auf die Fresse. Auf seine Fassadenfresse!« Bruno holt wieder aus, aber die beiden anderen hängen sich jetzt an seine Arme.
»Das reicht«, sagen sie, genauso leise, und ziehen ihn mit sich mit. Bruno wehrt sich.
»Fassadenfresse!«, schreit er und spuckt verächtlich aus, doch die beiden anderen haben ihn fest im Griff und überqueren mit ihm die Straße zur anderen Seite.
Stella schließt schnell das Tor auf und will Ben in den Hauseingang helfen, aber er springt zurück auf die Straße.
»Trixa will nichts von dir wissen, besser, du lässt sie endlich in Ruhe!«, ruft er Bruno hinterher.
Mit einem heftigen Ruck befreit sich Bruno, spurtet zurück und springt an Ben hoch, der sich nicht in Sicherheit bringt, obwohl Stella vom Hauseingang her laut seinen Namen ruft, und reißt ihn zu Boden. Würden die beiden anderen Bruno nicht doppelt so heftig zurückreißen, hätte Ben dieses Mal die Faust im Gesicht.

»Halt ja die Klappe, haste verstanden?«, droht ihm der eine der beiden, dann ziehen sie zusammen mit Bruno ab.

*

Blaue Flecken an einer Hüfte und eine Beule am Hinterkopf, beides vom Sturz auf das Pflaster. Mehr Blessuren kann Ben nicht ausmachen. Er reckt sich, der Spiegel im Bad zeigt ihn nur bis zur Taille. Am Rücken scheint alles in Ordnung, keine weiteren Flecken oder Abschürfungen oder Blutergüsse. Der Faustschlag in den Magen, der ihn für Minuten außer Gefecht setzte, hat keine Spuren hinterlassen. Stella rieb noch gestern Abend die schmerzenden Partien mit einer Salbe ein, die Prellungen und Blutergüsse lindern soll. Vielleicht verdankt er dieser Salbe seine äußere Unversehrtheit. Die verwundert ihn, denn innerlich fühlt er sich alles andere als unversehrt, er überlegte noch gestern Abend, Bruno anzuzeigen. Er war auch bereit, sich mit einer Gaspistole oder Ähnlichem auszurüsten. Seltsamerweise war es Stella, die ihn von beiden Vorhaben abbrachte.
»Trixa hat ihn mit dir provoziert, er *musste* reagieren. *Auge um Auge, Zahn um Zahn.* Jetzt ist er mit dir quitt. Er wird dir nicht noch einmal auflauern.«
Ben zieht sich an. Heute Morgen trällerte Stella in bester Laune vor sich hin. Montag morgens ist sie normalerweise missmutig, erst recht, wenn sie statt um neun bereits um acht Uhr in der Agentur sein muss. Die sie gewiss nicht vor acht Uhr abends wieder verlässt. Brunos

Überfall habe sie endgültig von ihren Ängsten kuriert, sagte sie, sie wisse jetzt, woran sie mit ihm ist. Was hältst du von Tahiti?, fragte sie noch, bevor sie ging.
Ben sucht nach einem sauberen Hemd. Es sieht nach Regen aus. Er wird die dreiviertellange Jacke überziehen. Einen Regenschirm wird er nicht mitnehmen. Er kommt sich mit einem Regenschirm einfach ziemlich lächerlich vor. Dabei kann er natürlich zur Not eine Waffe sein. Hätte er gestern Abend einen Schirm dabeigehabt, die drei wären nicht ohne Blessuren davongekommen. Mit einer Regenschirmspitze könnte man jemanden aufspießen, mit dem Knauf seinen Schädel malträtieren. Vielleicht sollte er doch für alle Fälle einen Regenschirm mitnehmen. Er hätte nicht wenig Lust, es diesem Bruno zurückzuzahlen. Einer gegen drei, da hatte er keine Chance. Selbst Ulrich hätte keine gehabt. Ulrich wäre gar nicht dazu gekommen, seine Meisterschaft in diversen asiatischen Kampfsportarten zu beweisen. Wenn dich drei überfallen, bleibt dir keine Zeit, zu reagieren. Natürlich würde Ulrich ihm widersprechen und behaupten, diese Techniken seien vor allem für ausweglose Situationen entwickelt worden. Ulrich hat eben immer Recht, es hat keinen Sinn, ihm zu widersprechen.
An der Garderobe zögert Ben. Zwei Regenschirme stehen in dem dickwandigen Glaszylinder. Schließlich verlässt er die Wohnung ohne Schirm, er kommt sich einfach zu albern vor mit so einem Ding in der Hand. Selbst wenn er Bruno mit diesen beiden anderen Typen, diesen beiden anderen Brüdern, begegnen sollte, wird er

sich zu wehren wissen, er ist nicht mehr unvorbereitet. Er würde einfach weglaufen. Er ist schnell. Früher in der Schule hat er regionale Meisterschaften gewonnen. Auch wenn er nicht mehr trainiert ist, beim Marathon durch die Stadt liegt er im Mittelfeld ziemlich weit vorn. Er tritt aus dem Torweg hinaus auf die Marienstraße. Baumlos liegt sie vor ihm. Nicht ein einziger Fußgänger ist zu sehen. Es gibt hier außer einem italienischen Feinkostladen, der vor allem Weine anbietet, keine Geschäfte. Die Häuser sind fast ausschließlich original klassizistische Mietshäuser mit mehr oder weniger großen Torwegen, die zu ihrer Zeit Durchfahrten für Kutschen waren und jetzt in der Regel von großen Holztoren und -türen verschlossen sind. Aber hin und wieder steht eine Einfahrt offen, und unwillkürlich fährt Bens Kopf jedes Mal herum.

An der Burg drückt er den Kleist'schen Klingelknopf. Es wird ihm sofort und ohne Nachfrage nach seinem Namen geöffnet. Zu seiner Überraschung steht Klara in der Wohnungstür. Er hatte Christina erwartet. Mit ihr wollte er über Bruno reden, darüber, was passiert ist, und sie fragen, was sie von einer Anzeige hält und ob nicht eine doppelte Anzeige, eine von ihm und eine von ihr, eine größere Chance hätte, von der Polizei beachtet zu werden.

»Ist Christina nicht zu Hause? Ich muss sie sprechen, es ist dringend«, sagt Ben und versucht, an Klara vorbei den Vorraum zu erkunden, ob sich nicht doch Christina dort zeigt.

»Dringend?«, wiederholt Klara. Ben nickt.

Klara zieht die Augenbrauen hoch, und ein erstaunter Ausdruck liegt jetzt auf ihrem Gesicht und verändert es. Wie würde er diesen Gesichtsausdruck beschreiben? Kindlich? Rätselhaft? Nein, so banal würde er sich nicht ausdrücken. Dennoch findet er Klaras Gesichtsausdruck tatsächlich nicht nur kindlich, sondern auch rätselhaft. Und eigentlich findet er das auch gar nicht banal, sondern ziemlich interessant, ja, er fühlt sich geradezu angezogen von dieser rätselhaften Kindlichkeit.

»Christina ist im Seminar. Vormittags ist sie immer in einem Seminar. Sie arbeitet an einem Forschungsprojekt. Was ist denn so dringend? Willst du nicht hereinkommen?«

Nein, er ist in Eile, er muss in die Redaktion, sagt Ben und bleibt doch auf dem breiten Treppenabsatz vor der Wohnungstür stehen.

»Christina wird gegen sechs oder sieben Uhr wieder zu Hause sein. Ist etwas passiert?«, fragt Klara und lehnt sich gegen den Türrahmen. »Ist etwas mit Trixa passiert?«

»Mit Bruno«, antwortet Ben und erzählt die ganze Geschichte. »Das wollte ich eigentlich gar nicht«, sagt er zum Schluss.

»Das passiert mir häufiger, dass mir Leute ihre Geschichten erzählen. Weil ich zuhöre, meint Eckart. War 'ne komische Veranstaltung bei Eckart, oder? Der einzig nette Mensch, dem ich begegnet bin, außer dir und Eckart natürlich, heißt Ulrich. Ist dein Bruder auch Reporter?«

»Ulrich ist viel zu genial, um Reporter zu sein. Der wird ein genialer Verteidiger oder Staatsanwalt, mindestens so genial wie die im Film. Früher wollte er Schauspieler werden. Das hat unser Vater nicht erlaubt. Er ist Staatsanwalt, und wenn ich es schon nicht geschafft habe, so soll doch Ulrich es wenigstens schaffen, sein Nachfolger zu werden.«

»Armer Ulrich«, sagt Klara und wechselt ihre Position, stützt sich mit dem anderen Bein im Türrahmen ab. »Ich will auch Schauspielerin werden, mein Vater ist auch dagegen, und Christina unterstützt ihn. Er ist Manager in einem großen Unternehmen. Er will, dass ich BWL oder VWL studiere. Das werde ich aber nicht tun. In drei Wochen mache ich die Aufnahmeprüfung. Ich werde den Hamlet spielen. Vielleicht auch noch die Jeanne d'Arc. Normale Frauenrollen finde ich langweilig. Nein, ich finde sie nicht langweilig, ich finde sie schrecklich. Man muss so schrecklich viel leiden in diesen Frauenrollen, und dazu habe ich keine Lust. Oder man muss immerzu Lust haben, und dazu habe ich auch keine Lust.«

»Und wozu hättest du Lust?«

Klara überlegt einen Augenblick, und Ben lehnt sich an das Treppengeländer, er hat es nicht mehr eilig, in die Redaktion zu kommen, und die Sache mit Bruno ist auch nicht mehr dringend.

»Ich möchte etwas Heroisches darstellen. Eine Heldin. Eine Frau oder ein Mädchen, ich bin ja erst achtzehn, die heldenhaft ist. Die etwas Großes bewirkt. Die eine Vision hat. Eine Zukunftsvision, die sie verwirklicht. Oder die ein Volk befreit. Oder einen Krieg verhindert. Mit einem Wort: die Welt rettet!«

Klara lacht. Sie meine es ernst, sagt sie. Nur, heroische Frauen gäbe es nicht, weder beim Theater noch im Film, und Jeanne d'Arc, eine der wenigen mit einer Vision, sei verbrannt worden.

»Oder gibt es welche, und ich kenne sie nur nicht? Du bist Reporter, du könntest das recherchieren. So nennt man das doch, oder?«

Amazonen habe es gegeben, meint Ben.

»Penthesilea? Die hat sich umgebracht.« Nein, sie wolle sich weder umbringen noch verbrannt werden, noch leiden. Sie wolle eine erfolgreiche Heldin sein, eine, die nicht sterben oder leiden muss. Und wenn sie das nicht sein könne, weil es solche Rollen nicht gibt, dann will sie lieber den Hamlet spielen.

»Kannst du dir nicht eine Rolle für mich ausdenken? Du bist doch ein begabter Schreiber. Das sagen zumindest die Leute in der Kantine.«

»Ich schreibe Reportagen und keine Romane oder Dramen.«

»Du bist noch nie in der Kantine gewesen, zumindest habe ich dich dort bisher nicht gesehen.«

»Ich werde hundemüde, wenn ich zu Mittag esse. Ist Trixa denn zu Hause?«

»Sie schläft noch.«

»Erzähle ihr bitte nichts von Bruno«, sagt Ben, indem er sich vom Treppengeländer löst und verabschiedet sich. Er weiß schon jetzt, dass er heute Mittag in die Kantine gehen wird. Nicht um zu essen. Er wird wegen Klara dort sitzen und vielleicht ein Bier trinken. Er wird ihr zusehen, wie sie bedient, wie sie die Teller mit den verschiedenen Gerichten vor die Gäste hinstellt und sie später wieder abräumt. Und wie sie mit den Gästen redet oder ihnen zuhört. Er wird nicht nur heute in der Kantine sein, er wird dort ab heute öfter sein. Vielleicht sogar jeden Tag. Er wird versuchen herauszufinden, wer sie ist, wer sie sein könnte. Nicht weil er glaubt, irgendetwas sei nicht in Ordnung mit ihr. Daran denkt er nicht mehr. Nein, er will in der Kantine sitzen, eine halbe Stunde oder eine Stunde, und seiner Phantasie freien Lauf lassen und sich Klara in Rollen vorstellen, die es bisher nicht gibt. Das wird ihm gut tun. Seine Phantasie anregen. Er braucht Anregung, um die große Reportage für die Seite 3 zu schreiben. Über die vierzig Human Designer, die in Berlin zusammentreffen. Über vierzig Männer, die davon träumen, etwas völlig Neues, noch nie Dagewesenes zu kreieren.

Schon bei den Stichworten, den wenigen kurzen Sätzen, die er formulierte, bemerkte er, wie einfallslos er ist: Entweder kanzelt er die vierzig ab als vermessene Ehrgeizlinge, oder er bewundert sie als verwegene Schöpfer einer Neuen Welt. Beide Standpunkte sind bekannt und langweilig. Todlangweilig. Damit kommt er nicht auf die Seite 3. Er muss seine Phantasie anregen. Sie trainieren. Mit Klara könnte er seine Phantasie trainieren.

Ben bleibt stehen und schaut einen Augenblick lang Arbeitern zu, die damit beschäftigt sind, Plastikplanen, Bretter und Pfeiler eines Gerüsts vor einer Häuserzeile abzubauen. Fünfzig Meter zartgelbe Fassade werden zum Schluss zum Vorschein kommen und die gesamte Straße aufhellen. Seitdem er vor ein paar Wochen von

Charlottenburg in diese Gegend gezogen ist, wird es hier von Tag zu Tag heller. Wo immer Einrüstungen abgebaut werden und Plastikverhüllungen fallen, erscheinen dahinter die ehemals tiefgrauen Fassaden in strahlend hellen Tönen, wachsen dunkle Lücken zwischen den Häusern mit Glaspalästen zu, die auch nachts schon von weitem leuchten.

*

Innerhalb von wenigen Stunden ist die Temperatur um über zehn Grad gestiegen. Am Morgen noch fühlte sich der leichte Wind kühl an, jetzt scheint die Luft vor Wärme zu flimmern wie manchmal bei großer Hitze im Süden. Die Klimaanlage regelte, wie stets jeden, so auch diesen Temperatursprung und sorgte in den Büros für ein gleich bleibendes Raumklima. Die Mitarbeiter, die wie Stella in der Mittagspause die Agentur verlassen, sind deshalb auf den Temperaturwechsel draußen nicht vorbereitet. Daher tragen sie noch Jacken und Mäntel, als sie auf die Straße hinaustreten. Aber Berlin liegt an diesem Mittag im April in den Tropen, und die schwüle, heiße Luft schlägt sich nach wenigen Minuten schon als dünner Feuchtigkeitsfilm auf der Haut nieder.
Stella zieht ihre Jacke aus. Die Bluse darunter klebt bereits an ihrem Körper. Am liebsten würde sie auch die Strümpfe ausziehen. Und die Schuhe. Eigentlich würde sie gern alles ablegen, den Rock, die Bluse, den BH und das Höschen, und sich ein Tuch um die Hüften wickeln, wie es die Bewohner in den Tropen tun.

Wäre sie doch nur schon dort!
Stella legt ihren Kopf in den Nacken, schüttelt ihr Haar und dreht es zu einem Knoten. Wie leicht wird sie sich fühlen, wenn sie der Stadt den Rücken kehren und mit Ben in Richtung Indischer oder Pazifischer Ozean aufbrechen wird. Bestimmt wird mit den Kleidern alles von ihr abfallen, was jetzt auf ihr lastet und sie nur noch wenig oder zumindest schlecht schlafen lässt.
Zuerst dachte sie, es sei der ständige Druck, es sei der außergewöhnliche Stress durch die doppelte Arbeit in der Hälfte der Zeit. Es ist wahr, der Stress erschöpft sie, doch er bedrückt sie nicht. Es sind die Klon-Paare, die sie bedrücken. Je perfekter sie von Tag zu Tag werden, desto mehr belasten sie Stella. Jedes Mal, wenn sie ins Studio fährt, passiert ihr etwas. Entweder läuft sie gegen eine Glastür, oder sie quetscht sich den Daumen, oder sie verstaucht sich den Fuß und bricht sich fast den Knöchel. Sie verliert die Autoschlüssel und einmal sogar ihre Papiere. Sie hat Angst vor dem Tag, und der ist nicht mehr fern, an dem die vierzig perfekt geklonten Paare vor ihr auf der Bühne des Studios stehen. Was wird ihr dann passieren?
Es sind doch nur Masken, sagt sie sich immer wieder. Trotzdem fürchtet sie sich vor ihnen, sie sind ihr einfach unheimlich. So unheimlich, dass sie selbst am Tag von ihnen träumt.
Und was, wenn es irgendwann keine Masken mehr sind?
»Klons kommen nur in Filmen vor, es wird sie nie wirklich geben«, sagt Ben und zählt die Filme auf. Es sind bis-

her kaum mehr als eine Hand voll. Er hat sich informiert. Wegen der Reportage. Eine Zeit lang ist sie dann beruhigt. Bis sie sich wieder im Studio aufhält: Nie hat sie damit gerechnet, vierzig identische Klon-Paare zu gestalten. Ihrer Meinung nach wäre es auch nicht nötig gewesen. Die Idee war symbolisch gemeint. Aber den Leuten im Studio scheint das Unmögliche zu gelingen. Weil sie es unbedingt wollen. Nicht anders die Human Designer: es wird ihnen irgendwann gelingen, weil sie Es unbedingt wollen! Klons live, das ist ihr unheimlich, davor fürchtet sie sich.

Stella streift die Ärmel der Bluse hoch. Sie hält Ausschau nach einem Taxi. Sie wollte zu Fuß in die *Galeries Lafayette* gehen. Der kleine Spaziergang sollte sie beleben und erfrischen, aber er wird sie nur erschöpfen. Sie ist einfach zu warm angezogen. Ihr Handy klingelt. Es ist Monika. Einen Augenblick zögert Stella, das Gespräch anzunehmen. Seit dem Brunch bei Eckart haben sie nicht mehr miteinander gesprochen. Das ist eine Weile her. Sie rufen sich sonst jeden zweiten oder dritten Tag an. Selbst im Stress. Schließlich nimmt Stella das Gespräch doch an.

»Guten Tag, Verräterin«, beginnt Monika gleich die Attacke.

»Du hast doch nicht etwa den Flirt mit Joachim ernst genommen?«, wiegelt Stella ab.

»Ich meine nicht den Flirt mit Joachim, du Dummchen. Der war natürlich auch überflüssig. Nein, du hast mich mit dem kleinen Biest, das wir rausschmeißen wollten, im Stich gelassen. Warum hast du mir nicht geholfen?

Zusammen hätten wir es geschafft. Dann wären wir sie jetzt los. Aber du hast gedacht, du wirst sie los, wenn du mit Joachim flirtest. Das ist naiv, Stella, um nicht zu sagen, dumm. So wirst du die nicht los. So jemanden wie die muss man rausschmeißen.«

»Ich habe kein Problem mit Klara«, entgegnet Stella.

»Ach ja? Du bist wirklich naiv. Nun gut. Aber selbst wenn du bei Eckart wider besseres Wissen der Meinung gewesen sein solltest, die Kleine sei kein Problem für dich, so hättest du *mir* helfen müssen. Für *mich* war sie eins, und das hast du nicht nur gesehen, ich habe es dir auch gesagt. Verräterin.«

»Was wäre passiert, wenn wir sie tatsächlich rausgeschmissen hätten? Gar nichts. Eckart wäre trotzdem in sie verliebt.«

Monika stöhnt ungeduldig auf. »Eckart ist ein Feigling, das weißt du genauso gut wie ich. Nein? Alle Männer sind Feiglinge. Wenn wir sie rausgeschmissen hätten, gemeinsam, hätte er sie auch aus seinem Kopf rausgeschmissen. Verstehst du? Jetzt hockt sie da drinnen, und er hat stattdessen mich vor die Tür gesetzt.«

Stella hört Monika heftig an ihrer Zigarette ziehen.

»Ich habe noch eine letzte Chance«, fährt Monika fort. »Klara scheint ihn nicht zu wollen. Ecki wirft mir vor, ich hätte sie mit meiner Eifersucht verschreckt. Er ist ganz unglücklich darüber, der Arme. Er hat wahrscheinlich eine Alterskrise. Seitdem er dreißig ist, schaut er kleinen Mädchen hinterher. Meinst du, wir werden uns auch bald für Achtzehnjährige interessieren? Du willst am liebsten auflegen, stimmt's? Aber vorher musst du mir etwas versprechen, ich habe ein paar Punkte gut bei dir. Versprichst du's?«

»Was soll ich versprechen?«

»Man muss sich ein Bild von seinem Feind machen. Ich will mir diese Klara aus der Nähe ansehen. Und du sollst mich begleiten. Sie arbeitet bei Ben in der Kantine.«

Stella antwortet nicht. Ein Taxi hält neben ihr, sie steigt ein und nennt dem Fahrer die Adresse.

»Bist du noch da?«

»Ich bin im Taxi und eigentlich ist dieses Scheißhandy bei dieser Hitze viel zu heiß am Ohr, und ganz bestimmt bin ich bei deinem Kantinenbesuch nicht dabei. Frag doch Ben, ob er dich begleitet.«

»Du bist nicht nur eine Verräterin, du bist auch noch eine Heuchlerin. Du willst mir vormachen, oder vielleicht sogar dir selber, du wärst nicht eifersüchtig. Du hättest keinen Grund dazu. Glaube mir, du hast jeden Grund. Spätestens beim nächsten Frühstück wird Klara es sein, die uns die Tür zu Eckis Wohnung öffnet. Und dann wird sie im Gegenzug gemeinsam mit Ecki dich und Ben besuchen und wer weiß, ob nicht *sie* mir eines Tages die Tür öffnet, wenn ich Ben besuche.«

»Sprich mit Joachim über deine Paranoia. Ich habe keine Lust auf Hirngespinste.«

»Ich wollte es dir eigentlich nicht sagen, du scheinst es ja nicht zu wissen, aber Ben trifft sich jeden Tag mit ihr. Angeblich nur in der Kantine. Das wusstest du nicht, oder? Tut mir Leid, ich wollte nicht der Überbringer schlechter Nachrichten sein. Bist du noch da?«

»Ich denke nach«, antwortet Stella. »Ich frage mich,

weshalb du willst, dass Ben in Klara verknallt ist. Vielleicht willst du Ben mit ihr verkuppeln, damit Eckart aus dem Spiel ist. Und wenn du etwas willst, gehst du über Leichen. Und du willst Eckart, und da ist es dir egal, ob ich die Leiche bin.«

Monika seufzt. »Du bist blind, Stella, da kann man nichts machen.«

Nein, da könne man nichts machen, sagt Stella und dass sie jetzt auflegen müsse, sie habe das Taxi wieder verlassen und kaufe sich jetzt einen Bikini.

»Fahrt ihr in den Süden?«

»Wir heiraten am Vormittag, und am Nachmittag fliegen wir in die Tropen.« Wohin genau, das wisse sie nicht, das sei Bens Hochzeitsüberraschung, aber sie tippe auf Hawaii oder Karibik.

»Sag's aber nicht weiter, es ist noch geheim. Es soll auch geheim bleiben. Erst wenn wir zurückkommen, feiern wir das Hochzeitsfest. Drei Tage lang! Ich schicke dir rechtzeitig die Einladung. Bis später«, sagt Stella und legt auf, bevor Monika Zeit hat zu antworten.

Monika würde die nächste halbe Stunde nicht aufhören zu reden und versuchen, sie in ein Untergangsszenario hineinzuziehen, und sie wäre für den Rest des Tages damit beschäftigt, sich wie aus dem berühmten Sumpf an den eigenen Haaren wieder daraus herauszuziehen. Die Ehe und ihre durchschnittliche Lebensdauer im Allgemeinen und die mit Ben im Besonderen wäre das abgründig deprimierende Thema, und gewiss würde auch Klara zu Gast sein. Sie muss sich daran gewöhnen, dass sie Monika durch ihr Leben mit Ben als Freundin ver-

loren hat. Doch bevor sie darüber trauert, kauft sie sich lieber einen hübschen, bunten, klitzekleinen Bikini.
Entschlossen geht Stella auf den Seiteneingang zu. Unweit davor hockt ein Bettler auf dem Gehweg. Sie kennt ihn mittlerweile. Er ist ein älterer Mann in halb zerlumpter Kleidung, die sommers wie winters immer dieselbe zu sein scheint. Vielleicht ist er auch noch gar nicht so alt, wie er aussieht. Stella nimmt eine Münze aus ihrer Geldbörse und legt sie zu den anderen in die Zigarettenkiste. Wird es sie alle im Zeitalter des Human Designs nicht mehr geben, die Bettler, die Behinderten, die Versager ganz allgemein?
Wenn sie Ben solche Fragen stellt, lacht er meistens. Das sei doch wohl eher Propaganda, meint er. Will sie wissen, was denn nun wirklich wahr ist, verweist er sie auf seine Reportage, mit der er alle ihre Fragen beantworten wird. Er tut sehr geheimnisvoll. Das ist neu. Normalerweise denkt er sich laut seine Artikel zusammen, und sie ist seine Zuhörerin. Diese Reportage sei eine echte Herausforderung, ist das einzig Konkrete, was sie von ihm erfährt. Dabei scheint er sich mit dem Human-Design-Markt mehr zu beschäftigen als mit den Märkten, über die er sonst schreibt. Er ist häufig später zu Hause als sie, und sie erreicht mittlerweile Überstundenrekorde.
Stella betritt das Kaufhaus. Es ist ihr zur Gewohnheit geworden, das *Quartier 206* über die *Galeries Lafayette* zu erreichen. Von hier gibt es im Untergeschoss eine Passage, die beide Einkaufszentren verbindet. In das Untergeschoss gelangt man mit einem gläsernen Fahrstuhl. Er befindet sich am Rand des riesigen, doppelkegeligen

Hohlraums in der Mitte des Kaufhauses, der verschwenderisch etwa ein Drittel der gesamten umbauten Fläche freilässt. Er ist mit nichts anderem als mit Luft gefüllt. Eigentlich ist es das Erlebnis dieses phantastischen leeren Raums vom Untergeschoss bis zum letzten Stockwerk hinauf, das sie ihren Einkauf immer wieder von diesem Ort aus beginnen lässt.

Sie lehnt sich an das Geländer. Es grenzt in einem großen kreisrunden Bogen die leere Fläche dahinter ein. Beugt man sich hinüber und schaut in den unteren Kegel, so eröffnen sich wie durch riesige schräge Atelierfenster Einsichten direkt in die Tassen und auf die Teller der Gäste des Cafés im Untergeschoss. Ebenso auf die Auslagen der Lebensmittelstände dahinter, mit ihren Käufern und Verkäufern und dem Austausch von Waren gegen Geld. Hebt man den Kopf und schaut nach oben, wird einem schwindelig von den unzähligen Möglichkeiten, sich als Zuschauer in einem gigantischen, vielstöckigen, kegelförmig zulaufenden Bühnenrund zu fühlen, mit ständig wechselnden Akteuren hinter Glas, die alle einer ähnlichen Choreographie folgen und das Warenangebot, die Kleider, Hosen, Blusen, Jacken, Pullover, Anzüge und Röcke wie in einer Pantomime hin und her tragen, an- und wieder ausziehen.

Auch ist es für Stella manchmal verwirrend, vom doppelkegeligen Hohlraum in der Mitte, aus riesigen Glasflächen geformt, nach außen in die verschiedenen Etagen mit den unterschiedlichsten Textilien zu sehen, die wiederum auch Innenräume sind.

Stella folgt dem bunten Schillern auf den gläsernen Flächen. Es wird ausgelöst von einem rotierenden Farbprisma weit oben, nahe der Spitze. Als sie damals dem Blick von Ben ausweichen wollte, folgte sie aus Verlegenheit dem Schillern und traf auf die Quelle.

Ben lehnte nicht weit von ihr an der Balustrade. Als sie wieder zu ihm hinsah, stand er nicht mehr dort. Sie begegnete ihm kurz darauf auf der Friedrichstraße. An der Ampel stellte er sich neben sie. Dieses Mal wich sie seinem Blick nicht aus, sie sah ihm direkt in die Augen, und für einen kurzen Moment glaubte sie, sich selbst in die Augen zu sehen, so ähnlich schien ihr die Anhäufung von kleinen braunen Punkten in der graugrünen Iris. Sie war wieder verwirrt und blickte dieses Mal nicht nach oben, sondern hinunter auf ihre Schuhe. Sie überquerten die Fahrbahn, und Ben schlenderte einfach neben ihr her. Sie sah ihn von der Seite an und fühlte sich immer wohler in seiner Begleitung.

»Ist was?«, fragte sie schließlich.

»Ja«, sagte er einfach nur.

Sie lachten. Sie war froh, dass er nichts weiter sagte. Sie wusste gleich: Sie würde sich ziemlich heftig in ihn verlieben.

Ben ging bis zur Agentur mit. Sie hatte erst vor ein paar Monaten von der Hamburger Zentrale ins Berliner Büro in der Oranienburger Straße gewechselt. Sie redeten nicht viel. Als sie sich verabschiedeten, hätte er gewusst, dass sie nie wieder auseinander gehen würden, sagte Ben später einmal. Aber so genau kann man das doch nicht wissen, meinte sie. Doch Ben beharrte darauf.

Hinter ihr werden Stimmen laut. Wird vor allem eine Stimme laut. Stella dreht sich um und erkennt den Zickzackstreifen seitlich an den Ärmeln. Bruno steht nur ein paar Meter von ihr entfernt. Er hat ihr den Rücken zugewandt. Bunte Ringelstrumpfhosen leuchten durch seine leicht gespreizten Beine. Trixa trug solche Strümpfe, als sie den Schlüssel zurückbrachte. Sie gefielen ihr. Sie überlegte sogar, sie sich zu kaufen. Trixas Stimme ist nicht mehr zu hören. Nur noch die von Bruno. Sie kann aber nicht verstehen, was er sagt. Stella geht auf Bruno zu. Sie hat keine Angst vor ihm. Nicht mehr. Sie bemerkt jedoch, dass sie Angst um Trixa hat. Das überrascht sie einen Augenblick. Jetzt versteht sie, was Bruno sagt, und bleibt stehen: Dies hier sei sein Revier, sagt er, und das Revier der Brüder. Und wenn sie nicht für ihn und die Brüder arbeiten will, dann soll sie hier verschwinden. Sie waren lange genug großzügig, jetzt sei Schluss damit. Es sei denn, sie würde ihr Angebot annehmen und die Hälfte an sie abführen. Wenn nicht, dann würde es demnächst zu einem kleinen Zwischenfall kommen.
Stella hat genug gehört. Sie beschreibt einen großen Bogen um Bruno herum und geht dann entschlossen auf Trixa zu und nimmt sie am Arm. »Machen Sie kein Aufsehen, kommen Sie bitte mit«, fordert sie Trixa leise, aber bestimmt auf und führt sie Richtung Rolltreppe ab. Aus den Augenwinkeln nimmt sie einen erstaunten Ausdruck auf Brunos Gesicht wahr. Er scheint ihr folgen zu wollen, dreht sich dann aber um und verschwindet blitzschnell.

Trixa spielt das Spiel mit, fährt brav neben Stella hinauf in den ersten Stock, ohne eine Miene zu verziehen. Oben angekommen, verlässt sie das Kaufhaus durch den Notausgang, und Stella wechselt zur Rolltreppe auf der gegenüberliegenden Seite, schwebt wieder hinunter. Bruno ist nicht mehr zu sehen. Er scheint sie nicht erkannt zu haben.

Sie schaut auf die Uhr, ihre Mittagspause ist fast vorbei. Sie nimmt trotzdem den Fahrstuhl ins Untergeschoss. Sie hastet durch die Passage. An ihrem Ende, und dann noch die Marmortreppe hinauf, locken leuchtende Zaubergebilde. Darunter jener Farbrausch auf nur wenigen Quadratzentimetern Stoff, der sie trotz extremer Bedingungen – extremer Zeitdruck plus extreme Temperaturen – zum Kauf aufbrechen ließ.

Zurück in der Agentur löst die Winzigkeit des Bikinis allgemeines Erstaunen aus und dann den Wunsch, Stella möge ihn vorführen.

»Nach dem Urlaub«, willigt sie ein, »wenn ich braun bin und ein paar Pfunde abgenommen habe.«

»Wohin geht denn die Reise?«, möchte Thomas wissen, und sie muss zugeben, dass sie es selber nicht weiß, weil Ben sie überraschen will.

»Vielleicht überrascht er dich mit einer Wanderung durchs gebirgige Tibet«, meint Thomas, und alle lachen. Sie hätte jetzt gern ihre heimliche Heirat preisgegeben und dass die Reise eine Hochzeitsreise auf eine Insel entweder im Indischen oder im Pazifischen Ozean ist.

Auf dem Nachhauseweg – wieder ist es spät geworden

und sie hat Ben darüber nicht erst informiert, er kennt die Hektik der letzten Tage vor einem Event – wirft sie im Vorübergehen einen Blick in ihr Lieblingscafé und winkt der Bedienung hinter dem Tresen zu.

Der Abend ist lau, und trotz der vorgerückten Stunde sitzen viele der Gäste unter den Wärmestrahlern an den kleinen Tischen draußen vor dem Café. Einer von ihnen ist Ulrich. Er kippelt in der hinteren Reihe auf einem der zierlichen Stühle und hört aufmerksam einer Frau zu. Stella erkennt ihn. Und erkennt auch die Frau. Sie sitzt mit dem Profil zu ihr, das Haar verdeckt es, eigentlich ist nur ihre Nasenspitze zu sehen, trotzdem weiß Stella gleich, es ist Christina. Sie trägt, wie schon das letzte Mal, Blue Jeans und Mokassins, nur statt des weißen Sweatshirts ein leichteres weißes T-Shirt. Stella verlangsamt ihren Schritt.

Ulrich bemerkt sie und springt auf, ruft ihren Namen und läuft einen schnellen Slalom um die dicht gestellten Tischchen herum, nimmt sie am Arm und zieht sie an seinen Platz.

»Ich glaube, ich brauche euch nicht vorzustellen«, sagt er. »Ich kenne Christina erst seit zwei Stunden. Eine davon hat sie über dich und Ben gesprochen. Das heißt, sie hat mich über euch ausgefragt. Du trinkst sicherlich einen Campari Orange. Richtig geraten? Campari Orange, drei Mal«, ruft er dem Kellner zu.

»Die andere von den zwei Stunden habe ich Christina ausgefragt. Sie hat mich in die Geheimnisse ihres Feldversuchs eingeweiht. Und schon hätte ich Lust, auch Forscher zu werden. Wie findest du das? Wir würden

ein berühmtes Forscherpaar werden, Christina und ich. Wie Otto Hahn und Lise Meitner, sie haben gleich hier um die Ecke in der Hannoverschen Straße geforscht. Hättest du Lust, mit mir zusammen zu forschen?«
Christina lächelt und nippt verlegen an ihrem Saft.
»Woher kennt ihr euch?«, fragt Stella.
»Ich habe mich einfach zu Christina an den Tisch gesetzt.«
»Ich wollte früher auch einmal Forscherin werden«, erinnert sich Stella. »Höhlenforscherin.«
»Das war bestimmt während der Pubertät, stimmt's? Da wollte ich Affenforscher werden. Ich hatte einen Film über ein Affenexperiment gesehen. Fand ich cool, wie die Typen, die sich das Experiment ausdachten, eigentlich nur etwas über ihre eigenen frühen Kindheitsschäden herausbekommen wollten und dafür die Affenbabys benutzten.«
»Und welchen Kindheitsschaden wolltest du rekonstruieren?«, fragt Christina.
»Ich glaube, den Schaden, den mir Ben zugefügt hat, als ich ein halbes Jahr alt war. Er versuchte damals nämlich mehrfach, mich umzubringen. Einmal begrub er mich während eines Ferienaufenthalts mit den Eltern an der Nordsee im Sand. Meine Mutter bemerkte es gerade noch rechtzeitig. Kurz darauf schob er mich während eines Spaziergangs mit der Karre einfach in den Grunewaldsee. Affen erschienen mir die geeignetsten Experimentteilnehmer, oder findest du nicht, dass sie mich und Ben gut repräsentiert hätten, Stella?«
Der Kellner serviert die drei Campari Orange.

»Cheers«, sagt Ulrich und besteht darauf anzustoßen. »Heute ist ein bedeutender Tag«, sagt er, »der Tag, an dem ich Christina kennen gelernt habe.«

Stella leert das halbe Glas in einem Zug, sie ist durstig nach Entspannung.

Leider studiere er Jura und könne in Wahrheit nicht mehr Forscher werden und mit Christina ein berühmtes Forscherpaar werden, gibt Ulrich zu, aber sie könnten doch irgendein anderes Paar werden. »Was für ein anderes Paar könnten wir werden, Christina? Glaubst du, Stella, wir könnten ein Liebespaar werden? Ich meine, warum nicht? Natürlich können wir auch Freunde sein, ein Freundespaar. Ist auch möglich. Hauptsache, ich darf dich heute Abend nach Hause bringen. Erlaubst du es?«

»Nein«, sagt Christina.

Stella glaubt nicht, dass sie sich täuscht. Christina ist während Ulrichs heftigem Flirt rot geworden. So rot, dass man es in der Dunkelheit sieht. Und sie wirkt scheu, fast schüchtern. Nicht selbstbewusst, wie vor zwei oder drei Wochen, als sie ihr und Ben die Wohnung zeigen wollte.

»Sag mal, Ulrich, wie viele Campari hast du heute Abend getrunken?«

»Was meinst du mit heute Abend?! Heute Abend gibt es nicht! Es gibt die Zeit ohne Christina und die Zeit mit Christina. Es gibt einen Zeitriss in dem, was du heute Abend nennst, Stella. Und dieser Riss teilt diesen Abend in die alte und in die neue Zeit. Und in der neuen Zeit habe ich schätzungsweise fünf Campari getrunken. Den von Christina mitgerechnet. Und mit diesem, den sie auch wieder nicht trinken wird, sind es dann sechs.«

»Ich vertrage einfach keinen Alkohol, tut mir Leid. Wir vertragen alle keinen Alkohol, meine Schwestern und ich. Wahrscheinlich fehlt uns irgendein Enzym. Das war sehr nett von dir, dass du Trixa geholfen hast«, wendet sich Christina an Stella. »Es ist auch sehr nett von Ben, dass er Klara hilft. Ihr seid beide wirklich sehr nett zu uns. Wie gute Eltern.«

»Ich glaube, das hat Stella jetzt nicht so gern gehört. Sie ist doch selber noch ein kleines Mädchen! Stella, was ist los, warum stehst du auf? Du bist doch nicht etwa beleidigt? Mir würde es durchaus auch gefallen, wenn du meine Mami wärst. Jetzt, wo ich dich nicht heiraten kann, weil du Ben heiraten willst. Grüß ihn von mir, den Hund!«

Ben schläft schon. Und auch das Rütteln hilft nicht, er rollt sich einfach auf die Seite und schläft weiter. Zu dumm, dass sie ihm nicht mehr auf den Anrufbeantworter sprechen kann. Mist!

Stella wirft sich auf das Sofa und schleudert die Schuhe in Richtung Zimmerecke. Den Anrufbeantworter könnte sie fragen, was sie sich, seitdem sie vom Stuhl im Café aufgestanden ist, immer wieder fragt: Wieso hilft Ben Klara? Und wobei hilft er ihr?

Und sie könnte Antworten geben. Dem Anrufbeantworter. Jetzt muss sie sich immer wieder dasselbe fragen. Und sich selbst antworten.

*

Zwischen zwölf Uhr dreißig und dreizehn Uhr dreißig sucht die Mehrzahl der Mitarbeiter im Haus die Kantine auf. Jeder Platz ist dann besetzt, und die meisten Tische werden sogar doppelt eingedeckt, die durchschnittliche Verweildauer eines Gastes beträgt nicht mehr als dreißig bis vierzig Minuten.

Ben allerdings sucht die Kantine erst gegen vierzehn Uhr auf, wenn es keine Mühe mehr macht, einen Platz zu finden. Er entscheidet sich dann zwischen einer der beiden Vor- oder Nachspeisen. Selten entscheidet er sich für beides und nie für eins der Hauptgerichte. Entscheidet er sich für eine Vorspeise, trinkt er ein Bier. Zur Nachspeise eine Coca Cola.

Hin und wieder geschieht es, dass er trotz der vorgerückten Mittagszeit den einen oder anderen der Kollegen trifft. Sie sind verwundert, ihn dort zu sehen. Am meisten überraschte er Hentschel mit seinem Kantinenbesuch. Als Klara ihn mit »Hallo, Ben« begrüßte, glaubte Ben in Hentschels Gesicht zu lesen, nun wisse er, weshalb sein Mitarbeiter, der in den vergangenen sechs Jahren kein einziges Mal in der Kantine gesichtet wurde, sie aufsucht.

Klara ist die Schwester einer Bekannten von Stella, erklärte er, und dass er eben auch älter werde und eine Mittagspause brauche.

Tatsächlich erschien ihm die halbe Stunde, die er in der Kantine verbrachte, wie eine Pause. Nicht eine Mittagspause, sondern eine Denkpause. Während er Klara zusah, wie sie die Tische eindeckt und geschickt die mit Essen überladenen Teller balanciert, oder übereinander gestapeltes benutztes Geschirr, oder Tabletts mit Bier-, Saft- oder Wasserflaschen, oder mit den geleerten Gläsern überfüllte Tabletts, hörte er auf zu denken. Zumindest bemerkte er nach den Kantinenbesuchen entgegen seinen Erwartungen keinerlei Phantasieschübe. Es enttäuschte ihn seltsamerweise nicht, im Gegenteil, die Denkpause tat ihm gut, und so setzte er seine Kantinenbesuche fort.

Er sei nun einmal völlig unbegabt für Fiktion, meinte er, als er Klara im Café traf, und dass auch ihm nichts Heroisches für sie eingefallen sei. Klara schien einen Augenblick enttäuscht, dann sagte sie, er solle ihr von sich erzählen, sie studiere Menschen wie Rollen, das gehöre auch zur Schauspielerei.

Oh, ich bin nicht so interessant, Ulrich ist viel interessanter, meinte er.

Das fand Klara nicht. Sie wollte dann lieber, wenn schon nichts über ihn, so doch etwas über Stella erfahren. Und so erzählte er jedes Mal irgendetwas von Stella, wenn sie sich im Café trafen, und das taten sie häufig, denn Klara trank dort jeden Tag nach ihrer Arbeit einen Cappuccino. Und er einen Espresso. Oder zwei. Um diese Zeit des Tages habe er regelmäßig seinen toten Punkt, erklärte er Klara. Oft passierte es, dass sie sich bereits im Fahrstuhl begegneten.

Ben betritt die Kantine. Heute sind alle Tische bis auf wenige Plätze besetzt. Gleich spricht ihn ein Kollege aus der Wirtschaft auf seine letzte *Marktbeobachtung (Pille per Post,* ein Bericht über die Apotheke der Zukunft) an. Hentschel winkt ihn an seinen Tisch, dort ist noch ein

Stuhl frei. Ben schaut auf seine Uhr. Er ist eine Stunde zu früh. Er bleibt unentschlossen an der Tür stehen. Sein Tag ist heute ein wenig durcheinander geraten, er hat lange vor Stella die Wohnung verlassen, um zu seinen Eltern zu fahren und dort seine Geburtsurkunde abzuholen. Er hat ihnen verschwiegen, dass er sie für seine Heirat benötigt. Die Mutter schien es zu ahnen und fragte immer wieder nach. Es gefiel ihm, vor seinen Eltern ein Geheimnis zu haben. Sie werden froh sein über seine Heirat, sie hoffen auf ein Enkelkind. Er spürte, wie ihn der Gedanke an ein Kind berührte. Das verwirrte ihn zunächst so sehr, dass er am Tisch seiner Eltern stumm wurde. Bisher hatte der stets nur verhalten formulierte Wunsch seiner Eltern nach einem Enkelkind nichts mit ihm zu tun gehabt. Plötzlich war es sein Kind. Sein Kind mit Stella. Der Gedanke erregte ihn.

Der Vater brach zum Gericht auf, und die Mutter bat ihn, sie bei ihrem morgendlichen Spaziergang mit dem Hund zu begleiten, bevor auch sie in ihre Praxis aufbrechen würde. Der Morgen war klar und frisch, ließ jedoch bereits die für die Jahreszeit ungewöhnliche Wärme des Tages ahnen. Er legte sich einen Schal des Vaters um den Hals, nahm den Hund an die Leine und hakte sich bei der Mutter ein. Am Ende der Straße führt eine Treppe steil die Böschung hinunter zum See. Er ließ den Hund wieder von der Leine, und die Mutter nahm seinen Arm und machte ihn auf das frühe Knospen der Birken aufmerksam. Unten im Wald erwartete sie ein turbulentes Vogelgezwitscher. Es verwandelte den Wald in einen endlos erscheinenden Hallraum.

Sie trafen nur wenige Spaziergänger, die, ebenso wie sie, ihren Hund ausführten. Es lag ihm auf der Zunge, die Mutter, die ihm zuvor die Urkunde ausgehändigt hatte, nach seiner Geburt zu fragen, aber eine unbekannte Scheu hielt ihn davon ab. Überhaupt schien ihm alles, was ihm in den Sinn kam, für ein Gespräch ungeeignet. Nur die Heirat machte als einziger Gesprächsstoff Sinn. Und so erzählte er seiner Mutter davon. Der Vater sollte es aber erst beim großen Hochzeitsfest erfahren. Natürlich würde er es bereits am Abend wissen, das wusste auch Ben. Die Mutter umarmte ihn und sagte nur: »Wie schön, Ben«, und »Ich freue mich«, aber ihr Gesicht strahlte und ihr Gang wurde ganz beschwingt, und zum Schluss sagte sie, er möge Stella umarmen.

Am See blieben sie stehen, und Ben warf einen Stock weit hinaus, und der Hund schwamm zu ihm und nahm ihn ins Maul und brachte ihn Ben und schüttelte so heftig das Wasser aus dem Fell, dass sie schnell beiseite sprangen.

Auf dem Weg von den Eltern zur Redaktion dachte Ben an das Kind, das er mit Stella haben würde, und welchen Einfluss dieses Kind, das ihm schon ganz lebendig erschien, auf den Standpunkt haben könnte, von dem aus er in seiner Reportage die Human Designer und ihr Tun betrachten wird. In der Redaktion sichtete er daraufhin noch einmal das gesamte Material.

Irgendjemand zupft Ben am Ärmel. Es ist Hentschel. Er lädt ihn zu sich an den Tisch ein. Erst als Ben Platz genommen hat, bemerkt er den Leiter des Ressorts *Politik*. Er ist zuständig für die Seite 3. Hentschel beginnt gleich mit der Prüfung, wie ein Lehrer scheint er wissen zu wollen, ob Ben seine Hausaufgaben gemacht hat und wirklich alles über den Stand der Humangenetik weiß. Statt der dreißig- bis vierzigminütigen Denkpause fordert Ben von seinem Gehirn jetzt Höchstleistung. Er ruft aus dem Stand sozusagen sämtliche zuvor aufgefrischten Wissensstände ab. Aber Hentschel prüft weiter, bis der Ressortleiter, zuständig für die Seite 3, aufsteht. »Wir sind gespannt«, sagt er und geht, nicht ohne etwas von Zeitdruck zu murmeln.

»Sie schaffen das schon«, meint Hentschel und klopft ihm etwas betulich auf die Schulter. Ben kommt sich vor wie ein Schuljunge. »Wetten?«, sagt er und schluckt seinen Ärger hinunter.

⋆

Beim Betreten der Tiefgarage schlägt ihr heftiger Benzingeruch entgegen. Er attackiert ihre Schleimhäute und sie niest. Sie würde sich gern einen Schal vor die Nase halten, um die Luft zu filtern. Stella hastet an den Parkboxen entlang. Auf der Suche nach der richtigen Sektion und der richtigen Autonummer. Endlich findet sie den Wagen. Es ist ein VW-Bus, und er gehört der Firma. Erleichtert steigt sie ein. Einsame Parkgaragen sind nicht gerade Plätze, die sie favorisiert, auch nicht bei Tage.

Sie startet den Wagen und lenkt ihn vorsichtig aus der Parkbucht und folgt langsam den Pfeilen Richtung Ausfahrt, verlangsamt das Tempo noch, trotzdem verursachen die Reifen in jeder Kurve ein lautes, unangenehm quietschendes Geräusch. Als sie schließlich mit Hilfe einer Dauerkarte die Schranke passiert und aus dem *Hades* fährt, wie sie Parkgaragen generell nennt, und ins Sonnenlicht, atmet sie auf.

Nach wenigen Metern muss sie die Augen zusammenkneifen und blinzeln. Sie sucht in der Tasche nach ihrer Sonnenbrille. Vergebens.

Stella lässt das Fenster hinunter, und wärmere Luft strömt herein. Der Innenraum des Wagens ist vom Aufenthalt in der Tiefgarage durchkühlt. Die hereinströmende Luft durchmischt den Geruch von abgestandenen Autoabgasen mit frischem Frühlingswind.

Vielleicht sollte sie, bevor sie für den Rest des Tages erst in dem eher dunklen Foyer der Philharmonie und danach in den tageslichtlosen Studios von Babelsberg verschwindet, in einem der Cafés auf dem breiten Boulevard, den sie gerade kreuzt, einen Augenblick in der Sonne sitzen und einen Cappuccino trinken.

Sie schaut auf ihre Armbanduhr und ist unentschlossen. Noch kommt sie zügig voran. Es liegen jedoch mögliche Engpässe vor ihr. Sie könnte ihnen ausweichen. Nur würde sie sich dabei wahrscheinlich verfahren, sie kennt sich in dem Gewirr der Straßen von Mitte noch nicht genügend aus. Sie benutzt das Auto einfach zu selten. Vielleicht sollte sie das ändern. Auto fahren macht ihr eigentlich Spaß. Zumindest heute. Sie entscheidet sich, ihre Fahrt zur Philharmonie nicht zu unterbrechen und lieber dort in der näheren Umgebung ein Café-und-Cappuccino-Sonnenbad zu nehmen.

Sie hat Glück. In welche der Straßen sie auch einbiegt, sie signalisieren alle eine hindernisfreie Fahrt. Sogar die Ampeln spielen mit und schalten immer gerade auf Grün oder noch nicht auf Rot, wenn sie sie passieren muss. Sie erreicht ihr Ziel so zügig, dass sie verwundert ist, die Philharmonie plötzlich neben den Bauten des Potsdamer Platzes auftauchen zu sehen. Noch verwunderter ist sie allerdings darüber, in dem Bau zum ersten Mal, fast wie eine unwirkliche Erscheinung, die Form eines bizarren Gebirgsmassivs aus purem Gold zu erkennen.

Sie hofft, die Ampel möge schnell auf Gelb und dann auf Rot springen, damit sie den Wagen anhalten kann und sich der Blick auf das goldene Massiv verlängert, aber das Grün will nicht weichen, und so muss sie weiterfahren.

Schnell findet sie einen Parkplatz. Der Wunsch nach Café, Cappuccino und Sonne ist verflogen, und voller Erwartung und Neugier betritt sie den Eingang zum kleinen Saal der Philharmonie.

So spröde und kühl ihr das Foyer bei der ersten Besichtigung erschien, ja, fast ungeeignet für eine festliche, mit Programmelementen aufwendig gestaltete und doch intime Gala, so einladend, geradezu verheißungsvoll erscheint ihr jetzt dieser Ort. Als hätte jemand *Sesam öffne dich* gerufen: Der goldene Berg hat sich geöffnet und gibt den Weg in eine Höhle frei. Dort funkelt und glitzert es schon von weitem. Stella bleibt an der breiten Treppenkaskade stehen und betrachtet die Verwandlung. Überall wird noch emsig an ihrer Vollendung gearbeitet.

Ali Baba und die vierzig Räuber, so hieß das Märchen, das die Großmutter ihr und dem Bruder vorlas, wenn sie die Sommerferien auf dem Lande verbrachte. Wegen der Schätze in der Höhle und dem geheimnisvollen *Sesam öffne dich* wollte sie damals Höhlenforscherin werden. An den Eindruck, den die vierzig Räuber auf sie machten, erinnert sie sich nur noch ungenau. Aber wie alle Räuber in allen Märchen waren sie wüste, wilde Gesellen. Und irgendetwas daran gefiel ihr. Stella geht langsam die Stufen der breiten Treppenkaskade hinunter.

»Sind sie nicht wahre Künstler?«, ruft Susanne schon von weitem und zeigt auf einige der Männer des Bauteams aus dem Filmstudio. Sie haben dieses Wunder der Verwandlung von einer eher kargen Zweckgestaltung des Ortes in einen phantastischen Raum vollbracht, und er erinnert durchaus an einen Bau aus der Filmgeschichte. Am liebsten würde Susanne Stella an die Hand nehmen und überall herumführen, aber natürlich ist keine Zeit dafür übrig.

»Es wird phantastisch aussehen«, sagt Susanne noch, bevor sie weitereilt. Sie meint den Auftritt der vierzig Klon-Paare.

Die hatte Stella fast vergessen. Jetzt stürmen sie umso heftiger auf sie ein. Während sie an den Arbeitern vorbei durch die Kulissen stolpert und ihr Team zusammensucht, hält sie Ausschau nach Thomas. Sie trifft ihn unterhalb der leicht erhöhten großen Bühne, die in der Mitte des ehemaligen Foyers vom Bauteam errichtet wird. Sie braucht dringend seine Genehmigung für eine Generalprobe vor Ort.

»Hals- und Beinbruch«, ruft er ihr kurz darauf noch hinterher, als sie zur letzten Probe im Studio in Babelsberg aufbricht.
»Wünsch mir das lieber nicht!« Stella dreht sich abrupt zu ihm um.
»Oh, tut mir Leid!« Thomas fasst sich an die Stirn und geht zu ihr. Er legt sogar den Arm um sie.
»Du hattest ziemlich viel Pech in der letzten Zeit«, sagt er, »ist aber alles wieder in Ordnung, oder? Man sieht zumindest keine Pflaster und Narben mehr.«
Er schaut ihr in die Augen. »Ein Event ist jedes Mal wie eine Schlacht, Stella. Und wir sind die Soldaten, die in diese Schlacht ziehen. Und wir müssen sie gewinnen, Stella. Mehr denn je. Du musst dein Bestes geben, Stella. Deswegen, und damit es *nicht* passiert, noch einmal: Hals- und Beinbruch!« Thomas nimmt ihre Hand und drückt sie.
»Du siehst heute übrigens besonders hübsch aus«, sagt er dann, und Stella weiß, damit ist das Gespräch beendet.
Sie hebt kurz die Hand wie zu einem militärischen Gruß, und beide gehen in die entgegengesetzte Richtung davon.

Gleich an der Potsdamer Straße, unweit von Bens Redaktion, gerät sie in einen Stau, und der Verkehr schleicht nur noch langsam voran. Bald kommt er ins Stocken und schließlich ganz zum Stehen. Die Ursache des Staus ist nicht zu erkennen, und Stella hofft, es möge nur die Ampelschaltung an der Kreuzung hundert oder zweihundert Meter vor ihr sein, die falsch programmiert ist. Vielleicht ist aber auch ein Unfall die Ursache. Sie stellt das Radio an, vielleicht gibt es einen Hinweis. Sie könnte Ben kurz in der Redaktion besuchen. Heute Morgen war er schon fort. Seine Geburtsurkunde fehlt noch. Sie hatte ihre Papiere für das Standesamt schnell beisammen. Sie schaltet in den ersten Gang und lässt den Wagen weiterrollen. Es geht, wenn auch nur schleppend, voran.

Stella beobachtet, wie einzelne Passanten oder ganze Pulks von Passanten den Stau nutzen und weit vor der Ampel die breite Straße überqueren. Gedankenverloren folgt sie einem Pulk, der ein paar Meter vor ihr geschlossen zwischen zwei Autoschüben über die Gegenfahrbahn läuft. Unter ihnen ist eine Passantin in einem hellen Mantel. Er ähnelt dem, den sie sich unlängst kaufte. Am Stau muss sich jeder Passant einzeln an den wartenden Autos vorbei durchschlängeln. Auch die Passantin löst sich aus dem Pulk und mit ihr ein Mann. Der Mann ist Ben. Erst mit ihm erkennt sie in der Passantin Klara. Jetzt ergreift Ben Klaras Arm, und beide laufen zwischen den sich wieder in Bewegung setzenden Autos hindurch und scheinen das lustig zu finden, denn sie lachen. Stella sieht, wie Ben sich, auf der gegenüberliegenden Seite angekommen, zu Klara hinunterbeugt, nein, er legt den Arm um ihre Schulter. Er redet auf sie ein. Und Klara hört ihm zu. Sie wirken vertraut miteinander. Sosehr es Stella auch widerstrebt, ja, sich alles in ihr sträubt, Ben vertraut mit Klara zu sehen, und sie den heftigen Wunsch hat, nicht länger Zeugin dieser unerträglichen Vertrautheit zu sein, so wenig kann sie sich von dieser ihr gänzlich unvertrauten Szene mit Ben und Klara als vertrautem Paar abwenden. Sie *muss* diesem Paar folgen, das langsam den breiten Gehweg hinunterschlendert. Als Ben und Klara drohen, aus ihrem Blickfeld zu entschwinden, verstellt sie den Rückspiegel, bis sie die beiden wieder darin auftauchen sieht.

Eine Autohupe dröhnt ohrenbetäubend laut. Das Auto ist direkt hinter ihr. Stellas Hand schnellt in die Höhe. Hastig gibt sie dem Fahrer ein Zeichen. Nur kein weiteres Hupen. Sie möchte keine Aufmerksamkeit erregen. Und schon gar nicht die von Ben. Hektisch startet sie den Motor, schaltet in den ersten Gang und fährt ruckartig an. Da löst sich unmittelbar vor ihr ein Wagen aus einem Parkplatz, und ohne weiter nachzudenken lenkt sie ihr Auto in die Lücke und steigt aus. Sie läuft in die Richtung, in die Ben und Klara gegangen sind. Sie kneift die Augen zusammen, blinzelt. Das grelle, von den noch blattlosen Bäumen ungefilterte Licht der Aprilsonne blendet sie auf der Straße noch heftiger als im Auto. Ihre Sonnenbrille! Sie hätte sie jetzt wirklich nötig, und nicht nur wegen der Sonne. Sie könnte sich hinter den dunklen Gläsern verstecken. Zumindest könnte sie sich einbilden, nicht ganz so sichtbar, so schutzlos zu sein wie jetzt an der Kreuzung, an der sie im gleißenden Sonnenlicht darauf wartet, dass die Ampel auf Grün schaltet.

Würde Ben sich umdrehen, er könnte sie bemerken. Er ist nicht sehr weit von der Kreuzung entfernt stehen geblieben und redet noch immer auf Klara ein, wobei er jetzt das, was er erzählt, auch noch gestenreich unterstreicht, ja, geradezu auszumalen scheint. Ben ist normalerweise eher sparsam mit Gesten. Er fährt sich höchstens mit der Hand durchs Haar, wenn er erregt ist. Einmal, vielleicht auch zweimal. Das ist eine der wenigen typischen Bewegungen, die Stella an ihm kennt. Das pantomimische Theater jedoch, das er vor Klara aufführt, ist ihr fremd.

Die Ampel wechselt von Rot zu Grün, aber Stella kann die Straße nicht überqueren. Sie kann nicht auf Ben zugehen und ihn fragen, was er Klara erzählt und weshalb ihn das verändert und wieso er überhaupt mit Klara spricht, so vertraut spricht. Angeblich kennt er sie doch gar nicht, begegnet ihr nur hin und wieder im Fahrstuhl. Trotzdem ist er so vertraut mit ihr, als wäre er ihr nahe, so nah wie ihr, nein, Stella erscheint die Nähe zwischen Ben und Klara jetzt außergewöhnlich, als wäre er Klara sogar näher als ihr.

Sie fasst sich an den Kopf und fährt sich durchs Haar. Es fühlt sich am Scheitel ganz heiß an. Die Frühlingssonne entwickelt trotz des eher kühlen Windes eine fast stechende Hitze, und wahrscheinlich wird ihr von dieser stechenden Hitze gleich schwindlig werden. Dennoch kann sie sich nicht aus dem Bann lösen, den das Paar Ben und Klara auf sie ausübt, sie kann nicht von der Ampel zurück und aus der Sonne treten.

Klara zieht den dünnen, hellen Mantel aus, rollt ihn zusammen und verstaut ihn in ihrer Umhängetasche, dann schlendern beide weiter. Nur wenige Schritte, und Ben und Klara setzen sich an einen der kleinen Tische, die vor einem Café stehen, in die Sonne. Jetzt kehrt Stella um. Sie hat genug gesehen. Sie hat sogar zu viel gesehen.

Das rote Kleid war zu viel. Klara trägt dasselbe rote Kleid, das Ben ihr geschenkt hat. Wahrscheinlich hat er es auch Klara geschenkt. Stella beeilt sich, zu ihrem Auto zu kommen. Sie muss sich unbedingt hinsetzen, ihre Beine fühlen sich an wie aus Gummi. Und sie braucht ein schützendes Dach über dem Kopf, ihr ist schwindlig. Als sie die Wagentür öffnet, klingelt das Handy. Es liegt auf dem Nebensitz. Es ist Susanne. Stella drückt automatisch auf Okay und antwortet automatisch, sie sei noch immer auf der Potsdamer Straße.
»Wieso?«, fragt Susanne, und, als Stella nicht reagiert: »Was ist passiert?«
»Ich habe einen Klon gesehen. Mitten auf der Potsdamer Straße. Einen *echten* Klon, Susanne. Kannst du dir das vorstellen?«
»Stella, wo bist du? Was ist los?«
»Habe ich doch gesagt. Ich habe mitten auf der Potsdamer Straße einen echten Klon gesehen! Mein zukünftiger Mann betrügt mich mit einem echten Klon, mitten auf der Potsdamer Straße.«
»Stella, ich weiß, du bist überarbeitet. Wahrscheinlich haben Thomas und ich dich überfordert. Wir brauchen dich aber noch. Heute und morgen brauchen wir dich noch. Wir alle. Verstehst du? Fahr jetzt bitte ins Studio und mach deinen Job. Die warten auf dich. Okay? Und mach ihn gut. Mach ihn sehr gut. Okay?«
»Okay«, sagt Stella automatisch und startet den Wagen. Als der Verkehr es zulässt, beschleunigt sie und überschreitet die zugelassene Fahrgeschwindigkeit. Erst nur ein bisschen, dann immer mehr, schließlich erheblich.

Als sie von einer am Straßenrand installierten Kamera geblitzt wird, passt für sie alles zusammen: Sie verliert nicht nur ihren Mann und ihren Job, sie verliert auch noch ihren Führerschein.

*

Ben bestellt einen zweiten Espresso, Klara eine weitere Portion gemischtes Eis. Sie sitzen in der Sonne und sind stumm. Bens Redefluss ist versiegt. Klara scheint ihm noch hinterherzulauschen, ein versonnenes Lächeln liegt auf ihrem Gesicht. Auch Ben lauscht ihm hinterher.

Er hat Klara von dem Kind erzählt, das er und Stella bekommen. Er wisse es erst seit heute Morgen. Stella weiß es noch gar nicht. Er ist selber überrascht über dieses Kind. Er hatte sich bisher noch nie vorgestellt, ein Kind zu haben. Plötzlich ist es da. Und so leibhaftig, als wäre es bereits auf der Welt. Als kenne er schon den Blick des Kindes. Und er beschrieb Klara, wie ihn die Augen des Kindes ansehen. Es wären tiefe, weit blickende Augen, sagte er, die noch nichts von dieser Welt wissen und doch alles Wissen über diese Welt, sogar von Welten, die über diese hinausreichen, zu spiegeln scheinen. Klara hörte ihm zu, und er sprach immer weiter über dieses Kind, als wolle er es unbedingt herbeireden.

»Wie geht es Eckart?«, unterbricht ihn Klara in seinem Hinterherlauschen.

»Eckart?«, wiederholt Ben und fühlt sich gestört.

Er sei vor ein paar Tagen mit ihm ein Bier trinken gegangen, sagt er dann.

Klara beginnt, über Eckart zu reden, aber Ben hört ihr nur mit halbem Ohr zu. Er möchte noch nicht zurückkehren aus dieser neuen Zeit, die für ihn anbrechen wird. Für ihn und für Stella. Die für ihn schon angebrochen ist und alles verändert, auch die Reportage für die Seite 3.

»Was soll ich tun?«, fragt Klara. »Ich mag Eckart, ich bin aber nicht in ihn verliebt. Er jedoch glaubt, ich sei die große Liebe seines Lebens. Er überhäuft mich mit Geschenken. Wenn ich sie nicht annehmen will, ist er verzweifelt. Er hat mir schon eine teure Uhr geschenkt und einen teuren Ring und eine teure Tasche. Und jetzt will er mir den Führerschein schenken! Außerdem drängt er mich, den Job in der Kantine aufzugeben. Natürlich will er mir das Geld, das ich verdiene, auch schenken. Was soll ich machen? Er ist so verzweifelt, wenn ich nichts von ihm annehme. Eigentlich darf ich mich nicht mehr mit ihm treffen …«

»Den Job in der Kantine aufgeben? Wieso das denn?«, unterbricht Ben.

»Er meint, ich könnte mich dann besser auf die Prüfung vorbereiten.«

»Langweilst du dich nicht mit ihm?«

»Mit Eckart? Nein. Wieso? Ich finde ihn lustig.«

»Lustig? Eckart ist doch nicht lustig!«

»Er ist immer so fürchterlich aufgeregt, das finde ich komisch.«

»Du findest wahrscheinlich auch komisch, dass er stottert.«

»Nein, das finde ich nicht komisch. Wenn ich in ihn

verliebt wäre, würde er aufhören zu stottern. Aber ich bin nicht in ihn verliebt. Was soll ich machen? Ich möchte ihm nicht weh tun.«

»Das klingt jetzt aber ziemlich theatralisch«, meint Ben.

»Ist es aber nicht. Ich möchte ja auch nicht, dass mir jemand wehtut.«

»Wer sollte dir etwas tun?«

»Der, in den *ich* verliebt bin. Er ist ebenso wenig in mich verliebt wie ich in Eckart.«

»Warum sollte irgendein Mensch auf dieser Welt jemandem wie dir wehtun?«, beharrt Ben.

»Weil ich verliebt bin, und dieser eine einzige Mensch auf dieser ganzen Welt, in den ich verliebt bin, ist nicht in mich verliebt.«

»Das kann ich mir nicht vorstellen, das ist doch unmöglich«, sagt Ben, und er ist durchaus unentschieden, ob er sich nicht vorstellen kann und es unmöglich findet, dass Klara verliebt ist oder sie nicht geliebt wird. Eigentlich will er sich auch gar nicht damit beschäftigen, und schon gar nicht will er wissen, in wen sie verliebt ist. Aber dann fragt er doch, obwohl es ihm widerstrebt, in wen denn Klara verliebt sei.

»In dich«, sagt sie.

»In mich?«, fragt Ben und ist sich doch sicher, dass nicht er gemeint ist, nicht gemeint sein kann!

»Ja, in dich.«

»Das darfst du nicht. Sei bitte nicht in mich verliebt. Das geht nicht«, beschwört er Klara. »Ich liebe Stella.«

»Ach wirklich? Bist du sicher? Liebst du wirklich Stella?«, fragt Klara und wirft mit einer Geste, bei der sie

zuerst den Handrücken und danach die gespreizten Finger benutzt, ihr langes Haar über die Schulter und ordnet es. So wie Stella ihr Haar über die Schulter wirft und es ordnet. Dann schüttelt sie leicht Kopf und Schultern wie Stella, was bei ihr immer so aussieht, als rücke sie ihren Kopf zurecht. Klara springt vom Stuhl auf, nicht anders als Stella, und sagt mit einer Stimme, die Stellas Stimme sehr ähnlich ist, sie müsse mal kurz verschwinden. So wie jetzt Hüften, Beine, Oberkörper und Arme beim Gehen in eine etwas kuriose Harmonie geraten, könnte sie, zumindest wenn man ihr hinterhersieht, wie jetzt Ben, ein Double von Stella sein.
Der Kellner tritt an Ben heran. »Schichtwechsel«, sagt er, »darf ich kassieren?«
»Sie wird einmal ein Star«, sagt Ben zu dem Kellner und nickt in Richtung Klara. Sie kommt zurück und spielt noch immer *Stella*. Er zieht einen Schein aus seiner Tasche und bezahlt die Rechnung.
»Sie ist wirklich eine ziemlich gute Schauspielerin«, sagt er zum Kellner, der das Wechselgeld herausgibt und sich für das Trinkgeld bedankt.
Der Kellner räumt das Geschirr auf ein Tablett und mustert Klara verstohlen. Ben steht auf und gibt Klara den Mantel, der über dem Stuhl hängt.
»Du bist wirklich ziemlich gut«, meint er anerkennend.
»Danke. Ich begleite dich ein Stück, ich muss mir noch mein Geld auszahlen lassen«, sagt Klara. Noch immer erinnert ihre Stimme an die von Stella, und noch immer bewegt sie sich wie sie.
Erst jetzt bemerkt Ben das rote Kleid. Und dass es dem

gleicht, das er Stella unlängst geschenkt hat. Nein, es gleicht ihm nicht nur, es ist tatsächlich das gleiche Kleid: die gleiche Farbe, der gleiche Schnitt, der gleiche Stoff. Und der helle Mantel, den sie wie Stella über die Schulter geworfen hat, scheint auch dem von Stella ähnlich zu sein. Jetzt sieht Ben auch die roten Schuhe, und wie sie denen von Stella ähneln. Nur scheint das Rot sehr viel greller zu sein. Und ist nicht auch Klaras Haar anders frisiert? Es hing immer glatt über die Schulter, heute umrahmt es in großen, aufspringenden Locken ihr Gesicht. Ähnlich wie Stellas Haar das Gesicht umrahmt.

Oh, jetzt versteht er! Klara hat alles geplant. Den ganzen Auftritt. Sie spielt ihm heute Stella vor. Sie zeigt ihm, wie gut sie sich auf ihre Prüfung vorbereitet hat. Und natürlich gehört es zur Rolle von Stella, dass sie in ihn verliebt ist. Und als Klara sich an ihn schmiegt, wie Stella sich an ihn schmiegt, spielt Ben mit und legt den Arm um sie, als wäre sie es tatsächlich.

»Du spielst die Rolle sehr gut«, lobt Ben. »Gib zu, du spielst nur, dass du in mich verliebt bist, in Wirklichkeit bist du es nicht, stimmt's?«

»Aber Ben, ich spiele doch nur deshalb Stella, *weil* ich in dich verliebt bin, so wie Stella in dich verliebt ist. Vielleicht liebe ich dich sogar so, wie Stella dich liebt.«

Abrupt löst Ben seinen Arm von Klara, ja, er stößt sie fast ein wenig weg von sich. Oder sich selber von ihr.

Klara nimmt den nicht sehr heftigen Stoß auf, will spielerisch seine Wirkung übertreiben, sie verdoppeln, vervielfältigen. Da stolpert sie, kann das Stolpern kaum

noch auffangen, fängt es nicht mehr auf und fällt, ja, stürzt schließlich.
Ben sieht erstaunt zu ihr hin. Einen Augenblick weiß er nicht, was passiert ist. Erst dann hilft er ihr, jetzt erschrocken, wieder auf die Beine.
»Hast du dich verletzt?«, fragt er, aber Klara schüttelt den Kopf, obwohl ihr Tränen in die Augen geschossen sind. Sie humpelt tapfer neben ihm über die Straße und den Gehweg auf die Drehtür zu, dann durch die Halle und bis zum Fahrstuhl.
»Tut mir Leid«, verabschiedet sich Ben. Er ist verunsichert und wagt nicht, Klara seinen Arm anzubieten, damit sie sich aufstützt.
»Schon gut, du kannst ja nichts dafür.«
»Also, dann bis morgen«, sagt Ben, als er den Fahrstuhl im dritten Stock verlässt. Dabei hat er bereits beschlossen, morgen weder mittags die Kantine aufzusuchen noch nachmittags ins Café zu gehen. Er ist verstimmt. Klara hat die Leichtigkeit, das Zufällige ihrer Begegnungen zerstört. Dabei war es so unterhaltsam mit ihr! Auch wenn sie sich wenig miteinander unterhielten, so hat er sich doch sehr anregend mit sich selber unterhalten. Sie war da, er sah ihr beim Servieren zu, und sie hörte ihm im Café zu. Er wird sie vermissen.
Klara fährt hinauf bis zum zehnten Stock und sucht den Waschraum auf, der in unmittelbarer Nähe zur Kantine liegt. Das Stolpern und der Sturz haben nicht nur ihre Kleidung durcheinander gebracht, sondern vor allem sie selbst. Sie wäscht sich die Hände. Mit ihnen fing sie den nicht mehr zu verhindernden Aufprall ab. Er wurde

dadurch sanfter. Die Hände sind nicht nur schmutzig, am Ballen ist die Haut abgeschürft. Sie lässt kaltes Wasser darüber fließen. Währenddessen betrachtet sie sich im Spiegel. Ihr Augen-Make-up ist ein wenig zerlaufen, mehr ist im Gesicht nicht passiert. Sie trocknet die Hände ab und entfernt mit einem Papiertuch die verschmierte Tusche. Die Schauspielerin in ihr ist einfach mit ihr durchgegangen. Ben hatte ihr nur einen harmlosen kleinen Stoß versetzt. Aber sie horchte dem Gefühl, das dieser harmlose kleine Stoß in ihr auslöste, hinterher, wie einem Echo, das aber, statt leiser zu werden und zu verebben, immer lauter wird.

Klara sucht nach dem Eyeliner, findet ihn in dem Seitenfach ihrer Umhängetasche und zieht mit ihm eine saubere, schmale schwarze Umrandung um jedes Auge.

Muss sie als Schauspielerin nicht die Gefühle fühlen? Gewiss, sie *spielt* nur Gefühle. Aber wie ist es möglich, Gefühle zu spielen, wenn man sie nicht wirklich schon einmal gefühlt hat? Eine Schauspielerin muss, um etwas wirklich glaubhaft darstellen zu können, es bis in alle Winkel auskundschaften. Und so hat sie genau gefühlt, wie es sich anfühlt, weggestoßen zu werden, und das hat sie so überwältigt, dass sie unaufhaltsam ins Stolpern geraten ist, bis sie gestürzt ist und die Tränen ihr in die Augen geschossen sind. Nicht, weil der Aufprall so schmerzte, den konnte sie abfangen. Das Gefühl, weggestoßen zu werden, schmerzte. Das alles war vielleicht etwas übertrieben, gewiss, aber sie ist nun einmal ziemlich ehrgeizig. Sie will eine gute Schauspielerin werden, eine bessere als ihre Mutter.

Klara streicht noch einmal über ihr rotes Kleid und schüttelt noch einmal den Kopf, bis das Haar lockig ins Gesicht fällt. Sie schaut auf die Uhr, greift eilig nach Mantel und Tasche und verlässt den Waschraum. Es ist kurz vor vier, und um vier Uhr ist das Büro nicht mehr besetzt. Sie braucht dringend Geld. Sie hat Trixa versprochen einzukaufen.

*

Das Handy klingelt und zeigt Stellas Nummer an, und Ben drückt auf *Okay*, und Stella sagt, sie müsse mit ihm reden, aber sie könne nicht mit ihm am Telefon reden, und deswegen könne sie gar nicht mit ihm reden, weil sie ihn nicht sehen will. Nicht mehr, nie mehr sehen will. Und am liebsten würde sie abhauen. Nach Hause fahren. Zu ihren Freunden und zu ihrer Familie. Oder besser noch, sie fährt ganz weit weg. Wo niemand sie kennt und sie mit niemandem über ihn sprechen kann. Wo sie mit niemandem über ihn sprechen muss. Sie will mit niemandem über ihn sprechen. Weil sie nicht weiß, wie sie sonst das Bild wieder loswerden soll, wie er mit Klara Arm in Arm über die Potsdamer Straße ging. Und wie er mit ihr redete. So vertraut. Vertrauter als jemals mit ihr. Und ob er zuerst Klara das rote Kleid geschenkt habe und dann ihr, oder zuerst ihr und dann Klara.

»Oder hast du es gleich in zwei Größen gekauft, in Größe achtunddreißig für mich und in Größe sechsunddreißig für Klara?«

Sie lässt Ben keine Zeit zu antworten. Sie sagt, sie wäre am Ende mit ihm, so enttäuscht – erst getäuscht und dann enttäuscht – hätte sie noch nie jemand. Heute Nacht würde sie bei Monika schlafen. Monika habe ihn von Anfang an durchschaut. Habe sie noch gewarnt. Aber sie wollte es ja nicht glauben.
»Hätte ich doch nur Monika geglaubt und nicht dir!«, sagt Stella, und ihre Stimme kippt dabei in eine ziemlich hohe Stimmlage, die Ben gar nicht kennt, zumindest nicht von Stella, und dann ist die Verbindung abgebrochen, und Ben kann sie auch nicht wiederherstellen, sooft er es auch probiert. Das letzte Mal versucht er es mitten in der Nacht, als er auf dem Sofa, auf dem er, noch angekleidet, eingeschlafen ist, aufwacht. Aber auch da antwortet nur die Mailbox. Wie jedes Mal.
Er könne ihr alles erklären, hatte er zunächst auf die Mailbox oder den Anrufbeantworter in der Agentur gesprochen. Alles sei nur gespielt, eine Art Film. Nein, kein Film, verbesserte er das nächste Mal. Klara bereite sich auf ihre Prüfung vor und würde Rollen ausprobieren. Irgendwann erklärte er, Klara würde noch nicht einmal eine Rolle spielen, sondern andere kopieren, zum Beispiel sie, Stella. Und einmal sagte er, Klara sei einfach nur eine schlechte Schauspielerin und brach dann ab und sagte, es sei alles sehr einfach und sie solle etwas Einfaches nicht so furchtbar kompliziert machen. Dann hinterließ er keine Nachricht mehr, sondern unterbrach gleich die Verbindung. Aber jetzt wird er, mitten in der Nacht, wütend. Er spricht auf ihre Mailbox, er habe keine Lust mehr, ihr irgendetwas, was

nichts als eine Einbildung sei, zu erklären, und sie solle endlich nach Hause kommen und nicht auf ihre Freundin Monika hören, die nur eifersüchtig sei.
Aber Stella kommt nicht nach Hause, und Ben geht irgendwann ins Schlafzimmer und nimmt seine Decke und sein Kissen, wirft beides auf das Sofa. Er wird dort den Rest der Nacht verbringen. Er will nicht allein im gemeinsamen Bett schlafen. Nicht unter diesen Umständen, die ihn mehr und mehr ärgern, so dass er schließlich vor lauter Ärger immer munterer wird. Zum Schluss weitet sich der Ärger auf Klara aus, dass sie Stella nachgemacht, regelrecht kopiert hat, und als Kopistin auch noch in ihn verliebt sein will! Und dann aus der Rolle fällt und stolpert und stürzt, obwohl er sie kaum berührte. Danach ärgert er sich über Hentschel, darüber, wie er ihn vor dem Kollegen aus der Politik geprüft hat, als sei er ein dummer Schuljunge. Und wie er ihm zum Schluss dann gönnerhaft auf die Schulter geklopft und »Sie schaffen das schon« gemurmelt hat, als sei er ein blutiger Anfänger. Schließlich kehrt er wieder zurück zu Stella. Wie kann sie nur auf die Idee kommen, er habe Klara das rote Kleid geschenkt! Wie kann sie nur!
Erst als es draußen vor dem Fenster dämmert und ein paar Vögel, die wenigen in dieser baumlosen Gegend, zu zwitschern beginnen, wird Ben endlich müde und wacht erst gegen Mittag wieder auf. Seine Glieder schmerzen und auch sein Kopf. Erst nach einem längeren Aufenthalt unter der Dusche und mehreren Tassen heißen Kaffees beginnen sich die von der vergangenen Nacht gemarterten Lebensgeister zu regen. Er greift

zum Telefon. Er wird nicht wieder anrufen, hinterlässt er auf der Mailbox, dieser Anruf sei der endgültig letzte. Er ruft Stella auch nicht wieder an. Dafür wartet er auf ihren Anruf. Den ganzen Nachmittag über. Es wäre ihm lieber, er würde nicht auf ihren Anruf warten. Er wäre lieber gleichgültig, unberührt, überlegen, aber jedes Telefonklingeln lässt ihn seinen ganzen Körper herumreißen, und für Sekunden starren seine Augen wie festgenagelt auf das Display. Und dann erscheint jedes Mal eine andere und nicht ihre Nummer, und er ist maßlos enttäuscht. Nicht einfach nur enttäuscht, sondern maßlos enttäuscht. Diese ihm unbekannte Art der Enttäuschung versetzt ihn in eine sich steigernde Aktivität, eine geradezu furiose Hektik. Er schreibt nicht nur seine täglichen *Marktbeobachtungen* in Rekordzeit, er beginnt sogar mit der Reportage, findet den Anfang zunächst gelungen, verwirft ihn wieder und entscheidet, sich doch erst morgen nach der Eröffnungsgala am Abend an die Seite 3 zu setzen. Auch wenn die Gala nur eine Klammer sein wird, einzelne Beobachtungen zusammenzuhalten, die sich bereits in seinem Kopf zu Blöcken formiert haben, so will er doch dem Ereignis vertrauen und ganz aus dem Augenblick heraus schreiben. Er wird sich aus der Redaktion abmelden und die Reportage morgen ungestört zu Hause am Computer zusammenbasteln.

Ben stürzt aus seinem Zimmer, um Hentschel zu informieren, aber Hentschel ist beschäftigt. Er kehrt an seinen Schreibtisch zurück und beginnt, ihn aufzuräumen. Bis ihm einfällt, dass er vielleicht nicht nach

Hawaii fliegen wird, weil vielleicht Stella nicht mit ihm nach Hawaii fliegen wird. Er ruft sie dann doch noch einmal an. Was er ja eigentlich und ganz unbedingt nicht mehr wollte. Noch immer antwortet die Mailbox. Selbst an ihrem Apparat in der Agentur. Bei beiden Anschlüssen erst nach längerem Klingeln. Jetzt ist er ganz sicher, dass sie jedes Mal, wenn sie seine Nummer auf dem Display sieht, die Taste für die Mailbox oder den Anrufbeantworter drückt. Erst will er wütend auflegen, aber dann fragt er doch einigermaßen cool, was mit dem Termin in drei Tagen beim Standesamt sei, und auch wenn niemand etwas von ihrer heimlichen Heirat wisse, sie selbst könnten doch nicht so tun, als wüssten auch sie nichts davon.

»Und was ist mit unserer Hochzeitsreise?«, will Ben noch wissen und beendet dann das einseitige Gespräch mit dem Anrufbeantworter. Er steht auf und greift nach seiner Jacke. Er wird Stella in der Agentur aufsuchen. Er muss mit ihr reden. Ob sie es will oder nicht. Auf dem Weg zum Fahrstuhl klingelt sein Handy. Es ist Joachim.

»Was sollst du mir ausrichten?«, fragt Ben gereizt und kehrt zurück in sein Zimmer.

»Heute Abend findet die Gala mit den vierzig internationalen Human Designern statt, und es geht Stella wirklich nicht gut. Ruf sie in den nächsten vierundzwanzig Stunden nicht mehr an«, sagt Joachim. »Gestern Nacht hat sie eine Schlaftablette geschluckt, und eigentlich schläft sie noch immer. Wahrscheinlich hat sie mehr als nur eine geschluckt. Sie darf kein Atom Energie mehr verschwenden.«

»Schlaftabletten? Woher hat sie Schlaftabletten?«
»Von mir. Sie war völlig überdreht.«
»Sie hat bei dir geschlafen? Und du hast ihr Schlaftabletten gegeben? Du scheinst nicht sehr verantwortlich mit deinen Patienten umzugehen, Joachim.«
»Stella ist keine Patientin, sie ist eine Freundin. Dein Verhältnis mit Klara ist ein Schock für sie.«
»Ich habe kein Verhältnis mit Klara.«
»Stella glaubt, du hast eins.«
»Soll sie doch glauben, was sie will!«, ruft Ben wütend in den kleinen Apparat und beendet das Gespräch. Gleich darauf meldet er sich bei Eckart.
»Soll ich Klara im Café treffen oder nicht?«, beginnt er.
»Weshalb solltest du Klara überhaupt treffen?«, fragt Eckart einigermaßen überrascht zurück und mit einem hörbaren Anflug von Misstrauen in der Stimme.
»Weil ich sie seit einer Woche oder länger jeden Tag nach ihrer Arbeit in der Kantine im Café treffe«, antwortet Ben und wartet nicht auf Eckarts Reaktion, er erzählt ihm von seinen fast täglichen Treffen mit Klara in der Kantine und den guten Wirkungen auf ihn und den schlechten auf Stella. Eckart versteht nicht alles, weil Ben gehetzt spricht und ganze Wörter, manchmal auch halbe Sätze verschluckt, so eilig ist es ihm, zum Schluss zu kommen, den er eigentlich lieber auslassen würde, und teilweise lässt er ihn auch aus. Von Klaras Liebesgeflüster und ihrem Versuch, Stella zu kopieren, spricht er nicht. Auch nicht von ihrem Sturz, der ihm noch immer unangenehm in Erinnerung ist. Aber von Stellas unbegründeter Eifersucht erzählt er. Wenn Eckart auch nicht

alles versteht, so versteht er immerhin doch, dass Ben ein Problem mit Stella hat und nicht mit Klara. Und dass Stella heute Nacht bei Joachim geschlafen hat und Ben das gar nicht gefällt. Ja, er ist eifersüchtig, er gibt es sogar zu.

»Ich würde mich auf gar keinen Fall mit Klara treffen«, sagt Eckart, »und nicht nur weil Stella das nicht gefällt, auch mir gefällt es nicht.«

»Könntest du Klara anrufen und ihr sagen, dass ich heute keine Zeit habe? Du würdest mir einen großen Gefallen tun.«

»Oh, Ben, nicht nur dir, ich tue vor allem mir damit einen großen Gefallen.«

»Vielleicht kannst du auch Stella anrufen und ihr erzählen, was ich dir erzählt habe. Dir hört sie bestimmt zu. Bitte, ruf sie an.«

Eckart verspricht es, und Ben fühlt sich nach dem Gespräch mit Eckart erleichtert und setzt die Aufräumarbeiten an seinem Schreibtisch fort, erweitert sie und räumt auch seinen Computer auf, vor allem das Archiv und die verschiedensten Ablagen, löscht Notizen und Hinweise, die er über Wochen, ja Monate gesammelt hat. Jeder Löschvorgang tut ihm gut, scheint ihn von Ballast zu befreien. Heute Abend wird er Stella sehen, und der Spuk wird sich auflösen.

Das Telefon läutet. Es ist Monika. Sie beschimpft ihn. Ihn und Eckart. Die nichts Besseres zu tun hätten, als sich von einem rolligen kleinen Biest verführen und ausnehmen zu lassen. Sie knallt den Hörer auf. Ruft gleich noch einmal an.

»Deine Frau hat heute Nacht bei meinem Mann geschlafen. Das gefällt mir nicht«, sagt sie.
»Mir gefällt es auch nicht.«
»Glaubst du, sie haben miteinander geschlafen?«
»Nein«, sagt Ben und legt auf.
Zu spät. Er hätte Monikas Anruf gar nicht erst annehmen dürfen. Nicht den ersten und schon gar nicht den zweiten. Er hatte auf eine Nachricht von Stella gehofft, auf eine, die seiner gesteigerten Stimmung entsprach. Er hätte es besser wissen müssen: Monika war noch nie eine Überbringerin von guten Nachrichten.
Jetzt löst sich die wohltuende Wirkung, die das Ordnen von Schreibtisch und Archiv auch auf seine aufgewühlten Gefühle gehabt hat und sie beruhigte, wieder auf, und Chaos und Verwirrung breiten sich wieder aus. Was nur ist eigentlich passiert? Ben fährt sich mit der Hand durchs Haar. Wiederholt es.
Er verlässt sein Zimmer, um sich eine Tasse Kaffee zu holen. Er hat seinen toten Punkt. Er wird ihn mit dem Automatenkaffee nicht so gut besiegen wie mit dem Espresso beim Italiener schräg gegenüber auf der Potsdamer Straße. Aber Klara ist beim Italiener. Und Klara ist an allem schuld.
Ben kehrt zurück in sein Zimmer, stellt sich ans Fenster, nippt an dem heißen Getränk und beobachtet das Geschehen unten auf der Potsdamer Straße. Wie immer um diese Zeit staut sich der Verkehr an der Ampel stadtauswärts. Und wie bereits gestern schon, sind auch heute die Passanten auf den breiten Gehwegen wieder sommerlich gekleidet. Auch der junge Mann, der ge-

genüber von Bens Fenster unten an der Peitschenlampe lehnt, trägt ein kurzärmeliges weißes T-Shirt. Es ist Bruno. Zumindest sieht der junge Mann aus wie Bruno. So, wie Ben ihn erinnert: mittelgroß, blond, Anfang zwanzig, mit ausdrucksloser Miene. Ein eher rundes, eher weiches Gesicht. Das hart und brutal wird, wenn Bruno zuschlägt.

Ben stellt die halb leer getrunkene Tasse Kaffee auf seinen Schreibtisch und verlässt sein Zimmer. Der Fahrstuhl scheint auf ihn gewartet zu haben. Er hält auf seinem Stockwerk. Die Tür ist zurückgefahren, und der rote Richtungspfeil zeigt nach unten.

Ben beschleunigt die letzten Schritte und springt hinein, kurz bevor die Tür zugleitet. Er drückt das E für Erdgeschoss. Er ist allein in dem Metallkasten mit der Frontverspiegelung, dessen Länge und Breite danach bemessen sind, im Notfall ein Krankenhausbett zu transportieren.

Während er der Stockwerks-Anzeige folgt, läuft für Momente der Film vor seinen Augen ab, wie Bruno ihn von den beiden anderen Brüdern abführen ließ und wie sie ihn in ihre Mitte nahmen und fast sanft aufforderten mitzukommen. Wie er ihnen folgte, fast gehorsam, aber auch überrascht und neugierig. Und wie er, erst als sie ihn in der Einfahrt plötzlich festhielten, wusste, was sie vorhatten. Was Bruno vorhatte. Und wie er Bruno nicht ausweichen konnte, ihm nicht zuvorkommen konnte, als er zuschlug. *Er* wird nicht zuschlagen. Nicht gleich. Er wird Bruno packen und ihn mit der ganzen Wut, die sich in ihm angesammelt hat – Wut auf Stella,

Wut auf Klara, auf Joachim, Monika, sogar auf Eckart ist er wütend –, ins Gesicht sehen und ihm drohen. Wenn Bruno dann nicht in die Knie geht, den Schwanz einzieht und verschwindet, nicht nur aus dieser, sondern auch aus der Gegend um die Burg, dann wird er ihn dazu bringen. Dann wird er auch zuschlagen.
Ben wartet ungeduldig, dass sich die Fahrstuhltür öffnet. Die Stockwerk-Anzeige bildet seit einer Ewigkeit das aus kleinen rot glühenden Quadraten zusammengesetzte E ab. Endlich gleitet die Tür mit einem leisen Klingelton zurück, und Ben will hinausstürzen. Da prallt er mit einem anderen, kleineren Körper zusammen. Ben taumelt zurück und mit ihm Klara.
So schnell, als würde sie von einer Hundemeute gehetzt, ist Klara auf den Fahrstuhl zugelaufen. Sie wollte in ihn hineinspringen und hinauffahren in den dritten Stock. Zu Ben. Sie wollte ihn warnen. Sie muss ihn warnen.
In Panik drückt sie hastig die Taste, mit der sich die Tür schneller schließen lässt. Schon setzt sich der Mechanismus in Bewegung, ohne dass Ben es verhindern kann. Er kann auch nicht verhindern, dass Klara den Knopf mit der Zahl zehn drückt, er müsste sich erst einmal von ihr befreien, die noch immer an ihm klebt, um sie an irgendetwas zu hindern. Aber er befreit sich nicht von ihr, auch nicht, als der Fahrstuhl bereits die dritte Etage erreicht hat: Er spürt durch den Stoff des Kleides hindurch, wie sie am ganzen Körper zittert, und er ist nicht nur unfähig, sich von ihr zu befreien, es fällt ihm sogar schwer, nicht seinen Arm schützend um sie zu legen.

»Bruno steht draußen auf der Straße«, flüstert Klara.
»Ich weiß«, sagt Ben, und auch er flüstert.
»Ich habe Angst.«
»Warum? Was will er von dir?«
»Von mir? Von mir will er nichts. Er kennt mich nicht. Er wartet auf dich. Er ist allein, aber bestimmt hat er sein Messer dabei«, sagt Klara, und ein Schauer läuft durch ihren Körper.
Jetzt legt Ben seinen Arm um sie. Und gleich spürt er, wie Klara durch seine Berührung sich beruhigt, wie sich die Muskulatur unter ihrer Haut entspannt und weicher wird und wie sich der weiche, warme Körper nicht mehr an ihn presst, sondern an ihn schmiegt, an seine Brust, seine Hüften, seine Schenkel, und wie dieses eben noch ängstliche, zitternde Wesen mehr und mehr zu einer Frau wird, die ihn begehrt, so heftig, so leidenschaftlich, so bedingungslos, so ganz und gar, dass er ihr folgen muss, aus dem Fahrstuhl und auf den Gang, den Flur hinunter, den er nicht kennt, und durch eine Tür, die er nicht kennt, auf einen anderen Gang, den er auch nicht kennt, in einen fensterlosen Raum, der nur von einem Oberlicht schwach erhellt wird. Vage nimmt er gestapelte Stühle und Tische wahr. Undeutlich hört er das Schnappen einer Verriegelung in seinem Rücken. Hat Klara die Tür abgeschlossen? Wie ein Schriftband läuft die Frage durch seinen Kopf und wieder hinaus. Alles läuft durch seinen Kopf und wieder aus ihm hinaus. Es scheint keinen Halt mehr zu geben und kein Halten, der Boden rutscht ihm unter den Füßen weg, er muss sich an der festhalten, die sich an ihn schmiegt, weich und

warm und süß und leidenschaftlich. Doch auch dieser Halt schwankt. Und so sinken beide langsam zu Boden und halten sich aneinander fest, immer inniger, leidenschaftlicher, wie berauscht von diesem Fallen und Sinken, das kein Ende zu nehmen scheint.

*

Ben fällt es schwer, den seltsam fremden Ort, eine Art Aufbewahrungskammer für Kantinenmobiliar und Festdekorationen, wieder zu verlassen. Hier herrscht Ausnahmezustand. Mit dem ersten Schritt jedoch zurück in die Welt draußen vor diesem Ort wird ihm unweigerlich zugesteckt werden, von wem auch immer, und sei es von ihm selbst, dass es falsch war, was er getan hat. Mitten in der Eingangshalle bleibt er stehen und fasst sich an den Kopf, als müsste er nachdenken. Dabei ist es ziemlich leer in seinem Kopf. Nur, dass alles falsch war, das weiß er. Aber das Falsche war auch richtig. Es war falsch, mit Klara im Fahrstuhl zusammenzubleiben. Aber es wäre auch falsch gewesen, es nicht zu tun. In dem Moment, wo er es tat, war es richtig: Er musste sie beschützen. Alles war in dem Moment, wo er es tat, auch richtig. Es kann jetzt nicht falsch sein. Er ist nur am falschen Ort. Hier, in der Eingangshalle. Und auch an seinem Schreibtisch in seinem Zimmer. Erst recht im kleinen Konferenzraum, in dem er jetzt eigentlich sein müsste, um an der kleinen Konferenz teilzunehmen, wäre er am falschen Ort. Er muss all diese Orte verlassen, will er sich nicht immerzu falsch fühlen.

Er geht hinaus auf die Straße. Bruno lehnt nicht mehr am Mast der Peitschenlampe. Natürlich war es auch falsch, die Gelegenheit, Bruno allein und ohne die Brüder anzutreffen, nicht beim Schopf zu packen.
Ben steckt die Hände in die Hosentasche, und obwohl es Sommer ist, ein Sommer Ende April, beginnt er zu frösteln.
Was tun, wenn man der falsche Mann am falschen Platz ist?
Ben spürt, wie er die Schultern hochzieht, sie wachsen ihm förmlich bis an die Ohren, und mehr und mehr verschwinden Hals und Kopf zwischen den Schulterbergen wie in einem Tal. Aber Hals und Kopf sind ihm nicht genug, er möchte ganz und gar verschwinden. Er wünscht sich fort vom breiten Gehweg der Potsdamer Straße, auf dem er vor der Peitschenlampe steht wie an einen Schuldpfahl gekettet. Er ist schuldig geworden und hat alles verloren: Er wird die Seite 3 nicht schreiben. Er wird Stella nicht wiedersehen. Und nicht sein Kind.
Ben wünscht sich an einen Ort, an dem sich alles – Gefühle, Gedanken, ja, er selbst – auflöst. Und tatsächlich kommt ihm der exotisch anmutende Name einer Einrichtung in den Sinn, in der ihm dieser Zustand zumindest vorgegaukelt werden könnte. Eckart hat ihm von ihr erzählt. Sie liegt in fast unmittelbarer Nähe, er kann sie zu Fuß erreichen, und so macht er sich auf den Weg.
Wenig später betritt er, ein Handtuch um den nackten Körper geknotet, einen Ort, in dem sich tatsächlich alles aufgelöst zu haben scheint: Nur vage treten hin und

wieder durch den feinen, dichten Wolkendunst, der alles umhüllt und damit verhüllt, was er beherbergt, Konturen hervor, kaum mehr als Andeutungen von etwas Festem, etwas Geformtem.

Vorsichtig tastet Ben mit den nackten Fußsohlen über den warmen nassen Steinboden und verliert die Orientierung. Er könnte nicht wieder zurückfinden zu der Tür, durch die er diesen Ort betreten hat.

Vor ihm tauchen verschwommen, wie aus dem Nichts, für Momente menschliche Körper auf, nackte Männer mit einem Tuch um die Hüften gewickelt wie er. Sofort werden sie wieder verschluckt und lösen sich in den sich verdichtenden Dampfwolken ganz und gar auf.

Ben hat das Gefühl, blind geworden zu sein. Aber es ist keine dunkle, es ist eine helle Blindheit. Ausgelöst durch die weißen Wolken. Drohen sie zu schrumpfen, werden sie mit neuem Dampf aufgefüllt. Er ist warm, an manchen Stellen sogar heiß, und Ben atmet ihn nur vorsichtig ein. In kleinen Portionen.

Er tastet sich weiter. Da hört er Geräusche. Erst ein leises Flüstern. Dann das Plätschern von Wasser. Er geht dem Flüstern und Plätschern nach, und sein Fuß berührt etwas Festes, und er ertastet eine niedrig gemauerte, schmale Fläche entlang einer Wand. Er lässt sich darauf nieder. Er streckt sich langsam aus: er fühlt sich am richtigen Ort.

Leise Männerstimmen nähern sich ihm und entfernen sich wieder, sind plötzlich sehr nah. Dann übertönen plätschernde Wassergeräusche die dunkel und weich klingenden fremdartigen Laute wieder.

Ben blinzelt. Auch nicht die vageste Kontur ist in dem dichten Dunst aus unendlich vielen winzigen Feuchtigkeitspartikeln zu erkennen. Er schließt seine Augen wieder. Er spürt, wie die Feuchtigkeit auf seiner Haut Tröpfchen bildet. Wie sich die Tröpfchen zu Tropfen vereinigen und in feinen Rinnsalen von Stirn und Wangen hinunterlaufen. Und von der Brust am Körper hinunterfließen und sich in den größeren und kleineren Vertiefungen und Mulden sammeln. Er betupft mit dem Handtuch sein Gesicht und reibt die Nässe aus den Augenhöhlen.
Er ist zum ersten Mal in einem Türkischen Bad. Das hatte er auch dem Mann an der Kasse gesagt, der ihm ein Handtuch und den Schlüssel für den Kabinenschrank aushändigte. Daraufhin hat ihm der Mann erklärt, er müsse sich vorher und nachher duschen, und er könne sich während des Dampfbades, sollte es ihm zu heiß werden, einen kalten Guss mit dem Schlauch verabreichen.
Ist gut für die Reinigung, meinte der Mann.
Ben hatte daraufhin die Idee, seine Garderobe in die Stundenreinigung zu geben. Sie bietet auf einem Zettel, der gerahmt in einem Silberrahmen neben der Kasse aushängt, ihre Dienste an.
Totalreinigung, sagte daraufhin der Mann und lächelte.
Totalreinigung, stimmte Ben ihm zu.
Er richtet sich auf und schaut um sich. Die dichte Wolkenmasse hat sich gelichtet und lässt verschwommene Umrisse von Männern auftauchen. Unbeweglich wie Stoiker sitzen sie in seiner unmittelbaren Nähe.

Er könnte sie nach der Richtung fragen und ob er zehn Schritte oder zwanzig oder mehr gehen müsse, um zum kalten Wasser zu gelangen. Er beobachtet sie eine Weile, sie wirken tief versunken. Ausgeschlossen, ihren Ausflug ins Nichts oder in eine andere Galaxie oder vielleicht sogar ins Paradies oder auch in irgendeine Art von Hölle, alles ist ja schließlich möglich an so einem Ort, zu stören.

Ein erneuter heißer Wolkenausstoß verdichtet wieder die Atmosphäre, und die Stoiker verschwinden darin. Ben erhebt sich und tastet sich etwas mühsam durch die feinporige Masse. Er kommt sich vor wie ein Wolkenschwimmer, der auf der Stelle steht. Und nur langsam, mit vielen kleinen Richtungskorrekturen, nähert er sich der Quelle des Plätscherns. Doch selbst als er es schon recht laut hört, kann er die Quelle nicht erkennen. Erst als er den gemauerten Sockel berührt, sieht er das Wasser und wie es in das marmorne Oval sprudelt. Er greift nach dem Schlauch. Der kalte Wasserstrahl, den er vom Fuß aufwärts das Bein entlang und bis zur Schulter hinaufführt und dann den Arm hinunter, löst einen Schock aus, ein tiefes Erschrecken seiner Muskeln und Sehnen bis auf die Knochen. Auch seine rechte Körperseite setzt er diesem Schock und tiefen Erschrecken aus, das sich noch ein wenig steigert, als er den eiskalten Strahl auf die Mitte seines Nackens hält: Da scheint selbst sein Gehirn zusammenzuzucken.

Etwas Warmes, Festes berührt seinen Arm, und er sieht eine Hand, eine Männerhand. Ben dreht sich um, und trotz der Nähe sieht der Mann, der hinter ihm steht, wie ein Geist oder etwas Ähnliches aus, so unwirklich tritt er aus der nebelhaften Umhüllung hervor. Ben erkennt, dass er lächelt. Und lächelnd nimmt ihm der Mann nun den Schlauch aus der Hand und führt den Wasserstrahl langsam vom Nacken die Wirbelsäule hinunter und wieder hinauf. Erst einmal. Und dann noch einmal. Und jedes Mal Schock und tiefes Erschrecken von Haut und Knochen bis ins Mark.

Als Ben sich etwas später auf eine der nicht mehr ganz so mühsam ertasteten Steinbänke legt, kippt die Kälte vom Guss in Hitze um, und ein Strom rot glühender Lava scheint sich jetzt Wirbel für Wirbel von unten hinauf zu wälzen und sich in sein gesamtes Knochengerüst zu verströmen.

Danach breitet sich tiefes Wohlsein aus. *There is nothing more delightful than the weakest weakness.* Das hatte er irgendwann einmal irgendwo gelesen. Ben atmet tief ein, die Luft erscheint nicht mehr heiß, sie erfrischt ihn eher, füllt seine ausgetrockneten Lungen mit Feuchtigkeit. Er fühlt sich leicht werden. Ist beflügelt. Er könnte abheben. Und er hebt ab. Ganz schnell ist er ziemlich weit oben und blickt auf sich hinunter. Er sieht einen unschuldigen Ben. Und einen schuldigen Ben. Ausgestreckt dort unten auf der Steinbank, nur ein Tuch um die Hüften geknotet.

⋆

Obwohl sie minutenlang davorstand, konnte sie die Hand nicht heben und den Griff der Pforte nicht hinunterdrücken. Es blieb ihr nichts anderes übrig, als weiterzugehen. Sie kehrte jedoch bald wieder um und probierte es erneut. Und gab es wieder auf.

Vielleicht will sie nicht zurück in die Burg. Vielleicht will sie zurück zu Ben. Klara geht unruhig auf und ab, bleibt dann wieder stehen und lehnt sich an einen der Pfosten des Zauns. Sie halten das massive Eisengitter, wuchtige Stäbe mit Speerspitzen, die in kurzen regelmäßigen Abständen aus einer Art Flechtwerk ragen.

Als Ben seinen Arm um sie legte, löste sich der Ball einfach auf. Der rote Ball. Ihr Spielball. Der Ball, der in ihr immer so lustig auf und ab hüpfte, wenn sich eine Gelegenheit zum Spiel bot.

Er löste sich in eine rote Flüssigkeit auf. Und die rote Flüssigkeit floss durch ihre Adern. Noch nie war sie davon durchströmt worden, und doch wusste sie gleich: Das ist Liebe.

Die Liebe strömte immer schneller, stürzte schließlich tosend durch ihre Adern, und als Ben ihren Mund, aus dem das Tosen herausbrach, mit einem Kuss verschloss, war sie bereit, aufzuhören zu atmen. Ja, sie war sogar einverstanden zu sterben.

Umso erstaunter war sie, wie lebendig sie sich fühlte, als sie aus dem weichen Dämmerlicht, das sie und Ben in dem abgelegenen Raum umgab, auf den sonnenüberfluteten Gang hinaustrat. Sie war auch erstaunt, wie leicht es ihr gefallen war, sich von Ben zu lösen. Sie war es, die den heimlichen Ort am Ende des Gangs zuerst verließ. Sie drehte sich auf der Schwelle nicht einmal nach Ben um. Sie wird ihn nicht wiedersehen. Weil sie ihn nicht wiedersehen darf. Es gibt auch keinen Grund, ihn wiederzusehen. Das Spiel ist aus. Sie hat keinen Ball mehr. Keinen Spielball.

Klara stößt sich vom Pfosten ab und tigert am Zaun entlang.

Noch nie ist sie in diesem Zustand gewesen: eine Klara ohne roten Ball! Ohne Spielball!

Plötzlich entschlossen, drückt sie die Klinke der Pforte hinunter. Am japanischen Kirschbaum, der sich während der vergangenen warmen Tage in ein rosarotes Wolkengebilde verwandelt hat, hält sie inne und atmet den schwachen Duft ein. Sie darf Ben nicht wiedersehen. Und sie wird auch Eckart nicht wiedersehen.

Klara geht weiter, öffnet die schwere Eingangstür und durchquert die dunkle, mit bunten Mosaiken verzierte Halle, deren Pracht man im schwachen Licht der sparsamen Beleuchtung nur ahnt. Sie steigt die wenigen Stufen der Seitentreppe zum Obergeschoss hinauf. Der Vater nennt das Obergeschoss stets nur die *Belle Etage*. Sie schließt die Wohnungstür auf und betritt den ovalen Vorraum. Sie hängt ihren Mantel an die Garderobe und geht ins Bad. Einen Augenblick vermisst sie die übliche Unordnung, die sonst im Bad herrscht und die vor allem von Trixas täglich neuen und ausgiebigen, vor allem materialaufwendigen Versuchen, sich in ein Kunstwerk zu verwandeln, herrührt. Christina hat wieder einmal aufgeräumt. Im Gegensatz zu Christina gefällt ihr die Unordnung, die Trixa verbreitet. Sie

gibt ihr das Gefühl, zu Hause zu sein. Auch die Mutter hinterließ in jedem Zimmer, das sie benutzte, eine bunte Unordnung aus Kleidern, Schmuck und Schminke.
Klara wirft einen Blick in den Spiegel: Alles an ihr, Kleidung, Schmuck und Schminke, ist in Unordnung. Sie ist so, wie sie sich aus der Umarmung von Ben löste, den Gang hinuntergelaufen und in den Fahrstuhl, durch die Halle und über die Potsdamer Straße. Und in den Bus und danach den ganzen Weg nach Hause. Sie hat keine Lust, es jetzt zu ändern und das zerzauste Haar, die zerlaufene Schminke und die verrutschte, zerknitterte Kleidung in Ordnung zu bringen.
In der Küche gießt sie sich einen Tee auf, stellt die Kanne, eine Tasse, Zucker und Milch auf ein Tablett und trägt es in den Salon. Sie setzt sich zu Schmittchen an den kleinen Tisch am Fenster. Sie nippt an ihrem Tee und beobachtet über den Hof hinweg das Geschehen auf der Straße. Hin und wieder durchqueren Besucher oder Mieter aus dem Haus den Innenhof. Hin und wieder bleibt einer von ihnen am Kirschbaum stehen und schaut ihn an. Einmal klettert ein Junge den Kirschbaum hinauf und schüttelt einen der Zweige, und die Blüten fallen aus dem Baum wie die Federn von Frau Holle aus den Betten, und es schneit.
Trotz der Ablenkungen im Hof verliert Klara die Straße nicht aus den Augen: Sie wartet auf Ben. Und sie wartet nicht nur auf ihn, sie *erwartet* ihn. Wie man einen Geliebten erwartet. Und jetzt ist es auch nicht mehr der rote Ball, der lustig auf und ab hüpft, wenn sie von

weitem jemanden, der Ben sein könnte, die Straße hinunterkommen sieht, jetzt schlägt ihr Herz schneller.
Ihr Herz hat noch nie bei einem Mann schneller geschlagen. Vielleicht hat es überhaupt noch nie schneller geschlagen. Sie erinnert nur den kleinen roten Ball und sein Hüpfen und Springen und wie er, wenn er nicht mehr lustig hin und her sprang, zu einer Kugel, einer Feuerkugel werden konnte, zu einem explosiven Gemisch, das manchmal tatsächlich explodierte. Dann bekam sie stets einen Wutanfall.
Klara fühlt, wie ihr Herz schlägt. Es fühlt sich schön an. Es gefällt ihr. Christina wird es nicht gefallen, dass ihr Herz für einen Mann schlägt. Es hat ihr schon nicht gefallen, als Trixa sich ein bisschen in Bruno verliebte. Sie war froh, als Trixa sich wieder entliebte. Christina mag es nicht, wenn ihre Schwestern sich zu sehr für andere, insbesondere für andere Männer, interessieren. Sie befürchtet, eine von ihnen könnte den *Club* – so nennt sie manchmal das Zusammensein mit ihren Schwestern – verlassen und eigene Wege gehen, die sie dann nicht mehr so bestimmen kann, wie sie es bisher immer tat.
Der Tee ist kalt geworden. Auch das Licht draußen vor dem Fenster wirkt kälter. Es hat eine bläuliche Färbung angenommen. Die Dämmerung ist bereits hereingebrochen.
Noch erkennt sie die Passanten auf der Straße, aber schon bald werden sie sich im Licht der Straßenbeleuchtung in Schemen verwandeln und nicht mehr recht unterscheidbar sein, zumindest wird sie Bens Silhouette nicht so leicht ausmachen können. Trotzdem bleibt sie

am Fenster sitzen und wartet auf ihn. Erwartet ihn. Wie einen Geliebten.

*

Sie fahren in Eckarts Cabrio mehrmals von Ostberlin nach Westberlin und zurück. Ben kann sich nicht entscheiden, ob sie im Westen ein Esslokal aufsuchen sollten oder lieber in Mitte. Oder ob sie in einer Kneipe oder Bar nur etwas trinken.

»Sollen wir überhaupt etwas essen oder trinken? Wollen wir nicht lieber einfach nur durch die Stadt fahren?«, schlägt Ben vor. Er hat seinen Sitz zurückgekippt und sich ausgestreckt. Sie kreuzen gerade durch den Tiergarten, und Ben hat Eckart gebeten, langsam zu fahren. Er schaut, fast im Liegen, in das über seinem Kopf vorbeiziehende noch kahle Geäst der Baumkronen. Er könnte immer so weiterfahren.

»Tut mir Leid, aber ich habe mittlerweile einen mörderischen Hunger«, protestiert Eckart, »ich *muss* etwas essen, sonst geht es mir gleich ziemlich dreckig.«

Eckart biegt, ohne Bens Antwort abzuwarten, vom Tiergarten in die Straße zum Potsdamer Platz.

»Du könntest ruhig ein paar Pfunde abnehmen«, sagt Ben und schaut weiter in den Himmel.

»Wenn sich eine Frau von mir wünschen würde, dass ich ein paar Pfund abnehme, ich würde es glatt tun«, antwortet Eckart, »aber bisher hat es sich keine gewünscht.«

Sie kommen an der Philharmonie vorbei, und Eckart

fragt nach Stellas Eröffnungsgala und wann sie stattfindet.
»Heute Abend«, antwortet Ben.
»Heute? Wieso bist du nicht dort? Du schreibst doch darüber, oder irre ich mich?«
Ben antwortet nicht. Eckart hält vor einem Asien-Imbiss mit Take-away-Service und fragt, ob er Ben eine Frühlingsrolle mitbringen soll, aber Ben hat keine Lust, allein im Auto zurückzubleiben, und so begleitet er ihn.
»Ist was nicht in Ordnung?«, will Eckart wissen. »Ist Stella immer noch …«, er zögert, »ist sie noch immer eifersüchtig?«
»Nein«, sagt Ben und bleibt wortkarg wie bisher. Eckart hat seinen Freund noch nie so stumm erlebt.
Im Imbiss bestellt er gebratenes Rindfleisch mit Gemüse, Ben nur ein Bier. Sie lehnen sich an einen der Stehtische und warten.
»Ich habe sie nicht erreicht«, sagt Eckart.
Ben schaut ihn fragend an.
»Es ist schwierig, sie zu erreichen. Aber ich habe ihr auf die Mailbox gesprochen.«
»Und was hast du Stella draufgesprochen?«
»Nicht Stella, Klara. Hast du sie gesehen?«
»Ich? Wieso ich?! Du hast mir doch geraten, sie nicht zu sehen!« Ben gestikuliert unvermutet heftig mit den Armen.
»War nur eine Frage. Reg dich nicht gleich auf.«
»Ich rege mich aber auf. Deine Frage regt mich auf. Ich hatte Klara vergessen. So gut wie vergessen. Zumindest bildete ich es mir bis zu deiner Frage ein. Ich habe fast

einen halben Tag im Türkischen Bad zugebracht, um sie zu vergessen. Ja, ich war im Türkischen Bad. Ich weiß, du hast mir davon erzählt, und so, wie du es beschrieben hast, schien es mir in dem Moment der richtige Ort zu sein, um Klara zu vergessen. Um alles zu vergessen, was mit ihr passiert ist. Und ich habe auch tatsächlich das meiste vergessen, aber deine Frage hat mich wieder zurückgeworfen, und jetzt jagen diese Bilder, die ich vergessen hatte, so gut wie vergessen hatte, wieder durch meinen Schädel: Klara, und wie sie gegen mich prallt und ich mit ihr oder sie mit mir in den Fahrstuhl taumelt. Und Klara, wie sie die Schließtaste und den Knopf für das zehnte Stockwerk drückt, wo die Kantine ist. Und Klara, wie sie sich an mich presst, sich an mich schmiegt, und wie ich den Arm um sie lege, und wie wir im zehnten Stock die Flure und Gänge hinunterlaufen, und wie Klara die Tür zu einem abgelegenen Raum öffnet und hinter uns verschließt …«

»Hör auf!«

Ben verstummt.

Einer der asiatischen Köche, die in der winzigen Küche die Gerichte frisch im Wok zubereiten, versucht zum wiederholten Male durch Zurufe und mit Gesten auf das bestellte Gericht aufmerksam zu machen. Es steht dampfend auf der breiten, mit buntem Plastiktuch bespannten Ablage, die Küche und Gäste trennt.

Eckart rührt sich nicht.

Ben geht zum Tresen, nimmt zwei Paar mit einer Papierserviette umwickelte Essstäbchen aus dem Holzkorb und trägt die flache ovale Schale mit den dampfenden

Speisen zum Stehtisch. Er stellt sie in die Mitte, legt ein Paar der Essstäbchen vor Eckart hin und wickelt von seinem die Papierserviette ab. Erst jetzt spürt er, wie hungrig er ist. Aber bevor er den ersten Bissen mit Hilfe der Stäbchen in seinen Mund schieben kann, schnellt Eckarts Arm vor und über den kleinen Tisch. Er packt ihn am Kragen und zieht ihn mit einem Ruck zu sich hinüber. Dabei kippen die beiden Biergläser um. Ein Glas zerbricht am Rand der flachen ovalen Schale, und das Bier sickert in das gebratene Rindfleisch mit Gemüse und Sojasprossen. Ein paar Scherben fallen in den Reis. Das andere rollt vom Tisch, fällt auf den Boden und zerbricht, die Flüssigkeit läuft zu einer Lache aus. Am Plastiktuch rinnt das Bier hinunter und tropft in die Lache.
»Hör auf, du Idiot!«
Ben versucht sich zu befreien, aber Eckarts Schraubstockgriff lockert sich so wenig wie sein Gesichtsausdruck, der in Stein gemeißelt zu sein scheint: Keine Miene bewegt sich.
»Hör auf mit dem Scheiß, sag ich!«, droht Ben.
Da stößt Eckart ihn mit Wucht von sich, und Ben fliegt rückwärts durch den halben Imbiss, und würde nicht einer der Gäste ein paar Stehtische weiter ihn auffangen, er wäre wohl gegen die Wand geprallt und hingefallen. Ben schüttelt die helfenden Hände ab und geht drohend auf Eckart zu. Einer der zierlichen asiatischen Köche stürzt hinter dem Tresen hervor und stellt sich mit ausgebreiteten Armen zwischen Eckart und Ben.
»Nein, nein, nein«, sagt er entschieden und lächelt und schüttelt den Kopf und wiederholt es so lange, bis Eckart

sich abrupt umdreht und den Imbiss verlässt. Ben will hinter ihm herstürzen, aber der Koch verstellt jetzt ihm mit ausgebreiteten Armen den Weg.

»Nein, nein«, sagt er wieder und lächelt wieder dabei und schüttelt den Kopf und zeigt auf den Tisch mit den verwüsteten Speisen und Getränken und den zerbrochenen Gläsern.

»Erst bezahlen, dann gehen.«

Ben zieht einen Schein aus seiner Jackentasche.

»Ist gut so«, sagt er.

Der Koch nimmt den Schein, verbeugt sich mehrmals tief und gibt den Weg frei.

Draußen vor dem Imbiss schaut sich Ben suchend um. Eckart ist verschwunden, nur sein Cabrio steht am Straßenrand.

Ben rückt seine leicht verrutschte Kleidung zurecht und geht langsam die Seitenstraße hinunter auf die breite Schneise zwischen den hohen Bauten des Potsdamer Platzes zu. Er begegnet niemandem. An der Ecke zur breiten Schneise bleibt er stehen: Nur wenige eilige Fußgänger hasten über die Gehwege. Eckart ist nicht unter ihnen. Ben späht über die breite Schneise hinüber zur anderen Seite und beobachtet, wie ein Mann in der Passage zwischen zwei Glastürmen wie aufgesogen verschwindet. Der Mann könnte Eckart gewesen sein. Aber war sein Haar nicht dunkel und füllig? Eckarts Haar ist blond, und seine Fülle hat sich bereits gelichtet. Ben verharrt unschlüssig, späht mal in die eine, mal in die andere Richtung, mal in das dunkle Loch der Passage.

Vom Mittelstreifen, der die mehrspurigen Fahrbahnen in die jeweils andere Richtung trennt, lachen ihn schöne Männer und schöne Frauen an. Sie lachen von den großen Plakaten, die in Abständen in Glaskästen an hohen Fahnenmasten montiert sind, zu ihm hinunter.
Er wendet sich von ihnen ab und blickt in einen Autosalon. Auf einer rotierenden runden Bühne dreht sich einsam ein chromblitzendes, metallisch glänzendes Traumgefährt in kräftigem Nachtblau mit schwarzen Kotflügeln. Ben ist sofort angezogen von dem einsam rotierenden Traumgefährt. Er tritt näher an die große Glasscheibe des riesigen Autosalons und betrachtet es. Ein vollkommenes Meisterwerk. Er schaut zurück zu den schönen Männern und Frauen. Auch sie sind vollkommen. Er ist es nicht, er ist schuldig. Wenn auch unschuldig schuldig, so doch schuldig.
»Komm, wir gehen«, hört er Eckart mit entschiedener Stimme sagen. Er steht hinter ihm und nimmt ihn am Arm und zieht ihn mit sich.
Ben wehrt sich, will Eckart zwingen, stehen zu bleiben und ihm zuzuhören, aber Eckart zieht ihn unerbittlich weiter.

*

Nach der Rede des Ersten Bürgermeisters der Stadt – er verlässt gerade seinen Platz, um das Rednerpult zu besteigen –, wird das Dessert serviert. Im Anschluss an das Dessert eröffnen die vierzig geklonten Idealen Paare auf der erhöhten Bühne in der Mitte des nicht wiederzuerkennenden Foyers des kleinen Saals der Philharmonie das Programm. Sie werden in Zukunftskostümen, die an einen unbeschwerten Aufenthalt auf dem Mars oder auf der Venus erinnern sollen, eine Choreographie nach dem Walzer *An der schönen blauen Donau* von Johann Strauß aufführen. In Anlehnung an einen berühmten Sciencefictionfilm, in dem Weltraumschiffe nach derselben Melodie eine Choreographie durch den Weltraum aufgeführt haben. Die Idealen Paare werden sich danach unter die Gäste mischen und mit ihnen tanzen, bis der Walzer wieder gespielt wird. Dann werden sie sich wieder zu Idealen Paaren zusammenfinden. Der Walzer wiederholt sich in regelmäßigen Abständen. Das alles wird genauso perfekt ablaufen wie die bisherigen Einsätze. Sie hatte für sich und ihr mittlerweile fünfköpfiges Team aus einmaligen Assistenten und eingespielten Trainees nach der Generalprobe am Morgen, bei der alles schief ging, noch einen Durchlauf am Nachmittag durchgesetzt, bei dem alles wie am Schnürchen ablief.

Der Erste Bürgermeister beginnt mit seiner Rede. Stella lehnt sich über die Brüstung ihrer Loge. Nicht nur sie, gewiss erwarten auch alle anderen der etwa tausend Gäste, dass der Erste Bürgermeister den Namen des Ortes, an dem die Eröffnung stattfindet, die Philharmonie, zum Ausgangspunkt seiner Rede machen wird. Und so geschieht es dann auch. Es ist die Harmonie der Schöpfung, die er beschwört, und erst einmal lobt er die große Lehrmeisterin. Der *Viel-Harmonie* setzt er dann jedoch die *Dis-Harmonie*, die entsteht, wenn der großen Lehrmeisterin Fehler unterlaufen, entgegen. Im Human Design will er vor allem eine Technologie zur Behebung dieser Fehler sehen. Erst ganz zum Schluss seiner Rede, in der er die anwesenden Wissenschaftler mehr und mehr zu Schülern werden lässt, zu auserwählten Schülern, die von der großen Lehrmeisterin lernen dürften, die allerdings auch gehorchen müssten, sonst erginge es ihnen und uns wie dem Zauberlehrling in der gleichnamigen Ballade von Johann Wolfgang von Goethe, also erst ganz zum Schluss seiner Rede spricht der Erste Bürgermeister der Stadt ein einziges Mal von Genmanipulation: dass die Reparatur von Schäden eben keine Genmanipulation sei.

Wo die große Lehrmeisterin versagt, da muss sich der Mensch selber helfen, sagt er, und da gäbe es doch einiges zu tun. Also packen wir es an. Packen Sie es an, ruft er den vierzig Human Designern zu. Er dankt den Wissenschaftlern, und nicht nur den anwesenden, als den Helfern der Menschheit, die lernen muss, sich selber zu helfen. Vor allem dort, wo die Natur versagt. Der Applaus ist groß.

Stellas Assistenten und Trainees suchen ihre Plätze auf. Sollte irgendwo der Ablauf ins Stocken geraten, greifen sie koordinierend ein. Stella bleibt allein in der Loge zurück. Ihr Blick schweift über die Köpfe der Gäste und durch das phantastisch gestaltete, sich hoch wölbende große Oval des Foyers. An seinem Ende werden sich gleich Türen öffnen.

Sie bemerkt, wie ihr Herz einen Sprung macht und schneller schlägt: Sie sind und bleiben ihr unheimlich,

diese künstlichen Wesen. Sie ist froh, sie an diesem Abend das letzte Mal sehen zu müssen.
Die Türen öffnen sich, und eine große Schar von identisch kostümierten und in Größe und Aussehen völlig identisch wirkenden Männern stürmt die breite Treppenkaskade hinunter und auf die erhöhte Bühne. Trotz ihrer futuristischen Anzüge scheinen sie nicht nur aus der Zukunft zu kommen, sondern gleichermaßen aus einer bereits weit zurückliegenden Vergangenheit.
Stella ist verwundert über diese Wirkung und nimmt das Fernglas und holt sie sich näher heran: Jeder von ihnen könnte tatsächlich ein aus der Antike auferstandener moderner Eros sein, so siegessicher und zugleich sehnsuchtsvoll, so männlich und zugleich verführerisch, wie er sich in Erwartung seines weiblichen Parts in Szene setzt!
Es wird ihnen Zeit gegeben, den vierzigfach Kopierten, bestaunt zu werden. Und jeder von ihnen nutzt sie, posiert und dreht und wendet sich nach allen Seiten.
Die Schönheit ihrer wohlgeformten Körper und Gesichtszüge und die verwirrende vierzigfache Gleichheit aller versetzt die Gäste in ein erst verblüfftes, bald fast andächtiges Staunen. Und als die Schar der vierzig Schönen, absolut gleich schönen Schönen, im wehenden Venusgewand die Treppenkaskade hinunter und auf die Bühne schwirrt und schwebt, und sich jede von ihnen in die Arme eines erwartungsvoll Wartenden fallen lässt und mit den ersten Takten des Walzers sich die ersten als Paare zu drehen beginnen, bricht nach den Minuten fast atemloser Stille des Staunens tosender Beifall aus.

Stella spürt, wie Tränen in ihr aufsteigen. Und wie sie sich, je länger sie den schwerelos und harmonisch über die Tanzfläche gleitenden Idealen Paaren zuschaut, zu einem Meer in ihr sammeln. Der Spiegel steigt, das Wasser läuft über, und die Tränen stürzen aus ihren Augen. Sie kann sie nicht mehr aufhalten. Sie kann ihr nasses Gesicht immer nur wieder mit einer der herumliegenden Papierservietten abtupfen.

Mit dem unaufhaltsamen Tränenfluss gibt ihr Widerstand gegen die geklonten Idealen Paare nach, und sie ist mehr und mehr einverstanden, dass es andere, vor allem bessere Modelle gibt, nämlich Ideale Paare, die man vervielfältigen *muss*. Sie und Ben sind kein Ideales Paar. Sie und Ben sind überhaupt kein Paar mehr.

Stella muss erneut zu den Papierservietten greifen. Sie ist froh, dass sie allein in der Loge ist und ihre Assistenten und die Trainees draußen im Foyer über den reibungslosen Ablauf wachen. Sie tupft ihr Gesicht trocken und schaut in einen Handspiegel. Sie beginnt sofort hastig, ihr Make-up auszubessern. Auf keinen Fall darf sie dem Tanz der Idealen Paare noch länger zusehen, sie ruinieren ihr ganzes Make-up!

Eigentlich könnte sie auch die Party verlassen und nach Hause gehen. Die Klons sind ein Erfolg, und ihr Auftritt ist perfekt gelaufen. Alles Weitere wird auch perfekt ablaufen.

Draußen vor dem Eingang zum kleinen Saal der Philharmonie lässt sich Eckart trotz allen Widerstands von dem verzweifelten und sich verzweifelt wehrenden Ben nicht abbringen, ihn mit sich durch die Tür zu ziehen. Den hübschen Wächterinnen vor den Listen der Eingeladenen gibt er sich als Ben Reiser aus, Reporter der größten Tageszeitung in Berlin. Und Ben als seinen Assistenten. Mit einem reizenden Lächeln wird Bens Name auf der Liste abgehakt, und Ben folgt, gezähmt, seinem Freund.

Am Treppenrand halten sie inne. Das Spektakel auf der Bühne am Fuß der Kaskade zieht sie sofort in seinen Bann: Vierzig vollkommene und vollkommen gleiche Menschenpaare drehen sich nach einem Walzer in vollkommener Harmonie.

Ben geht ein paar Stufen die Treppe hinunter, und das Geschehen rückt ihm überproportional näher. Es rückt ihm so nahe, als stünde er selber mitten auf der Bühne. Inmitten der Vollkommenen. Einen Moment hat er das Gefühl, hellsichtig zu werden, ja, einsichtig, und er meint, in dem Wunsch nach Vollkommenheit, wo immer er sich zeigt – und in diesem Moment zeigt er sich Ben in den geklonten Idealen Paaren ebenso wie im gelungenen Design seiner Uhr am Handgelenk –, in diesem Wunsch nach Vollkommenheit meint er, die alle Zeiten überdauernde Verzweiflung des Menschen an seiner Unvollkommenheit zu erkennen. An seiner Schuld. Und versöhnt mit sich und mit seinem Schicksal, und befreit durch die Gewissheit, dass jeder hier an diesem Ort, wie an jedem anderen auch, das gleiche Schicksal der Unvollkommenheit, der Schuld, mit ihm teilt, legt Ben Eckart den Arm um die Schulter und geht langsam mit ihm die Treppe hinunter und auf die Bühne zu.

Die ersten Gäste mischen sich bereits unter die tanzenden Idealen Paare. Es werden schnell mehr, und schon bald entsteht großes Gedränge. Und immer mehr Gäste streben der Bühne zu.
Ben erscheint jetzt das Geschehen auf der Tanzfläche, das sich Mischen und Vermischen der Gäste mit den Idealen Paaren, wie ein magisches Ritual: durch Berührung mit den Idealen wollen sie verwandelt werden. Idealer werden. Und jeder scheint an dieser magischen Wandlung teilnehmen zu wollen. Kaum ein Mann und kaum eine Frau, die noch auf ihrem Platz sitzen. Schon müssen die Kellner die Stühle und Tische um die Tanzfläche beiseite räumen, weil die, die keinen Platz mehr oben auf der Tanzfläche finden, unterhalb der Bühne mittanzen.
Ben sieht, wie zwei Ideale Paare in schwindelerregenden Walzerdrehungen von der Tanzfläche nach unten kreiseln und den magischen Kreis erweitern. Jeder soll in ihn eintreten. Die Musik wechselt. Jetzt trennt sich das Ideale Paar. Der Mann nimmt einen weiblichen Gast in den Arm. Die Frau steht plötzlich vor ihm.

Stella beobachtet von ihrer Loge aus die sich ausdehnende und hin und her wogende Menge der Tanzenden. Bens Gesicht und Gestalt taucht aus der Woge auf und verschwindet wieder. Dann bemerkt sie Eckart. Er steht am Rand und sieht den Tanzenden zu. Hätte sie nur Ben gesehen, sie würde sich selbst nicht glauben und die Täuschung ihrem Zustand zuschreiben. Aber Eckart gibt ihr das unbedingte Gefühl, sich nicht zu täuschen.

Eckart ist real. Im Gegensatz zu Ben, von dem sie nichts mehr weiß. Noch nicht einmal, ob er überhaupt jemals der war, für den sie ihn gehalten hat. Einer, dem sie vertraut, den sie geliebt hat. Eckart ist im Gegensatz zu Ben, an dem sie zweifelt, an dem sie verzweifelt, der, der er immer war.
Sie verlässt die Loge. Sie könnte nach Hause gehen. Ihre Assistenten und die beiden Trainees arbeiten vorzüglich. Sie könnte nach Hause gehen und, ohne von Ben gestört zu werden, ihre Sachen zusammenpacken. Joachim würde ihr am nächsten Tag helfen, die Koffer abzuholen. Er könnte sie auch ohne sie abholen. Bis sie eine neue Wohnung findet, könnte sie bei ihm wohnen. Das hat ihr Joachim angeboten.
Sie will die Garderobe aufsuchen und aus dem angrenzenden Raum für Mitarbeiter ihren Mantel holen. An der Treppe zögert sie und bleibt stehen.
Die Musik hat gewechselt. Die Tanzfläche ist noch immer überfüllt, aber die Woge der Tanzenden schwappt nicht mehr über die Ränder hinüber. Nach dem letzten langen Walzer mit den Idealen Paaren haben viele der Gäste die Plätze an den Tischen wieder eingenommen, andere wiederum flanieren durch den Saal.
Stella sieht einen der männlichen Klons die Treppe hinaufkommen. Er kommt direkt auf sie zu. Er ist wirklich Eros. Er nimmt ihre Hand und will sie die Stufen hinunterführen. Er will mit ihr tanzen. Das gehört zum Programm: Mit dem Ende des Walzers trennen sich die Idealen Paare und tanzen bis zum nächsten Walzer, bei

dem sie sich wieder als Paare zusammenfinden, mit den Gästen.

Einen Moment lang will Stella sich dem Griff von Eros entziehen, will ihm erklären, dass sie kein Gast ist, sondern diejenige, die er kennt, die aus der Agentur, deren Idee er gerade verwirklicht, auch wenn es Ulrichs Idee war. Doch dann ist sie von seiner idealen Schönheit und dem Geheimnis dieser Schönheit so gebannt, dass sie ihm folgt. Auf dem Weg begegnet ihr ein weiterer, absolut identischer Eros. Und auch eine Venus. Und wieder staunt sie über die Schönheit der Idealen Paare und ihre überwältigende Wirkung als Klons.

Eros führt sie auf die Bühne. Die letzten Takte verklingen. Sie stehen sich gegenüber und warten auf den Einsatz neuer Musik. Stella mustert ihren Tänzer.

»Du bist wirklich gelungen«, bestätigt sie ihm. »Ihr seid alle tatsächlich ziemlich gelungen.«

»Ich bin ein Traum«, sagt ihr Tänzer, »wir Idealen Paare sind alle ein Traum. Und wir werden immer ein Traum bleiben.«

Auf seinem Gesicht liegt ein leises verheißungsvolles Lächeln. Ein Versprechen, wie es Stella scheint. Es widerspricht seinen Worten, denn es erweckt den Wunsch nach Erfüllung des Traums. Dieses uralten, seit ewigen Zeiten und immer wieder neu geträumten Traums von einer Liebe auf immer und ewig.

Die Musik setzt ein. Südamerikanische Rhythmen. Eine Melodie. Gesang. Stella horcht auf, lauscht und erinnert das dunkle Wasser der Spree und das illuminierte Schiff, das diese Melodie über die winzigen Wellen ihr und

Ben entgegentrug, und unwillkürlich schmiegt sie sich, als ihr Tänzer den Arm um sie legt, an ihn, und die Sehnsucht, das Versprechen von Eros, den Traum von einer Liebe auf immer und ewig zu träumen, erfüllt sie, und sie lässt sich von ihm, die Augen geschlossen, durch ihre dunklen sehnsuchtsvollen Gefühle führen.

Trotz der Enge auf der Tanzfläche versteht es Eros, ohne einen noch so geringen Zusammenprall mit anderen Paaren, mit ihr durch die Menge zu gleiten, ja, zu schweben.

Sie öffnet die Augen wieder und schaut zu ihrem Tänzer auf, und das Erschrecken über ihn, über seine übermenschliche Schönheit, trifft sie wie ein Schlag, und sie bleibt abrupt stehen.

Das leise Lächeln liegt unverändert auf seinem Gesicht, und jetzt löst es nicht mehr Sehnsucht zu träumen in ihr aus, sie verspürt den heftigen Wunsch aufzuwachen.

»Ben«, flüstert sie. »Ben«, ruft sie.

Sie löst sich von Eros und stellt sich auf Zehenspitzen und versucht, über die Woge der Tanzenden hinwegzusehen.

»Ben!«

Er tanzt in einiger Entfernung und hält eine Venus im Arm.

Oder hält die Venus ihn?

Stella spürt die Berührung von Eros, mit der er sie auffordert, den Tanz weiterzutanzen, und jetzt fällt sie ihm wild entschlossen und mit offenen Augen in die Arme und gleitet und schwebt nicht mehr, jetzt wiegt sie sich in den Hüften.

Eros nimmt ihre Stimmung auf und wiegt sich mit ihr in den Hüften, und sie tanzen in einem atemberaubenden Gleichklang an den anderen vorbei und unaufhaltsam auf Ben und Venus zu.
Eine Zeit lang tanzen zwei Paare zusammen, nebeneinander, vor- oder hintereinander, wie ein Paar. Sie drehen und wiegen und schwingen sich synchron in den Hüften. Sie werfen Arme und Beine synchron in die Luft. Sie erregen bereits Aufmerksamkeit.
Dann, mitten in einer Drehung, gibt es einen Wechsel von Stella zu Ben und von Venus zu Eros. Und nun tanzen Ben und Stella in ausholenden Schritten über die Bühne, gefolgt von Eros und Venus wie von ihrem Schatten.
»Ihr seid das Original!«, ruft Eros Stella zu. »Wir sind nur ein Traum. Ein Phantasma. Eine Idee.«
»Ihr seid Klone!«, ruft einer von den vierzig Human Designern, der gerade mit seiner Frau vorbeitanzt.
»Sind wir Klone etwa nicht ein Traum? Ein Phantasma? Eine Idee? Auch wenn wir vielleicht ein Albtraum sind, eine wahnwitzige Idee, ein phantastisches Phantasma? Es lebe das Original!«, ruft Eros.
»Wo ist unser Original?«, ruft Venus und schaut sich suchend nach Ben und Stella um.
Auch der Human Designer und seine Frau recken die Köpfe und halten Ausschau nach dem Original.
»Ich kann das Original nicht erkennen«, sagt der Human Designer zu seiner Frau. »Sie sehen alle gleich aus. Ist das nicht köstlich? Wirklich köstlich! Eine wirklich köstliche Idee, finden Sie nicht auch?« Er wendet sich an

einen Kollegen, der ihm enthusiastisch zustimmt, und im Laufe des Abends finden immer mehr Gäste die Idee dieses Abends köstlich. Einfach köstlich!
Eckart umkreist derweil deutlich schwankend die Bar. Sie hat einen Tresen von dreißig Metern Länge und ist gekrümmt wie eine Mondsichel. Für jede Umkreisung braucht Eckart mittlerweile eine halbe Stunde. Er ist sehr beschäftigt. Er versucht, mit jedem männlichen Gast, der sich der Bar nähert, Kontakt aufzunehmen. Kaum hat ein Gast sich an der Bar platziert und bei einem der Barmixer einen oder gleich mehrere der Drinks mit den exotisch klingenden Namen bestellt und folgt ihrer Herstellung und den schnellen und geschickten Händen, die gemörsertes Eis, verschiedenfarbige Säfte, Früchte, grünes Blattwerk und hochprozentigen Rum, Whiskey oder Wodka zu phantastischen Getränken vermischen, ist Eckart an seiner Seite, und der Gast wird in fast verschwörerisch leisem Ton gefragt, ob er vielleicht zufällig ein Human Designer sei. Einer von diesen vierzig internationalen Human Designern.
Bisher hatte Eckart kein Glück. Die Befragten antworteten meistens lächelnd, manchmal auch lachend mit Kopfschütteln und Verneinung.
Je länger er auf keinen Human Designer trifft, umso enttäuschter reagiert er. Ein Ausdruck von Verzweiflung, ja, von aufkommender Panik überzieht schließlich sein Gesicht. Und so wirkt jetzt die Antwort des Mannes, dem er ohne große Hoffnung die schon oft wiederholte Frage stellt, wie eine Erlösung: »Ja, ich bin einer der

vierzig Human Designer«, gibt er zu. »And I am proud of it! Was kann ich für Sie tun?«, fragt der Mann.

Eckart ist einen Moment sprachlos vor Glück.

»Ich will ein anderer werden, als der ich bin«, stößt er dann mit schwerer Zunge hervor. »Könnten Sie mir dabei behilflich sein? Vielleicht könnte auch ich Ihnen helfen, ich bin zu allem bereit, zu jedem Experiment, wenn ich nur mich selber loswerden könnte. Helfen Sie mir?«

Der Mann bricht in Gelächter aus und schlägt Eckart auf die Schulter, und Eckart lacht mit ihm mit, und irgendwann, sie haben zwei oder drei Drinks zusammen getrunken und diskutieren, was alles an Eckart zu verbessern sei, und das ist eine Menge, schlägt auch Eckart ihm auf die Schulter, damit sei die Sache nun besiegelt.

»Jawoll!«, sagt der Human Designer mit amerikanischem Akzent.

»Und vergiss nicht: keine Gefühle mehr. Das hast du mir versprochen. Ich will eine Maschine sein, eine gut funktionierende Maschine, ohne Gefühle. Versprochen?«

»Jawoll!«, sagt der Human Designer und bestellt zwei weitere Drinks, die allerletzten.

»Keine Gefühle mehr, versprochen!« Eckart stößt mit ihm an.

★

Klara sitzt noch immer an dem kleinen Tisch am Fenster. Sie hat keine der Lampen oder Leuchten im Salon angeknipst. Sie hat noch nicht einmal eine Kerze angezündet, wie sie es normalerweise tut, wenn sie einfach nur so dasitzt und hinausschaut und vor sich hin träumt. Ins Kino geht, wie sie es nennt. Aber sie ist heute nicht ins Kino gegangen, sie wartet noch immer. Allerdings nicht mehr auf Ben. Von Ben hat sie Abschied genommen. Irgendwo da draußen. Noch während der Dämmerung. Es war ein schöner Abschied, denn es war schön mit ihm. Jetzt hat sie ihn schon fast vergessen, obwohl sie ihn nie vergessen wird, er ist jetzt ein Teil von ihr, und deshalb muss sie auch nicht mehr auf ihn warten. Und so wenig wie auf ihn, so wenig wartet sie auf irgendjemand anderen, sondern sie wartet darauf, dass etwas passiert. Dass etwas mit ihr passiert. Und sie ist voller Erwartung.

Seit Stunden beobachtet sie nun schon in dieser freudigen Erwartung das nächtliche Geschehen auf der Straße und im Innenhof der Burg, und in den Wohnungen gegenüber, ohne dass etwas mit ihr passiert ist.

Dann klingelt das Telefon. Nach viermaligem Klingeln schaltet sich der Anrufbeantworter ein.

»Christina? Schläfst du schon? Wenn du nicht schläfst, dann nimm doch bitte einmal den Hörer ab, ja?«, spricht eine Stimme auf das Band.

Klara erkennt gleich den dunklen melodischen Tonfall der Stimme ihres Vaters und schnellt vom Stuhl hoch und nimmt den Hörer auf, und sofort schaltet sich der Anrufbeantworter aus.

»Christina ist nicht zu Hause, ich bin's, Klara. Ist etwas passiert? Bist du noch da?«, fragt sie, als aus dem Hörer kein Ton kommt, die Leitung scheint unterbrochen. »Hallo, bist du noch da?«

»Christina, bitte hör mit dem Unsinn auf«, antwortet der Vater schließlich, und jetzt schwingt seine Stimme nicht mehr melodisch, jetzt klingt sie hart, streng und gereizt. »Hast du mir nicht versprochen, diesen kindischen Blödsinn endgültig sein zu lassen?«

»Ich habe dir nie etwas versprochen. Christina hat es dir versprochen, nicht ich. Ich bin Klara. Ich habe dir nie etwas versprochen.«

Die Stimme des Vaters wird wieder weicher: »Christina, bitte, das sind Kinderspiele. Du bist kein Kind mehr. Schon lange nicht mehr. Das weißt du. Und du hast dich in den letzten Jahren auch so verhalten. Wieso plötzlich diese Regression?«

»Ich glaube, du verstehst Christina einfach nicht. Du hast sie nie verstanden«, erklärt Klara.

»Nein, ich verstehe Christina nicht«, antwortet der Vater, und seine Stimme klingt jetzt resigniert, doch dann fügt er hinzu, er wolle Christina auch nicht verstehen, und er werde nach Berlin kommen und dann werde man sehen, ob sie in der Wohnung bleiben könne oder nicht.

»Wir werden uns alle sehr freuen, wenn du uns besuchst«, gibt Klara zur Antwort. »Auch Trixa wird sich freuen. Bringst du deine neue Frau mit? Trixa und ich würden sie gern kennen lernen. Christina hat uns viel von ihr und von eurer Hochzeit erzählt.«

»Christina, bitte quäle mich nicht länger! Sei doch die, die du bist, und erzähl mir lieber, wie es dir geht. Gefällt dir dein Studium noch?«
»Christina erzählt wenig von der Universität und was sie dort macht«, entgegnet Klara, ohne auf den Vater einzugehen, »sie nimmt an einem Feldversuch teil. Ich kann dir leider nicht erklären, was das ist, ich weiß es selber nicht, aber dieser Feldversuch scheint ihr sehr zu gefallen, sie ist oft bis nachts mit ihm beschäftigt. Wahrscheinlich auch heute wieder. Und Trixa ist in der Disco. Ich bin ganz allein.«
»Du willst also nicht normal mit mir reden?«
»Ich werde Christina ausrichten, dass du angerufen hast. Sie wird dich zurückrufen, okay?«
»Nichts ist okay«, antwortet der Vater und er sei sehr beunruhigt, alles sei doch in Ordnung gewesen die letzten Jahre und was denn passiert sei? Er habe schon so eine Ahnung gehabt, denn er habe sie die letzten Tage überhaupt nicht mehr erreichen können.
»Ist etwas passiert?«, fragt er, und jetzt klingt seine Stimme wirklich besorgt.
»Ob etwas passiert ist? Was soll schon passiert sein? Christina hat sich einfach ein bisschen allein gefühlt in Berlin, und da hat sie eben ihre Schwestern nach Berlin geholt, das ist doch ganz normal.«
»Sag Christina, dass sie mich sofort anrufen soll«, hört Klara den Vater, jetzt wieder in einem barschen Ton, sagen, dann legt er auf.
Sie bleibt noch eine Weile neben dem Telefon stehen. Es kann durchaus sein, dass der Vater noch einmal an-

ruft. Das ist so eine Gewohnheit von ihm, entweder ruft er gar nicht an oder gleich mehrmals hintereinander. Aber heute bleibt das Klingeln aus, und so setzt sie sich schließlich wieder an den Platz am Fenster. Einen Augenblick zögert sie, dann nimmt sie Schmittchen von der Fensterbank und in den Arm.

Nur noch wenige Passanten sind auf der Straße. Die meisten Restaurants und Kneipen haben bereits geschlossen, und hinter den Fenstern der Wohnungen brennt selten noch Licht. Auch die fernen S-Bahn-Geräusche sind verstummt. Umso lauter hört Klara den Motorenlärm eines Taxis. Es drosselt seine Geschwindigkeit, als es an der Burg vorbeifährt und in die Marienstraße einbiegt. Das Licht der Straßenlaterne fällt auf den Rücksitz und beleuchtet ein Paar. Der Mann hat seinen Arm um die Frau gelegt, und sie küssen sich leidenschaftlich. Es sind Ben und Stella.

Klara nimmt das Handy, das auf dem kleinen Tisch vor ihr liegt, und drückt die Zahlen. Sie kennt ihre Reihenfolge auswendig. Nach längerem Klingeln meldet sich eine Frauenstimme. Sie muss ihren Vater sprechen, sagt Klara, und es sei dringend.

Es vergehen Minuten, bis sie seine Stimme hört. Er fragt nach Christina.

»Ich bin es, Klara«, sagt sie. »Ja, ich weiß, du willst nicht mit mir sprechen, und ich weiß auch, weshalb du nicht mit mir sprechen willst. Weshalb du all die Jahre nie mit mir sprechen wolltest. Nie mit mir gesprochen hast: weil ich weiß, dass du sie umgebracht hast. Es war kein Unfall. Es sah zwar aus wie ein Unfall. Aber du weißt, dass es keiner war. Und du weißt auch, dass ich es weiß. Deshalb musste ich ins Internat. Ich sollte mit niemandem darüber reden, vor allem nicht mit meinen Schwestern. Natürlich hast du erzählt, ich stände unter Schock. Ich hätte ein Trauma. Du hast vielen Leuten viel über mich erzählt. Ich hätte paranoide Phantasien, hast du gesagt, des Idées fixes, wie du so schön formuliertest. Nur mit mir hast du nicht darüber gesprochen. Dass ich die ersten Jahre nicht mit dir sprechen wollte, war dir nur recht. Wie erschrocken bist du gewesen, als ich dann zum ersten Mal den Mund aufmachte. Ich sah dir an, was du dachtest. Wovor du Angst hattest. Aber ich habe nie ausgesprochen, was du befürchtetest. Ich habe nie gesagt, dass du es warst, der sie umgebracht hat. Der meine Mutter umgebracht hat. Meine Mutter, verstehst du?! Nein, du musst nicht nach Berlin kommen, nicht meinetwegen, ich werde nicht mehr hier sein, ich reise ab.«

Klara drückt den roten kleinen Punkt und legt das ausgeschaltete Handy zurück auf den Tisch. Sie presst Schmittchen fest an sich.

*

Am nächsten Morgen hört das Telefon nicht mehr auf zu läuten, und irgendwann dringt der penetrant sich wiederholende Ton in Christinas Bewusstsein und holt sie aus ihrem tiefen traumlosen Schlaf. Nur widerstrebend taucht sie aus ihm auf. Obgleich das schrille Klingeln sich endlos wiederholt, bleibt sie erst einmal

liegen. Eine ihrer beiden Schwestern hat den Anrufbeantworter wieder ausgestellt. Oft genug hat sie ihnen erklärt, wie viel praktischer es ist, ihn immer eingeschaltet zu lassen. Man könne sich dann jedes Mal entscheiden, ob man abnimmt oder nicht. Jetzt *muss* sie aufstehen und den Hörer abnehmen oder den Anrufbeantworter einschalten. Oder sie ist weiter dem Telefonterror ihres Vaters – es kann nur der Vater sein – ausgesetzt.
Sie quält sich aus dem Bett. Sie hat bis zum frühen Morgen über ihrem Feldversuch gebrütet. Mit den Augen blinzelnd liest sie die ihr wohl bekannte Nummer auf dem Display und drückt, anstatt den Hörer abzunehmen, doch lieber auf die Anrufbeantwortertaste. Sie ist einfach noch zu verschlafen für ein Gespräch mit dem Vater. Nur noch weitere vier Klingelzeichen und das Gerät schaltet sich ein, und sie hört ihre Stimme, die um eine Nachricht nach dem Signalton bittet, dann hört sie den Signalton und danach die Stimme ihres Vaters. Sie klingt außerordentlich gereizt und verärgert und fordert sie in harschem Ton auf, sofort ans Telefon zu gehen.
Christina fühlt sich nicht in der Stimmung, auf diesen Ton ihres Vaters zu antworten. Er verheißt nichts Gutes. Und so nimmt sie den Telefonhörer nicht ab und geht in die Küche.
Sie trinkt ein Glas Wasser und stellt die Kaffeemaschine an, sie braucht ein starkes Getränk, um wach zu werden. Auf dem Weg ins Bad sammelt sie die verstreut umherliegenden Kleidungsstücke von Klara ein. Im Bad wischt sie die Spuren von Trixas Farbexperimenten vom

Waschtisch und fischt nach der Dusche noch ein Bündel von Klaras langen blonden Haaren aus dem Abflusssieb. Sie trocknet sich ab und reibt sich danach von Kopf bis Fuß mit einer Lotion ein, sie nimmt sich die Zeit. Die Stimme des Vaters hat sie mehr in Aufruhr versetzt, als sie es sich eingestehen möchte. Sollte sie ihn nicht doch jetzt gleich zurückrufen? Unentschlossen verkriecht sie sich erst einmal in den großen weißen Bademantel.

Zurück in der Küche lässt sie den Kaffee aus der Maschine in einen Becher laufen, gibt viel Zucker und Milch hinzu. Mit dem Becher in der Hand wandert sie von Zimmer zu Zimmer durch die Wohnung, trinkt von Zeit zu Zeit einen Schluck des heißen, süßen, belebenden Getränks. Im Salon bleibt sie vor dem Kamin stehen und stellt den leeren Becher auf dem Sims ab. Neben dem Kamin ist Holz gestapelt. Vor fast einem Jahr bezog sie die Wohnung des Vaters. Sie ist kein einziges Mal in dieser Zeit auf die Idee gekommen, mit dem Holz ein Feuer im Kamin anzuzünden, obwohl es häufig regnerisch und kühl war.

Christina blickt auf die Uhr und dann aus dem Fenster. Es scheint wieder ein warmer Tag zu werden, es ist wolkenlos blauer Himmel. Unten im Garten fegt der Hausmeister die Wege. Christinas Blick wandert zu Schmittchen, er sitzt nicht auf seinem Platz. Sie geht in Klaras Zimmer. Das Bett ist unbenutzt, nur Schmittchen liegt auf dem Kopfkissen. Sie nimmt ihn und trägt ihn zurück und setzt ihn auf die Fensterbank. Dann kleidet sie sich an. Blue Jeans, weißes T-Shirt, schneeweiße

Tennisschuhe, sie hat sie gestern mit Waschbenzin gesäubert. Später, wenn sie die Wohnung verlässt, wird sie die dunkelblaue Sportjacke mit Kapuze überziehen. Sie muss sich nicht lange entscheiden und Zeit verschwenden wie Trixa oder Klara, die Stunden mit ihrer Garderobe, Frisur oder Schminke zubringen. Sie hat eine Uniform, die braucht sie nur den Jahreszeiten und den Wetterverhältnissen anzupassen.

Der große Koffer lagert in der Abstellkammer neben der Küche. Sie zerrt ihn aus dem obersten Fach eines bis zur Decke hinaufreichenden Regals und trägt ihn in Klaras Zimmer, stellt ihn vor den Schrank und öffnet die Schranktüren. Sie geht noch einmal zurück in die Abstellkammer, sucht in einem der Schubfächer nach der Rolle kleiner Plastiksäcke. Sie benutzt sie als Schuhbeutel. Zwei Paar von Klaras Schuhen passen in einen Plastiksack.

Sie legt alle verpackten Schuhpaare auf den Boden des Koffers, stapelt Wäsche darauf und Strümpfe. Dann nimmt sie die Pullover aus den Schrankfächern und legt sie auf die Wäsche. Es folgen die Jacken und danach alles, was auf den Bügeln hängt, von den Kleidern bis zu den Hosen. Als der Koffer bis zum Rand voll ist, schließt sie ihn und rollt ihn aus dem Zimmer in den Vorraum. Den Autoschlüssel findet sie in einem der Schubfächer der Garderobe. Sie nimmt die dunkelblaue Sportjacke mit Kapuze vom Haken und verlässt die Wohnung. Unten im Innenhof begrüßt sie den Hausmeister und schaut ihm einen Augenblick zu, wie er mit einem lauten Gerät das Unkraut zwischen den Pflastersteinen herauszupft, und unterhält sich über das Wetter, das, wie der Hausmeister meint, immer verrückter wird.

»Sommerwetter im April und im Sommer Aprilwetter«, meint er.

Bis zur Tiefgarage sind es nicht mehr als fünfhundert Meter. Dort parkt auf einem Stellplatz das Auto, das ihr der Vater zum Abitur geschenkt hat. Sie benutzt es selten. Zur Universität geht sie zu Fuß, und dort verbringt sie die meiste Zeit des Tages. Abends findet man keinen Parkplatz. Hin und wieder schlägt sie einen Ausflug vor, aber Trixa und Klara meinen, sie habe zu wenig Fahrübung und keinen Orientierungssinn, und wollen nicht mit ihr mitfahren. Und allein macht ein Ausflug keinen Spaß.

An der Burg parkt sie vor der Pforte im Parkverbot. Sie wird nur wenige Minuten benötigen, um den Koffer zu holen. Als sie ihn über den Weg rollt, hält ihr der Hausmeister die Pforte auf.

»Na, geht es auf Reisen?«, fragt er.

»Klara musste wegen einer dringenden Familienangelegenheit heute Morgen sehr früh überstürzt abreisen. Ich schicke ihr nur den Koffer hinterher.«

»Hoffentlich nichts Ernstes, ich meine mit der Familie.«

»Nichts Ernstes, nein«, sagt Christina, nur dringend sei es gewesen.

Der Hausmeister hilft ihr, den Koffer in den Kofferraum zu heben, dann steigt sie ins Auto und fährt zum Alexanderplatz. Sie hält in einer Parkbucht vor einem Container für Kleiderspenden. Sie zerrt den schweren Koffer aus dem Kofferraum und rollt ihn vor den Container, öffnet ihn und leert ihn Stück für Stück in den Behälter.

Eine Frau bleibt stehen und folgt jedem Pullover, jeder Jacke, jedem Rock, jeder Hose und jedem Kleid in Christinas Hand und wie alles Stück für Stück im Container verschwindet.

»Wie kann man denn nur so schöne Sachen wegwerfen?«, beginnt sie zu jammern.

»Ich werfe nichts weg«, antwortet Christina, »ich spende.«

Aber die Frau fährt fort zu jammern, und Christina schenkt ihr schließlich erst einen Rock und dann eine Bluse, und zum Schluss geht die Frau mit einem ganzen Bündel unter dem Arm davon.

Nun beginnt Christina selber zu zögern und behält das eine und das andere Kleidungsstück und legt es zum Schluss in den Koffer. Zu Hause hängt sie die zurückbehaltenen Sachen in ihren Schrank: den hellen Mantel, das rote Kleid und die roten Schuhe. Sie schüttelt ihren Kopf, und ihr Haar ordnet sich. Sie reibt sich die Augen. Sie brennen vom Staub der Kleidung und der Straße. Sie trinkt hastig einen Kaffee und geht ans Telefon. Sie ruft in der Kantine an.

Ob Klara denn morgen wieder in Ordnung sei, will die Wirtin wissen.

»Klara ist nicht krank«, erklärt Christina, »sie ist nicht in Berlin. Sie ist abgereist. Überstürzt. Wegen einer dringenden Familienangelegenheit.«

»Ach, so?«, sagt die Wirtin und fragt, mit wem sie denn spreche, und Christina gibt sich als ältere Schwester zu erkennen. Sie hätten schon einmal telefoniert, damals, als sie nachfragte, ob der Job noch vakant sei.
»Wann kommt sie zurück?«
»Wir wissen nicht, ob Klara überhaupt wieder nach Berlin zurückkommt.«
Sie sei mit Klara sehr zufrieden gewesen, sagt die Wirtin, und wie schwer es wäre, gute ungelernte Kräfte zu finden, die ihren Job, auch wenn es nur ein Aushilfsjob ist, ernst nehmen.
Es klingelt an der Tür. Christina verabschiedet sich schnell von der Wirtin. Nein, sie könne wohl nicht mehr mit Klara rechnen, bestätigt sie noch. Dann schaut sie aus dem Fenster. Niemand steht vor dem Eingang E und auch nicht draußen vor der Pforte. Nur der Hausmeister ist zu sehen. Er fegt das Unkraut zusammen, das er von den Beeten auf die Wege geworfen hat. Es klingelt noch einmal. Christina zögert. Wahrscheinlich steht ein Postbote mit einem Telegramm vom Vater im Treppenhaus. Der Hausmeister wird ihm die Pforte und die Eingangstür geöffnet haben. Sie wird wohl oder übel das Telegramm entgegennehmen müssen. Lesen muss sie es nicht. Sie kennt den Text des Telegramms: sie soll den Vater umgehend anrufen.
Er wird mit ihr über Klara sprechen wollen. Vielleicht sogar über Trixa. Sie ist heute jedoch nicht bereit, mit ihm über ihre beiden Schwestern zu reden. Sie muss sich auf den Feldversuch konzentrieren. Sie muss ihn noch heute zu Ende bringen.

Es klingelt noch einmal, gleich zweimal hintereinander. Missmutig öffnet sie die Tür. Sie blickt jedoch nicht in das Gesicht des Postboten, der ihr das Telegramm aushändigen will, sondern in das von Bruno.
»Bin ich hier überhaupt richtig? Ich will Trixa sprechen«, sagt er, und seine Augen mustern sie von oben bis unten.
»Trixa ist nicht da«, antwortet Christina, mustert ihn ebenfalls, tritt dann einen Schritt zurück. »Aber komm doch herein«, sagt sie und macht eine einladende Geste, »ich wollte schon seit langem mit dir reden.«
»Ich aber nicht mit dir. Ich will mit Trixa reden. Wohnt sie hier?«
»Was willst du von ihr?«
»Wer bist du denn überhaupt?«
»Ich bin Christina. Trixa ist meine Schwester.«
»Das glaube ich nicht.«
»Willst du nicht doch hereinkommen? Oder traust du dich nicht?«
»Was heißt hier trauen? Ich habe einfach keine Lust auf so viel Fassade. Bist eine Superfassade. Und die nennt sich Trixas Schwester? Glaube ich einfach nicht.«
»Wenn du Trixa noch mal belästigst, zeige ich dich an«, sagt Christina.
»Du willst mich anzeigen?«, fragt Bruno ungläubig. »Ich bin hier wirklich nicht richtig! Das glaube ich doch einfach nicht!« Er reckt sich und stellt sich auf Zehenspitzen und späht über Christinas Kopf hinweg in die Wohnung.
»Ich denke, ich komme mal rein«, sagt er dann und

schiebt Christina einfach zur Seite, geht an ihr vorbei in den ovalen Vorraum, bleibt einen Augenblick stehen, schiebt seinen Kopf leicht vor und dreht ihn ruckartig in alle Richtungen, als würde er eine Witterung aufnehmen, dann verschwindet er blitzschnell im Salon. Christina folgt ihm nicht, sie wartet im Vorraum. Sie hört ihn hin und wieder fluchen, sonst hört sie nichts. Ohne das geringste Geräusch zu verursachen, steht Bruno plötzlich wieder neben ihr.
Das sei ein komisches Spiel, was hier gespielt werde, sagt er, und dass er sich mit solchen Spielen nicht auskenne. Und er hätte keine Lust, sich verarschen zu lassen, und Trixa hätte ihn jetzt genug verarscht.
»Das lässt sich Bruno nicht gefallen«, sagt er, »von niemandem, und schon gar nicht von einer Fassadenärschin«. Und Trixa sei wohl das Schlimmste, was ihm an Fassadenarsch begegnet sei, ein Fassadenarsch, der so tut, als sei er keiner.
»Ist sie nicht ganz dicht im Kopf, oder was?« Er sieht Christina an, als erwarte er eine Antwort, aber dann antwortet er sich selber, sagt, *er* sei wohl nicht ganz dicht im Kopf, dass er darauf reingefallen sei. Aber so blöd, wie Trixa glaubt, ist er nun doch nicht.
»Sie kommt sich wohl ziemlich sicher in ihrer Fassadenarschwohnung vor, was?« Bruno spuckt durch die offene Tür ins Treppenhaus.
»Das nächste Mal, wenn ich wiederkomme, komme ich nicht allein. Dann bringe ich ein paar von den Brüdern mit. Das kannst du ihr ausrichten!« Einen Augenblick starrt er Christina durch zusammengekniffene Augen an,

dann springt er seiner Spucke hinterher ins Treppenhaus und die Stufen hinunter.

*

Aus der pechschwarzen Tiefe taucht wie aus den unermesslichen Weiten eines sternenlosen nächtlichen Universums ein noch fernes, sich jedoch schnell näherndes Objekt auf. Es wächst zu einem roten Ball heran. Der rote Ball wächst weiter und wird größer, bis er die Größe erreicht, bei der er platzt und mit dem Platzen unendlich viele bunte Teilchen gebiert. Es sieht so aus, als erblühe eine Knospe im Zeitraffer zu einer Blume. Mit ihrem rasanten Erblühen beginnt sie bereits, zu verblühen und sich aufzulösen, um dann rasch gänzlich zu verschwinden. Und schon nähert sich ein neues Objekt aus der Schwärze des unermesslichen Universums, dieses Mal ist es grün. Der grüne Ball führt das identische Schauspiel vor.

Ben folgt gedankenverloren dem wohl bekannten Spektakel auf seinem Bildschirm, sieht den lilafarbenen, den orangefarbenen, den gelben, blauen und wieder den roten Ball erblühen und verblühen, ohne sich aufgerufen zu fühlen, sich zurück ins Programm zu klicken. So wie die bunten Bälle aus dem schwarzen Universum heranschweben und bei ihrer Ankunft bunte Blumen gebären, so fliegen seine Gedanken in die tiefe Schwärze hinein, um anzukommen, nicht irgendwo, sondern bei der richtigen Überschrift.

Er kann sich nicht entscheiden, ob er seine Reportage,

die Reportage auf der Seite 3, mit *Das Wunschkind* oder *Die Wunschkinder* überschreibt. Normalerweise suchen und finden die verantwortlichen Kollegen die Überschriften. Aber er hat den Ehrgeiz, für seine Reportage selber die Überschrift zu finden, die besser ist als alle anderen, weil sie die richtige ist. Ben lehnt sich zurück. Er hat nach der Hast der letzten Stunden das Gefühl, unendlich viel Zeit zu haben.

Hentschel kam gleich zu ihm ins Zimmer, nachdem er die Reportage gelesen hatte.

»Wenn die es nicht nehmen, drucken wir es«, sagte er nur und verschwand mit dem Manuskript in die Politik, die es dann nahm.

Keiner redete mit ihm mehr als ein paar Worte über den Text. Er wurde auf die übliche Weise redigiert und gekürzt. Das Foto bekam mehr Platz eingeräumt. Es zeigt die geklonten Idealen Paare. Die Überschrift *Die Wunschkinder* würde sich indirekt auf sie beziehen. Die Überschrift *Das Wunschkind* auf die Behauptung seiner Reportage, die Human Designer gingen mit nichts anderem als mit einer alten Wunschidee schwanger, einem bereits greisen Wunschkind, das ein Wunsch bleiben und nie geboren werde. Diese Wissenschaft wende sich von der Erforschung der Wirklichkeit ab und der Erforschung des Unwirklichen zu, steht bei ihm.

Ben springt vom Stuhl auf. Er kann sich nicht entscheiden. Er muss erst etwas trinken. Oder essen. Beides hatte er in den letzten Stunden vergessen. Mitten in der Nacht setzte er sich an den Computer. Er hatte nicht mehr als eine Stunde geschlafen. Wie in Trance schrieb er den Text. Ohne zu unterbrechen. Als er fertig war, musste er an Kreuzigung, Tod und Wiederauferstehung denken. Das alles hatte er hinter sich, so schien ihm. Er fuhr im Morgengrauen in die Redaktion. Stella schlief noch. Sie lag quer über dem Bett, das Gesicht auf seinem Kopfkissen. Die Decke schien sie mehr zu enthüllen als zu umhüllen. Ihre Nacktheit erregte ihn, und es zog ihn zu ihr ans Bett. Er atmete ihren Geruch. Er roch nach tiefem, süßem, wohligem Schlaf. Und nach ihm. Nach ihm und nach ihr. Er musste sich von ihr losreißen, so stark war der Sog, sich zu ihr zu legen, zwischen ihre Schenkel, zwischen ihre Brüste, und dem Duft zu folgen.

Auf der Schwelle drehte er sich noch einmal nach ihr um, obwohl er wusste, er durfte es nicht, er würde sich nicht noch einmal von ihr losreißen können. Da sah er das Kind. Ihr gemeinsames Kind. Zum Greifen nahe war es im Raum, ohne dass er im Nachhinein sagen könnte, wo im Raum es genau war und ob es in einer Wiege lag oder schon laufen konnte. Es war einfach da. Mit den strahlendsten Augen, die ihn je ansahen, und dem schönsten Lächeln.

Wunschkind. Er wird die Reportage nicht mit *Das* Wunschkind oder *Die* Wunschkinder, er wird sie einfach nur mit *Wunschkind* überschreiben.

Er geht auf den Gang, um sich eine Tasse Kaffee zu holen. Aber dann geht er an dem Kaffeeautomaten vorbei und zum Fahrstuhl und fährt zum zehnten Stock. In der Kantine ist noch nicht jeder Platz besetzt, es ist erst kurz nach zwölf. Ben schaut auf die Tageskarte, schwankt, ob er eine Suppe oder einen Salat bestellen soll, entscheidet sich dann für den Salat als ersten Gang und für die Suppe als zweiten. Dann wartet er auf Klara.

Er hat sich an den Tisch gesetzt, an den er sich immer setzt, seitdem er die Kantine aufsucht, weil Klara an diesem Tisch bedient. Und wie sonst auch, wird er bei ihr den Salat und die Suppe bestellen und ein Bier. Nein, heute wird er kein Bier bestellen, sondern eine Coca Cola. Und wie sonst auch, wird er ihr zuschauen, wie sie die Gäste bedient und die Gerichte und Getränke auf dem Tablett zwischen den Tischen und der Ausgabe hin und her balanciert, und dabei werden sich ihre Blicke hin und wieder zufällig begegnen, und sie werden sich zulächeln. Wie sonst auch. Nein, heute hat er keine Zeit, Klara zuzuschauen und an nichts zu denken, heute muss er die Zeit nutzen, er muss sich eine Liste machen und aufschreiben, was er noch alles besorgen muss, damit er nichts vergisst. Ben kramt eine zerknitterte Rechnung aus seiner Jackentasche und beginnt auf der Rückseite mit der Liste. Die Hochzeitsringe muss er abholen. Das ist sicherlich das Wichtigste. Die Tickets hat er bereits bekommen, sie sind in der Wohnung unter einem Bücherstapel versteckt. Weiß er noch, unter welchen er sie legte? Wo nur gibt es Hawaii-Hemden? Er will eins für sich und eins für Stella für das Hochzeitsfoto auf dem Standesamt kaufen. Sicher eine alberne Idee, aber sie gefällt ihm.

»Was darf ich Ihnen bringen?«, fragt eine fremde Stimme neben ihm.

»Mir?«, sagt Ben überrascht, fängt sich dann gleich und fragt nach Klara und erfährt, dass Klara heute nicht zur Arbeit gekommen ist.

»Weshalb?«, fragt Ben, und die junge Frau antwortet, sie wisse es nicht, aber er könne es bestimmt von der Wirtin erfahren.

»Schade«, meint Ben enttäuscht. Er ist es wirklich. Alles wäre so leicht gewesen heute. So einfach. Heute hätte alles so sein können wie immer. Und gleichzeitig ist ab heute alles wieder so wie früher, er wird nicht mehr in die Kantine gehen.

»Darf ich Ihnen trotzdem etwas bringen?«, fragt die junge Frau, und Ben meint, ein ironisches Lächeln umspiele ihren Mund.

»Auf jeden Fall«, sagt er und bestellt entgegen seiner Gewohnheit eins von den drei Hauptgerichten auf der Tageskarte. Er hat plötzlich das Gefühl, er muss sich stärken, die Liste wird lang.

Statt wie üblich fühlt er sich nach dem Hauptgericht nicht schläfrig, sondern, unterstützt von einem Espresso, tatsächlich gestärkt für das Hin- und Herpendeln zwischen der Redaktion, wo er den Umbruch im Auge behält und Korrektur liest, und der Erledigung der Punkte auf seiner Liste, für die er die halbe Stadt durchqueren muss.

Am späten Nachmittag verlässt er endgültig das Zeitungsgebäude. Erst in gut zwei Wochen wird er es wieder betreten. Hentschel brachte es bei der Verabschiedung doch noch fertig zu sagen, die Reportage sei gut. Dasselbe sagte der Verantwortliche aus der Politik.

»Gratuliere«, sagten beide zum Schluss. Aber dennoch wird er so schnell nicht wieder auf die Seite 3 kommen. Sie wollen es einfach nicht. Beide. Er soll im Lokalteil bleiben.
Mit einer neuen Reisetasche über der Schulter, halb gefüllt mit den Einkäufen – tatsächlich fand er in einem Check Point Charly-Souvenirladen die beiden Hawaii-Hemden in verschiedenen Größen –, macht er sich auf den Weg nach Hause. Unterwegs kauft er ein paar Delikatessen beim Italiener ein. Vielleicht hat er am Abend Lust, eine Pizza zu backen. Als Hochzeitstorte. Eine gewiss etwas ungewöhnliche Hochzeitstorte, gleichzeitig aber auch Proviant für die Hochzeitsreise. Sie wird in jedem Fall, gelungen oder weniger gelungen, besser schmecken als das Bordmenü der Airline. Vom Bäcker nimmt er noch ein paar Croissants fürs Frühstück mit.
»Kannst du mir zwei Liter Milch kaufen?«, hört er eine Stimme neben sich.
Er dreht sich zu ihr um. So plötzlich wie ein Kobold ist Trixa neben ihm aufgetaucht. Sie sieht ihn ernst an, und er muss lachen. Der rote Punkt auf ihrer Nasenspitze bringt ihn zum Lachen. Keins ihrer sonst üblichen Kunstwerke wie die mehrfarbige Maori-Spirale oder das wie aus Spitze gewirkte indische Fruchtbarkeits- oder Erleuchtungssymbol ziert Wange, Stirn oder Auge.
»Das sieht lustig aus«, sagt Ben und tippt sich gegen die eigene Nasenspitze. »Wie bei einem Clown.«
Dann bestellt er die zwei Liter Milch, händigt sie Trixa aus, bezahlt und verlässt mit ihr den Laden.

»Sie hat sich in dich verliebt«, sagt Trixa und bleibt stehen.

Ben hatte erwartet, dass sie ihn begleitet, wenn auch nicht wie beim ersten Mal bis in die Wohnung, so doch zumindest ein kleines Stück. Vielleicht sogar bis vor die Haustür.

»Sie glaubt sogar, sie liebt dich. Was willst du jetzt machen?« Trixa blickt ihn ernst an. Mit dem großen roten Punkt auf der Nasenspitze. Es sieht einfach zum Lachen komisch aus. Ben versucht, nicht zu lachen.

»Was soll ich machen? Ich heirate morgen, und danach gehen Stella und ich auf Hochzeitsreise. Wir fliegen nach Hawaii.«

»Du haust also ab?«

»Nein. Das steht schon lange fest.«

»Verstehe. Meine Schwester ist ein Zwischenfall. Ein unangenehmer störender Zwischenfall. Schon vergessen. Ich verstehe.«

»Tut mir Leid.«

»Ach, hau doch ab. Verpiss dich. Du bist eben auch nur einer von diesen Fassadenärschen. Ein richtiges Scheiß-Fassaden-Arschloch!« Trixa räuspert sich und spuckt aus.

»Also, hör mal …«, will sich Ben empören, aber dann sieht er Trixa ins Gesicht und hat wieder Mühe, nicht doch noch zu lachen, so komisch wirkt der rote Punkt auf ihrer Nasenspitze.

»Hau ab, Fassadenarsch«, sagt sie noch und dreht sich um und lässt ihn stehen.

Ben sieht hinter ihr her, und erst jetzt bemerkt er, dass

sie nicht wie sonst bunt gekleidet ist, sondern einen schwarzen kurzen Rock und eine schwarze Jacke trägt. Nur die Strümpfe sind farbig geringelt. Und die Schuhe sind rot.

*

Durch das Stimmengewirr hindurch hört Stella entfernt ihr Handy klingeln. Hektisch springt sie zu ihrem Schreibtisch. Ein Wust von Zeitungen liegt auf ihm herum. Sie enthalten größere und kleinere Berichte über das Event. Sie klopft die Schreibtischplatte ab und findet das schrillende kleine Ungeheuer unter dem Fotobericht eines Boulevardblattes.

»Ben! Gerade haben wir über dich gesprochen.«

»Die Reportage ist morgen auf Seite 3.«

»Gratuliere«, sagt Stella überrascht.

An Bens Bericht hatte sie überhaupt nicht mehr gedacht. Thomas und Susanne haben nicht von dem Reporter Ben Reiser gesprochen, sondern von dem leidenschaftlichen Tänzer, der ihre Mitarbeiterin entführte. Das war natürlich ein Skandal. Er hätte ihre Kündigung zur Folge haben können. Sie hätte es hingenommen, denn der Tanz mit Ben und die Entführung retteten ihr das Leben. Ihr gemeinsames Leben. Ohne Ben kann sie sich ihr Leben nicht vorstellen, und ein Leben ohne Ben wäre das Ende. So ähnlich hat sie es auch zu Susanne und Thomas gesagt, und dass sie morgen nicht einfach nur auf Reisen, sondern auf Hochzeitsreise ginge, mit dem Flug hätten sie einen Termin auf dem Standesamt gebucht. Seitdem wird bei ihr im Büro der Tanz und die Entführung von Ben als Hochzeitstanz mit knallenden Champagnerkorken gefeiert.

»Was ist das für ein Lärm? Wo bist du?«, fragt Ben.

»Ich bin in meinem Büro, und alle wollen mit mir anstoßen oder mit sich selbst, die Eröffnung ist einfach ziemlich gut angekommen.«

»Ich könnte dich abholen.«

»Ich bin gleich zu Hause. Die können auch ohne mich weiterfeiern.«

»Wenn du bis Mitternacht nicht hier bist, hole ich dich da raus. Was hast du an?«

Stella schaut an sich hinunter, als wüsste sie es nicht.

»Das rote Kleid«, sagt sie dann.

»Das rote Kleid?«, wiederholt Ben, und für einen Augenblick sind beide stumm und damit beschäftigt, nicht an Klara im roten Kleid zu denken.

»Es ist immer noch, oder wieder, mein Lieblingskleid«, sagt Stella schnell.

»Aufhören!«, rufen zaghaft die Kollegen im Hintergrund.

»Kannst du nicht jetzt gleich nach Hause kommen? Sofort? Wir könnten ein Kind machen. Ein wunderschönes Kind. Heute ist ein guter Tag. Wollen wir nicht ein Kind machen? Du sagst ja gar nichts. Liebst du mich nicht mehr? Sag, dass du mich liebst, sag es sofort«, fordert Ben.

»Aufhören!«, rufen die Kollegen schon etwas weniger zaghaft.

»Sag es! Du kannst es nicht?«

»Vor all den Leuten?«
»Du liebst mich also nicht. Nicht genug. Sonst würdest du auch vor all diesen Leuten sagen, dass du mich liebst!«
»Aufhören!«, ruft Thomas über Stellas Schulter ins Handy.
»Ich liebe dich.«
»Ich warte auf dich!«
Susanne drängelt sich an den Kollegen vorbei zu Stella hindurch. Sie hat ihren Mantel in der einen und ihre Tasche in der anderen Hand. »Stella muss uns verlassen!«, ruft sie. »Sie muss zu ihrem Ben! Sie hält es keine Minute länger mit uns aus, und keine Minute länger ohne ihn!«
Susanne hängt ihr den Mantel über den Arm und die Tasche um die Schulter, alle klatschen, prosten ihr angeheitert zu, Thomas nimmt sie an der Hand und geleitet sie zum Fahrstuhl.
»Glückwunsch!«, ruft eine Stimme hinter ihr, und Stella dreht sich überrascht um.
Monika lehnt am Empfang.
Sie hatte sie nicht bemerkt.
»Hab ich gemerkt«, sagt Monika. »Ich wollte dir gratulieren. Ist ja supercool gelaufen. Ich habe dir was mitgebracht. Für morgen.«
Monika greift in ihre Tasche und hält ein tellergroßes, rot glänzendes Herz in der Hand.
»Das ist mein Herz«, sagt sie, »ich schenke es dir.«
Sie umarmt die Freundin, und Stella sieht, wie Monikas Augen feucht werden.

»Gehen wir einen Kaffee trinken?«, schlägt sie schnell vor.
Aber Monika schüttelt den Kopf, sie ist mit Susanne verabredet.
»Danke«, sagt Stella, verstaut Monikas Herz in ihrer Umhängetasche und umarmt die Freundin noch einmal.
Thomas wechselt zu Monika, und beide winken Stella kurz hinterher. Auf der Straße bleibt sie stehen und schaut sich um: Seit Wochen verlässt sie die Agentur erst, wenn es draußen schon seit langem dunkel ist. Heute ist es noch hell, und das elektrische Licht ist noch nicht eingeschaltet. Die Barbie-Puppen, die in der Taille eng geschnürten Frauen in hochhackigen Stiefeln bis zu den Schenkeln, in hautengen Trikots mit ausgestopften Busen und blonden Langhaarperücken, stehen noch nicht an den Straßenrändern. Und die Touristen sehen noch nicht so aus, als wollten sie sich um jeden Preis vergnügen. Noch bleiben sie in Gruppen vor der Synagoge stehen.
Stella überquert die Straße, durchquert den Monbijou-Park und schlendert die Uferpromenade an der Spree hinunter. Ihr Handy macht sich bemerkbar, es ist Joachim. Er ist froh, dass er ihre Koffer nicht abholen muss, sagt er, und wünscht ihr Glück. Viel Glück.
»Du bist ein echter Freund, Joachim«, meint Stella mit wackeliger Stimme, erzählt dann auch ihm von der heimlichen Heirat am nächsten Tag und verabschiedet sich schnell. Eine Weile noch schaut sie von der Brücke ins Wasser hinunter. Es ist spiegelglatt. Keine noch so winzige Welle verzerrt diesen Spiegel, der die Häuser

und die Bäume und alles, was in ihn hineinragt, verdoppelt. Selbst die Brücke über ihm. Die Brückenspiegelung wirkt, je länger sich Stella in sie versenkt, wie der Eingang zu einer Welt dort unten. Als Kind soll sie den Vater häufig gefragt haben, wo sie wohl ankäme, wenn sie dort hineinfallen würde. Auf der anderen Seite, soll der Vater geantwortet haben. Als sie sich heute von ihm verabschiedete, hat sie ihm Ähnliches geantwortet. Sie fliege auf die andere Seite, sagte sie, als er nach dem Reiseziel fragte. Am Abend wird sie die Mutter anrufen. Zu ihrer Hochzeitsfeier wird sie sich von beiden wünschen, dass sie als Eltern gemeinsam zum großen Fest erscheinen.

Stella schlendert weiter. Sie trödelt, würde ihre Mutter sagen. Auf dem Schulweg, den sie die ersten Jahre zu Fuß ging, hat sie immer getrödelt. Sie kam fast jeden Tag zu spät in die Schule. Am liebsten wäre sie gar nicht hingegangen. Allein der Geruch der Schule schreckte sie schon ab.

Auch wenn sie bisher nicht darüber nachgedacht hat, aber den Geruch auf dem Standesamt stellt sie sich ähnlich abschreckend vor. Eigentlich würde sie lieber nur das Hochzeitsfest feiern und lieber nicht auf das Standesamt gehen.

Stella zieht ihren Mantel über. Es wird kühl. Die Straßenbeleuchtung ist jetzt angegangen, und die Geschäfte, Restaurants und Cafés sind illuminiert. Sie müsste sich beeilen. Nicht nur Ben wartet, sie hat noch nichts für die Reise vorbereitet. Doch sie genießt es gerade, langsam zu sein. Als sie am Café vorbeikommt, bleibt sie stehen und winkt der Bedienung hinter dem Tresen zu.

»Kann ich dich einen Augenblick sprechen?«, fragt eine Stimme neben ihr, dann steht Trixa vor ihr.

»Ich *muss* dich sprechen«, sagt sie, und der Ton ihrer Stimme ist anders als sonst, dringlich und fordernd, nicht plaudernd und verspielt.

Stella schaut ihr ins Gesicht, und obwohl es so ungewohnt ernst ist, muss sie lachen. Es ist der rote Punkt auf Trixas Nase, der sie, nicht anders als Ben, zum Lachen bringt.

»Das sieht komisch aus«, sagt sie und tippt sich selbst auf die Nasenspitze.

Trixa verzieht keine Miene. Sie sieht ernst aus. Auch ihre Kleidung sieht ernst aus, bemerkt Stella. Viel schwarz. Wenn auch mit farbigen Ringelstrümpfen und roten Schuhen, so doch ernst.

»Christina will dich sprechen«, sagt Trixa.

»Weshalb?«

»Es ist ihr wohl sehr wichtig. Sie wollte dich schon anrufen, aber sie hat deine Nummer nicht, ihr steht noch nicht im Telefonbuch, und über die Auskunft bekommt man sie auch nicht. Sie ist oben in der Wohnung. Sie ist ziemlich im Stress wegen dem Feldversuch. Deshalb hat sie mich gebeten, bei euch vorbeizugehen. Ich war gerade auf dem Weg.«

»Du weißt nicht, weshalb sie mich sprechen will?«

»Vielleicht wegen Klara. Sie ist abgereist.«

»Wegen Klara?«, wiederholt Stella unsicher.

»Christina macht sich große Sorgen. Bitte!«

Noch einmal sagt Trixa *bitte,* und wiederholt es, so leise und flehend, Stella kann nicht anders, sie muss ihr folgen.
Trixa öffnet die Pforte und schließt sie wieder hinter Stella. Sie öffnet die schwere Eingangstür zum Eingang E und schließt auch diese wieder hinter ihr. Sie öffnet die Wohnungstür, lässt Stella eintreten und schließt sie, verschließt sie, nein, sie verriegelt sie mit allem, was die Tür an Sicherheitsschlössern zu bieten hat, und das ist nicht wenig. Zum Schluss lässt sie noch ein Metallrohr aus einer Vorrichtung schnellen.
Stella folgt erst erstaunt, dann verwundert, schließlich beunruhigt Trixas Verriegelungsaktion. Bevor sie fragen kann, was diese zu bedeuten hat, klingelt ihr Handy. Sie nimmt es eilig aus der Tasche, ist froh, dass Ben sie anruft und sie ihm sagen kann, wo sie ist und was gerade passiert, doch bevor sie das Gespräch annehmen kann, schwirrt Trixas Butterflymesser plötzlich um sie herum. Sie erschrickt und lässt fast das Handy fallen.
»Gib es her«, sagt Trixa nur und nimmt ihr das Handy aus der Hand, schaltet es aus, lässt es auf den Boden fallen und kickt es unter die Garderobe.
»Was soll das? Wo ist Christina?«
»Christina ist nicht da. Es stimmt nicht, dass sie dich sprechen will. Richtig ist, dass ich mit dir über Christina sprechen muss, und dabei soll uns niemand stören«, antwortet Trixa und kommandiert Stella mit dem Messer in die Küche und fordert sie auf, die fünf Kerzen im Kerzenleuchter auf dem Küchentisch anzuzünden.

»Wo ist Christina?«, wiederholt Stella. »Was bedeutet das alles?«
»Es ist besser, du machst, was ich sage«, meint Trixa nur und lässt ihr Messer kreisen. »Es geht um Leben und Tod«, erklärt sie. »Hört sich dramatisch an. Ist es auch. Also, was ist mit den Kerzen?«
»Um Leben und Tod?«, wiederholt Stella. »Übertreibst du nicht ein bisschen?«
Trixas Messer antwortet, es kreist weiter, und Stella nimmt zögernd die Streichholzschachtel in die Hand. Sie liegt neben dem Kerzenleuchter auf dem Tisch. Sie ist verwundert, dass ihre Hand völlig ruhig ist. Ohne zu zittern beginnt sie, die Kerzen anzuzünden. Als alle fünf brennen, schaut sie Trixa ins Gesicht. Der rote Punkt auf ihrer Nase bringt sie nicht mehr zum Lachen.
»Ich will nach Hause«, sagt sie.
»Ich weiß. Du musst packen. Du musst den Müll zusammentragen, damit Ben ihn hinunter in den Container bringt. Du musst noch viele Leute anrufen. Wahrscheinlich auch noch deine Eltern. Aber ich muss mit dir über Christina sprechen, und das ist viel wichtiger.«
»Was ist mit Christina? Dann sag es doch endlich!«, explodiert Stella. »Was soll dieses ganze Theater?«
»Wir dürfen nicht gestört werden. Von niemandem. Wir gehen gleich in den Salon. Dort setzen wir uns vor den Kamin und trinken Tee. Im Salon brauchen wir keine Kerzen, es ist hell genug vom Licht im Hof und auf der Straße. Vorher wirst du das Telefon herausziehen und nachsehen, ob das Handy ausgeschaltet ist,

es liegt auf dem kleinen Tisch am Fenster. Im Bad wirst du die große Kerze anzünden. Danach die in der Garderobe. Bevor wir dann in den Salon zurückgehen und Tee trinken und ich mit dir über Christina spreche, musst du in der Abstellkammer die Hauptsicherung ausschalten. Keiner soll auf die Idee kommen, dass jemand zu Hause ist.«

Stella hat das metallene Insekt im Auge behalten. Es begann, während Trixa ihre Anweisungen herunterspulte wie ein Kochrezept, seine Kreise zu vergrößern. Es wird gleich hervorschnellen und sie umschwirren.

»Wie lange?«, fragt sie schnell.

»Wie lange was?«

»Wie lange wirst du mich hier gefangen halten?«

»Nicht viel länger als eine Stunde. Hast du dir alles gemerkt? Nein? Zuerst in den Salon, dann ins Bad, danach in die Garderobe, dann in die Abstellkammer und zum Schluss wieder in den Salon, Tee trinken.«

Stella geht voraus und Trixa folgt ihr. Als alle Kerzen angezündet sind, die Hauptsicherung ausgeschaltet und jeglicher Kontakt zur Außenwelt unterbrochen ist, setzt sich Stella auf Trixas Anweisung auf das Sofa vor den Kamin. Trixa nimmt in einem der Sessel neben dem Kamin Platz. Der Tee ist in einer Thermoskanne. Trixa schenkt Tee in die Tassen. Eine steht vor Stellas Platz, die andere vor ihrem. Sie beginnt, den dampfenden Tee zu schlürfen. Stella trinkt hastig ihre Tasse leer, verbrennt sich die Zunge.

»Also, was ist mit Christina?«, fragt sie dann ungeduldig. »Wieso fängst du nicht endlich an?«

Sie will das Gespräch, diese eine Stunde *Sprechen über Christina*, so schnell wie möglich hinter sich bringen. So seltsam auch die Umstände sein mögen, ja, geradezu unheimlich: besser, sie denkt nicht darüber nach.

»Was ist mit Christina? Wo ist sie?«

»Sie wird nicht kommen«, antwortet Trixa. »Sie ist mit ihrem verfluchten Feldversuch beschäftigt. Der wird uns alle noch umbringen. Zum Schluss Christina selber. Klara gibt es schon nicht mehr.«

»Klara gibt es nicht mehr?«, wiederholt Stella. »Was soll das heißen?«

»Sie ist tot.«

»Tot?«

Trixa nickt traurig.

Stella beginnt augenblicklich zu frösteln. Sie wickelt ihren Mantel, den sie nicht ausgezogen hat, auch nicht, als Trixa sie dazu aufforderte, enger um sich und drückt ihre Umhängetasche, in der das große rote Herz von Monika steckt, wie ein Schutzschild an sich.

»Ich habe Klara gewarnt. Verguck dich bloß nicht in so einen Fassadenarsch, habe ich sie gewarnt. Ich verliebe mich nicht, hat sie gesagt und gelacht. Ich kann mich gar nicht verlieben. Aber ich habe gesehen, wie sie anfing, dich nachzumachen, um Ben zu gefallen. Ist doch nur ein Spiel, hat sie gesagt, schließlich sei sie Schauspielerin, eine geborene Schauspielerin. Ich habe beobachtet, wie aus dem Spiel Ernst wurde. Christina hat es auch beobachtet. Klara hat sich in Ben richtig vergafft. Das war ihr Ende.«

»Mir ist kalt«, sagt Stella und hat das Gefühl, sie kann kaum die Worte aussprechen, so sehr fröstelt sie. Ihre

Zähne scheinen wie bei Schüttelfrost aufeinander zu schlagen. Sie hört das Geräusch. Es hat sie immer an Kastagnetten erinnert.
»Ich mache den Kamin an«, sagt Trixa.
Stella will protestieren. Sie will keine Zeit verlieren. Trixa soll ihre Geschichte erzählen oder die von Christina, und dann will sie aufstehen und gehen. Nach Hause gehen. Zu Ben. Bestimmt wartet er auf sie.
Nein, will Stella sagen, mach den Kamin *nicht* an! Nur, es gelingt ihr nicht, es zu formulieren. Sie beherrscht ihre Zunge nicht mehr.
Trixa nimmt aus einer überlangen Streichholzschachtel ein überlanges Streichholz, entzündet es, hält es in das aufgeschichtete Holz, und kurz darauf steht der ganze Scheiterhaufen in Flammen.
»Als Kind durfte ich für meine Mutter den Kamin anzünden«, sagt sie. »Er war natürlich vorbereitet, so wie dieser. Mit einer Hand voll benzingetränkter Anzünder. Das riecht am Anfang ein bisschen unangenehm. Es verfliegt aber schnell wieder. Jetzt wird dir gleich warm werden. Du hast bestimmt einen niedrigen Blutdruck, und wahrscheinlich haben die Tropfen den Kreislauf ein bisschen zu weit runtergedrückt. Sind nur Beruhigungstropfen, keine Angst. Damit du dich beruhigst. Sie sind harmlos. Vielleicht sind ein paar zu viel in der Tasse gewesen. Ist aber nicht schlimm. Sind keine Knock-out-Tropfen. Du sollst ja nicht einschlafen. Ich brauche dich, damit du mir zuhörst, verstehst du? Mach es dir bequem. Leg die Beine aufs Sofa. Schon besser, oder? Soll ich dir eine Decke holen? Nein, lieber nicht,

sonst schläfst du nur ein. Einschlafen darfst du auf keinen Fall. Gut so?«
Stella nickt. Ja, alles ist gut so. Die Kälte ist vom Feuer weggeschmolzen. Sie fühlt sich wie in Watte gepackt, warm und weich und ohne Körper. Sie blinzelt zu Trixa hinüber, sucht den roten Punkt auf ihrer Nasenspitze. Sie kann ihn nicht finden. Wo ist er geblieben? *Wo ist er geblieben? Wo ist er geblieben?,* hallt es in ihr weiter. Oder täuscht sie sich?
Sie sieht an Trixas Mundbewegungen, dass sie redet. Aber sie versteht nicht, was sie sagt. Nun, sie muss es auch nicht verstehen. Trixa will nur, dass sie ihr zuhört. Dann kann sie gehen. Nur wird sie nicht aufstehen können. Ben wird ihr helfen müssen.
»Du weißt wahrscheinlich gar nicht, was ein Feldversuch ist«, sagt Trixa. »Ich weiß es auch nicht. Selbst Klara, die fast so klug ist wie Christina, weiß es nicht. Dabei sind wir der Feldversuch. Klara und ich. Wir beide sind der Feldversuch. Christina hat uns am Anfang erklärt, was das ist, ein Feldversuch. Sie sagte, es sei ein Versuch mit A und mit B und mit C. A ist Christina. B ist Trixa. C ist Klara.«
Trixa beobachtet das Feuer. Das Aufflammen, genährt von den Benzinanzündern, ist fast erloschen. Jetzt züngeln kleine Flämmchen überall an den Scheiten. Sie löst einen langen, spitz zulaufenden Eisenstab aus der Halterung des Kaminbestecks und stochert mit ihm im Holz und schafft Zwischenräume für Luft.
»Alles in Ordnung?«, fragt sie Stella.
Stella nickt. Sie ist weit weg und ganz nah, und beide

Zustände gehen sanft ineinander über, wechseln von einem zum anderen, als würde sie von einem zum anderen getragen werden.
»Erzähl weiter«, sagt sie. Oder sie will es sagen, die Zunge gehorcht nur nicht. Aber Trixa hat es trotzdem gehört und erzählt weiter, wie alles begann, und dass am Anfang, nein, davor, bevor alles anfing, bevor Christina Trixa und Klara zu ihren Schwestern machte, Trixa und Klara nur ihre Namen waren. Trixa war der zweite und Klara der dritte Name. Sie hieß Christina Trixa Klara.
»Klara und ich waren ihre Namen. Nichts weiter«, sagt Trixa. »Dann starb unsere Mutter, und Christina fühlte sich allein. Sie war sehr allein. Sie hielt das einfach nicht aus und machte uns zu ihren Schwestern. Ihre Namen Trixa und Klara wurden ihre Schwestern Trixa und Klara.
Sie spielte mit uns. Zuerst spielten wir immer die gleichen Spiele. Entweder spielten wir Mutter, Vater und Kind. Oder Vater, Mutter und Kind. Christina war immer das Kind, obwohl sie von uns dreien die Älteste war. Sie war eben doch noch sehr klein.
Dann heiratete unser Vater wieder, und unsere Spiele änderten sich, und wir spielten nicht mehr *Vater, Mutter, Kind*, wir wurden eine kleine kriminelle Vereinigung und dachten uns Spiele aus, mit denen wir unsere Stiefmutter ärgerten. Wir beklauten sie, erschreckten sie, stellten ihr Fallen, aßen nicht bei Tisch, sondern nur heimlich, verletzten uns und taten so, als hätte sie uns die Verletzung beigebracht. Wir waren wirklich sehr

erfindungsreich, und lange hielt unsere Stiefmutter es auch nicht mit uns aus. Keine blieb. Wahrscheinlich hat unser Vater auch deshalb so viele Frauen gehabt, weil es keine mit uns aushielt.
Manchmal trieben wir es so bunt, dass er uns bestrafte. Natürlich immer nur Klara und mich. Wir führten ja aus, was Christina ersann. Dafür wurden wir dann auch irgendwann, ich glaube, wir waren dreizehn oder vierzehn, ins Internat geschickt. Hörst du mir noch zu? Möchtest du Tee? Tee ohne Tropfen?«
Stella nickt, und Trixa schenkt Tee in eine neue Tasse und reicht sie ihr, und Stella trinkt das immer noch warme Getränk. Sie hofft, dass der Tee sie wach hält. Eigentlich hat Stella das Bedürfnis zu schlafen. Aber sie will nicht schlafen. Sie will nicht das Ende der Geschichte verschlafen, weil sie dann sofort aufstehen und gehen kann. Lange kann die Geschichte nicht mehr dauern, es ist bestimmt schon eine halbe Stunde verstrichen, und Trixa hat versprochen, sie müsse nicht viel länger als eine Stunde lang zuhören.
Sie gibt ihr die Tasse zurück, befreit sich von ihrer Umhängetasche und macht es sich etwas bequemer auf dem Sofa.
»Klara und mich gab es natürlich nur in Christinas Phantasie. Aber wenn Christina von Vater für irgendeinen Streich bestraft werden sollte, behauptete sie, Klara oder ich seien es gewesen. Auch bei anderen Gelegenheiten sprach sie mit mir oder mit Klara, als wären wir tatsächlich anwesend. Oder sie sprach zu anderen von uns als von ihren Schwestern, als gäbe es uns wirklich. Der

Vater verbot es ihr. Immer wieder. Er wurde richtig wütend. Daraufhin traf sich Christina heimlich mit uns. Wir führten auch die Streiche jetzt heimlich aus. Dann wurden wir ins Internat verbannt, und sie traf sich mit uns in Chatrooms. Bald waren wir täglich dort verabredet. Wir mischten uns auch unter die Leute und waren schnell bekannt als *Die Drei*. Wir gingen zusammen auf Partys und wurden auf Events gesehen. Alles virtuell. Wir haben Schauergeschichten zum Besten gegeben, wie wir unsere verschiedenen Stiefmütter ärgern und quälen. Eine haben wir, glaube ich, sogar umgebracht. Ich gab auch ziemlich damit an, was ich schon alles geklaut hatte und noch klauen würde. Und Klara ist erfolgreich als Hamlet oder als Johanna von Orléans aufgetreten. Christina tat sich hin und wieder als Therapeutin hervor und stellte abenteuerliche Vermutungen an, auf welche Weise wir zu Hause gequält würden. Aber irgendwann ging uns der Stoff aus, und wir trafen uns immer seltener. Manchmal kamen wir in den Ferien zu Besuch nach Hause, wenn es eine *Neue* gab, auf die wir neugierig waren, aber auch das hörte auf.«

Trixa nimmt zwei Holzscheite aus dem Korb und legt sie in die Glut, wartet, bis die Flämmchen zu züngeln beginnen, legt eine Hand voll Reisig auf die Scheite, und kurz darauf stehen sie in Flammen.

»Vor fast einem Jahr ging Christina nach Berlin, um zu studieren«, erzählt Trixa weiter. »Sie fühlte sich ziemlich verloren hier. Sie war wieder sehr allein. Einsam. Nicht nur in dieser Wohnung, sondern auch an der Universität. Sie verabredete sich wieder mit mir und Klara im Chatroom. Aber auch das langweilte sie. Da hatte sie die Idee, dass wir zu ihr nach Berlin ziehen sollten. Und nicht mehr nur in der Phantasie oder virtuell, sondern tatsächlich. Zum ersten Mal sollte es Trixa und Klara wirklich geben. Sie bereitete alles vor. Sie war sehr aufgeregt. Es verlangte ihre ganze Zeit. Deshalb machte sie uns zu einem Teil ihres Studiums und nannte den Versuch, mit uns wirklich zusammenzuleben, einen Feldversuch. Sie kann es begründen. Ich nicht. Sie hat den Begriff Feldversuch an der Universität aufgeschnappt. Er kam ihr sehr gelegen. Damit konnte sie unseren Vater überzeugen, dass sie studiert. Er war misstrauisch geworden, weil sie die Putzfrau abbestellte. Zu Hause hat sie nie irgendetwas selber machen wollen und war für ihre sagenhafte Unordnung bekannt und nicht gerade beliebt.

Mit dem Feldversuch machte sie bei unserem Vater Eindruck. Sie redete nur noch von Forschung und Wissenschaft. Unser Vater schickte ihr dann bald auch eine E-Mail, in der er sie mit *meine kleine Frau Professorin* anredete.

Auf jeden Fall hatten Klara und ich von Anfang an viel Spaß mit Christinas Feldversuch. Wir konnten endlich einmal alles wirklich ausprobieren: die Klamotten, die Schminke, das Anmalen, die Haarfrisuren. Und ich konnte das alles wirklich zusammenklauen. Und Klara konnte ihr Talent als Schauspielerin wirklich ausprobieren. Das alles hat uns einen Riesenspaß gemacht. Jeder Tag war ein Abenteuer. Vierundzwanzig Stunden lang.

Christina hat das alles dokumentiert. Jeden Schritt. Ich glaube, für sie ist es tatsächlich so etwas wie eine wissenschaftliche Arbeit. Einmal hat sie ihre Notizen liegen lassen, und die habe ich gelesen, und da stand, sie wolle erforschen, wer sie wirklich ist. Hörst du mir noch zu? Du musst mir zuhören. Jetzt musst du mir besonders gut zuhören, Stella, denn jetzt komme ich zum Schluss. Und der begann mit dir.«

Trixa nippt am Tee.

»Christina will den Feldversuch beenden«, sagt sie dann mit leiser Stimme. »Sie will ihn abschließen. Und das haben wir, Klara und ich, dir zu verdanken. Dir und deinem roten Kleid.

Als Christina dich das erste Mal sah, bist du ihr im roten Kleid durch den Schnee entgegengekommen. Einen Moment glaubte sie, unsere Mutter käme auf sie zu. Sie trug ein ähnliches rotes Kleid. Und du hast blonde Haare wie sie. Und es schneite, wie damals, als es passierte.

Die Begegnung mit dir hat Christina erst erschreckt und dann neugierig gemacht. Sie hat mich und Klara losgeschickt. Wir sollten so viel wie möglich über euch herausbekommen. Sie ist niemals auf die Idee gekommen, dass sich Klara in Ben wirklich verlieben könnte. Ich glaube, sie wollte eigentlich mit euch noch einmal das alte Spiel *Vater, Mutter, Kind* spielen.

Als sich Klara dann in Ben verliebte, hat sie die Kontrolle verloren. Über Klara. Deshalb beendet sie jetzt den Feldversuch. Klara ist schon abgereist. Gestorben. Tot. Es gibt sie nicht mehr. Und auch ich soll abreisen. Sterben.

Auch mich soll es nicht mehr geben. Hörst du mir noch zu?«
Trixa schaut vom Feuer hinüber zu Stella. Sie liegt auf dem Sofa und hat die Augen geschlossen.
»Hast du gehört, was ich gesagt habe?«, fragt sie.
Stella gibt keinen Ton von sich.
Trixa steht auf, rüttelt Stella erst sanft, dann heftiger, aber Stella wacht nicht auf.
»Stella«, sagt sie, erst leise, dann lauter, zum Schluss schreit sie den Namen fast. Es nützt nichts. Stella ist im Tiefschlaf.
Trixa ist verzweifelt.
Stella darf nicht einschlafen! Wieso ist sie nur auf die Idee mit den Tropfen gekommen? War die Dosierung falsch? Sie rüttelt noch einmal an der Schlafenden, ruft noch einmal ihren Namen. Sie darf sie jetzt nicht allein lassen. Nicht jetzt!
Trixa läuft zum Fenster, schnappt sich in ihrer Verzweiflung Schmittchen und kauert sich mit ihm in den Sessel vor das Feuer und drückt ihn fest an sich. Sie hat Angst. Angst, allein zu sein.
Ein Geräusch lässt sie aufhorchen. Sie schaut zu Stella. Sie liegt regungslos auf dem Sofa. Aber hinter Stella öffnet sich die Tür. Es ist die Tür zum Vorraum. Sie öffnet sich, und die Mutter steht auf der Schwelle. Sie hat das weiche, flauschige, rote Wollkleid an. Ihr blondes Haar fällt in Locken auf die Schultern. Sie sieht genauso aus wie immer.
Trixa rutscht aus ihrem Sessel und steht auf. Die Mutter lächelt noch mehr und geht auf sie zu. Trixa nimmt den

feinen Duft wahr, die Mischung aus Parfum und Puder und Schminke, die sie so gut kennt und so sehr liebt. Und so lange vermisst hat.

⋆

Die Pizza steht mitten auf dem Tisch. Sie ist noch warm. Sie duftet köstlich, und die ganze Wohnung ist erfüllt vom Backgeruch. Ben wählte die klassischen Zutaten zu einer *Pizza Marguerita:* eingekochter Tomatensugo, fertig aus dem Glas, Mozzarella und Basilikum. Dünn aufgetragen ergibt die Mischung einen eher trockenen Belag und eignet sich für den Verzehr unterwegs, er klebt nicht an der Alufolie fest.

Die Freunde sitzen um den Tisch herum und starren auf die Pizza. Keiner würde ein Stück anrühren, obwohl sie bereits aufgeschnitten ist. Erst wenn Stella wieder da ist, werden sie sich, und dann mit Heißhunger, auf die Pizza stürzen. Sie wird dann nicht mehr als Hochzeitstorte und wahrscheinlich auch nicht mehr als Reiseproviant dienen können.

»Vielleicht sollten wir die Polizei einschalten«, sagt Ben und spürt, wie ihm der Mund trocken wird.

Nach den Telefonaten mit Bekannten, Verwandten und Mitarbeitern, nach den anschließenden vergeblichen Suchaktionen der Freunde in Lieblingscafés und Restaurants, im Monbijou-Park und entlang der Uferpromenade, nach den daraufhin unternommenen und wiederum ergebnislosen Nachfragen in der Notaufnahme der umliegenden Krankenhäuser sind die Freunde ratlos.

»Die Polizei wird erst einmal nichts unternehmen«, meint Ulrich. »Es ist noch nicht zweiundzwanzig Uhr. Wäre Stella drei Jahre alt, würde die Polizei gewiss einiges unternehmen, aber sie ist über dreißig.«

Ben steht auf. »Wir können doch nicht hier herumsitzen und nichts tun!« Er fährt sich mit der Hand durchs Haar. Es steht, durcheinander gewirbelt, in allen Richtungen vom Kopf ab. Sein Hemd ist unter den Achseln durchgeschwitzt und am Kragen und an den Manschetten schmutzig, er vergaß, es auszuziehen oder zumindest die Ärmel hochzukrempeln.

In den vergangenen Stunden stürzte er sich, nur unterbrochen vom hektischen Hin-und-her-Telefonieren und den Suchaktionen, bei denen Ulrich und die Freunde halfen, in einen geradezu ekstatischen Putzrausch. Das Bad, die Küche, Schlafzimmer und Wohnraum wurden mit allem bearbeitet, was an Reinigungsmitteln vorhanden ist: Staubsauger, Seifenlauge aus grüner Seife für das Parkett, Glasreiniger für Spiegel und Fenster, Entkalker für Waschbecken und Wanne, Bioreiniger für Eis-, Kleider- und Wäscheschrank, selbst die Tischplatte wurde eingewachst. Den gesamten Müll entsorgte er in den Container im Hof. Danach Packen der Reisetasche, Ordnen der Kleidung für Standesamt und Flug, Zurechtlegen von Ringen und Papieren. Zum Schluss die Pizza.

»Was sollen wir noch tun? Wir haben alles getan, was wir tun konnten«, sagt Ulrich. »Vielleicht gibt es einen Grund, weshalb Stella nicht nach Hause kommt, und du verschweigst ihn uns.«

»Gestern hat es ihn noch gegeben«, sagt Ben, »aber seit vierundzwanzig Stunden gibt es ihn nicht mehr.«
»Bist du dir sicher?«, fragt Ulrich und sieht seinen Bruder prüfend an.
»Ganz sicher.«
»Ich kann es bestätigen«, sagt Joachim. »Ich glaube, ich habe mit Stella zuletzt gesprochen. Gegen sechzehn Uhr. Sie war auf dem Weg nach Hause und sagte, ihr würdet morgen heiraten und danach auf Hochzeitsreise gehen. Ich sollte es niemandem weitererzählen. Es sei noch geheim. Aber ich glaube, jetzt kann ich es ruhig erzählen.«
»Es weiß ohnehin jeder«, meint Monika.
»Jeder? Ich weiß es nicht!«, ruft Ulrich und steht auf und geht auf Ben zu und umarmt ihn, und für einen kurzen Moment lehnt sich Ben an die Schulter seines größeren kleinen Bruders.
»Das macht alles ja noch unerklärlicher«, meint Ulrich dann. »Gibt es denn überhaupt keinen Anhaltspunkt? Keinen Hinweis, was passiert sein könnte? Glaubst du, Stella bereitet vielleicht eine Surprise-Party zwischen Standesamt und Flughafen vor? Wohin geht denn eure Hochzeitsreise?«
»Nach Hawaii. Aber das weiß Stella noch nicht. Es sollte eine Überraschung werden.«
»Wieso *sollte?* Stella kann doch nicht verschwunden sein!«, regt sich Ulrich auf.
»Klara ist abgereist«, sagt Eckart unvermittelt.
»Ist das ein Hinweis?«, fragt Ulrich.
Eckart schweigt.

»Eckart möchte einfach ein bisschen Aufmerksamkeit auch für seine Probleme«, erklärt Monika etwas spitz.

»Das ist nicht richtig«, widerspricht Eckart. »Als Ben mich anrief und sagte, Stella sei nach drei Stunden noch immer nicht zu Hause, nachdem sie drei Stunden zuvor angekündigt hatte, gleich zu Hause zu sein, also maximal in einer halben Stunde, da war mein erster Gedanke, dass sich Klara und Stella getroffen haben. Und dass die beiden zusammen sind. Ich glaube nämlich nicht, dass Klara abgereist ist, obwohl ihre Schwester Christina das behauptet. Sie entschuldigte Klaras Fehlen in der Kantine mit der Abreise. Wegen einer dringenden Familienangelegenheit.«

»Weshalb sollten sie sich treffen? Ich meine heimlich treffen?«, fragt Ulrich interessiert.

»Dafür könnte es durchaus Gründe geben«, behauptet Monika.

»Unsinn!«, fährt Ben auf. »Erstens ist Klara wirklich abgereist, und zweitens hat Stella nicht den geringsten Grund, Klara heimlich zu treffen. Es gibt zwischen uns keine Geheimnisse.«

»Aber vielleicht gibt es zwischen dir und Klara Geheimnisse, und vielleicht will Klara sie Stella anvertrauen«, sagt Monika

»Könntest du bitte aufhören, über Klara zu reden«, bittet Eckart und schaut Monika dabei nicht an.

»Du bist es gewesen, der Klara ins Spiel brachte«, antwortet Monika mit einer gewissen Schärfe in der Stimme.

Danach breitet sich dumpfes Schweigen zwischen ihr, Eckart und Ben aus.
Joachim zündet sich eine Zigarette an, obwohl er vor drei Tagen aufgehört hat zu rauchen.
Ulrichs Augen kreisen zwischen den verstockt Schweigenden.
»Es scheint, ich bin der Einzige von euch allen, der von einer wichtigen Information ausgeschlossen ist.«
»Mag sein«, meint Joachim. Sie sei aber gewiss nicht von Bedeutung für Stellas Verschwinden, äh, Verspätung, korrigiert sich Joachim hastig.
Das könne er nur beurteilen, wenn einer von ihnen ihn endlich über Klara aufkläre, sagt Ulrich.
»Ich habe mit ihr geschlafen«, sagt Ben.
Als wäre ein Blitz durch Ulrich gefahren, zuckt sein Gesicht zusammen und sein Körper schleudert herum. »Was hast du gemacht?« Er starrt Ben an, fassungslos und wutentbrannt, und die anderen drei fürchten schon, er wolle sich auf ihn stürzen. Ben ist selber erschrocken über Ulrichs Reaktion und weicht einen Schritt zurück.
»Aber Ulrich«, sagt er etwas hilflos, »das war nicht so, wie du denkst. Das war ganz anders. Stella hat es verstanden. Da kam so viel zusammen. Das war ein Missverständnis ...«
»Du weißt überhaupt nicht, was du gemacht hast!«, schreit Ulrich dazwischen. »Was bist du nur für ein Idiot!«
»Ich fand das auch nicht besonders gelungen«, gibt Ben kleinlaut zu, »aber Stella und ich, wir haben alles geklärt,

verstehst du? Klara ist nicht der Grund … Wohin gehst du?«
»Zu Christina.«
Ben hält Ulrich am Arm fest. »Christina ist nicht zu Hause. Ich war da. Meine erste Vermutung war, dass Trixa und Christina mit Stella über Klara sprechen wollten. Ich habe geklingelt. Zum Schluss beim Hausmeister. Sie wären abgereist, sagte er. Alle drei. Wegen einer dringenden Familienangelegenheit. Nach Kopenhagen.«
Ulrich wirft sich auf das Sofa und brütet vor sich hin.
»Bitte, Ulrich, könntest du aufhören, in Stellvertretung für Stella hier den Betrogenen zu spielen? Das ist nicht das Thema«, sagt Monika schließlich.
Ulrich reagiert nicht, er brütet und wütet weiter vor sich hin. Die anderen sehen sich ratlos an, sehen Ben fragend an. Auch er ist ratlos.
»Ich glaube, ich rufe jetzt doch bei der Polizei an«, sagt Ben nach einem Blick auf die Uhr.
Da springt Ulrich auf und rennt ein paar Mal hin und her, bleibt dann vor Ben stehen. »Weißt du, mit wem du geschlafen hast? Weißt du das überhaupt?« Er läuft wieder, ohne eine Antwort abzuwarten, auf und ab, dreht sich abrupt um. »Du hast mit der Frau geschlafen, die ich liebe, die ich wirklich liebe, wenn du überhaupt weißt, was das ist!«
Monika schlägt beide Hände vor das Gesicht. »Nein! Das glaube ich nicht! Das glaube ich einfach nicht!«, ruft sie aus.
Eckart schließt die Augen und lässt seinen Kopf ganz langsam Zentimeter um Zentimeter nach hinten in den

Nacken sinken und flüstert. »Ich glaube, ich bin geheilt. Jetzt bin ich endgültig geheilt.«
Joachim steht auf und geht zu Ulrich und legt ihm den Arm um die Schulter.
»Monika hat Recht, Ulrich, das ist im Moment nicht unser Thema«, sagt er, »das ist im Moment einfach nicht unser Thema, verstehst du?«
»Das sehe ich anders!« Ulrich stößt Joachims Arm weg. »Ihr habt ja alle gar keine Ahnung! Ihr wisst überhaupt nichts! Ihr wisst nicht, dass Christina Trixa ist. Und Klara. Dass Christina Trixa und Klara ist. Sie ist alle drei in einer Person!«

★

Stella dreht sich langsam und bedächtig auf dem Sofa zur Seite, als wäre sie bei Bewusstsein. Ihre Tasche, in der auch ihr Notebook verstaut ist und das tellergroße, rote Herz von Monika, rutscht vom Polster auf den hochflorigen Teppich. Sie bemerkt es nicht, sie ist noch immer im Tiefschlaf.
Der Aufprall verursacht einen dumpfen Ton. Er dringt in Trixas Bewusstsein. Sie will sich nach ihm umdrehen. Es gelingt ihr nicht. Sie kann weder ihren Kopf drehen noch ihre Schulter. Sie kann auch keinen Arm heben und sich mit der Hand an der Lehne des Sessels festhalten und mit Hilfe von Arm und Hand den Körper herumdrehen. Auch Beine und Füße versagen, sie lassen sich nicht bewegen, weder vor noch zurück. Sie ist steif. Steif wie ein Eiszapfen.

In den Armen der Mutter war es weich und warm. Und sie selber fühlte sich auch so und war weich und warm. Die Mutter öffnete die Arme, in denen sie sich so wohl fühlte. So vertraut. So ganz zu Hause. Wie immer. Sie öffnete die Arme und ließ sie stehen, wo sie noch immer steht.

An der Türschwelle drehte sich die Mutter um und winkte, sie solle ihr folgen. Und sie wollte ihr auch folgen, aber keinen Schritt konnte sie tun. Sie klebte mit den Füßen am Boden wie festgewachsen.

Die Mutter ging langsam immer weiter und immer weiter zurück und winkte, und ihr rotes Kleid leuchtete. Aber sosehr sie sich mühte und vorwärts stürzen wollte, der Mutter hinterherstürzen wollte, sie blieb am Boden wie festgewachsen haften. Sie kam kein bisschen von der Stelle. Es war ein Albtraum. Ihr Herz raste vor Verlangen, der Mutter zu folgen, und vor Schmerz, ihr nicht folgen zu können.

Die Mutter entfernte sich immer weiter. Und dann war sie fort.

Und sie gefror, so wie sie dastand, festgewachsen am Boden, zu einem Eisblock. Von einem Moment zum anderen. Wie schockgefroren. Auch ihr Herz. Sie spürte es nicht mehr.

Trixa versucht, ihren Kopf wenigstens ein paar Zentimeter in Richtung des Aufpralls zu drehen. Das Sofa gerät in ihr Blickfeld. Und Stella. Einen Augenblick ist sie über diese Frau im hellen Mantel, unter dem auch ein rotes Kleid herausschaut, verwundert, weiß nicht, wer sie ist. Es ist, als sei auch ihr Gehirn eingefroren. Sie

braucht eine Weile, bis die Realität wieder in ihr Bewusstsein dringt.
Mit dem Einbruch der Realität in ihr Bewußtsein beginnt sie zu frieren. Spürt sie die Kälte. Schmittchen fällt aus ihrem Arm vor lauter Kälte. Sie kann ihn nicht halten.
Sie will sich bücken, um ihn aufzuheben und an sich zu drücken, aber auch ihre Kniegelenke sind steif, sind eingefroren.
Sie sieht zum Kamin hin. Das Feuer ist erloschen. Nur ein bisschen Glut glüht aus der Asche auf dem Rost. Sie wird nicht ausreichen, um ein neues Feuer zu entfachen. Die Holzscheite werden nur vor sich hin schwelen, und auch das Reisig wird aus dem Schwelen kein Züngeln hervorlocken können. Sie muss in die Abstellkammer gehen und die Kaminanzünder holen.
Sie bewegt ihre Hände. Sie sind steif. Sie reibt sie aneinander. Sie werden etwas gelenkiger. Sie reibt mit ihnen ihre Arme, ihre Beine, ihre Knie und beginnt, vorsichtig einen Fuß zu heben. Er löst sich, langsam, sehr langsam, vom Boden. Sie setzt ihn einen Fuß lang weiter vor den anderen. Dann löst sie diesen auf die gleiche Weise und setzt auch ihn einen Fuß lang weiter wieder auf. Rechts ein Fuß lang, links ein Fuß lang. Es ist, als ob sie gehen lernt. Nur sind ihre Beine, ist ihr ganzer Körper nicht weich und gelenkig wie bei einem kleinen Kind, er ist ganz und gar unbeweglich.
Trotzdem erreicht sie irgendwann die Abstellkammer. Die Kaminanzünder liegen neben Christinas Kanister mit dem Waschbenzin für ihre weißen Tennisschuhe.

Kaum lagert sich auch nur ein bisschen Straßenstaub im Gewebe der Tennisschuhe ein, taucht Christina sie in eine Schüssel mit Waschbenzin. Danach stellt sie die Schuhe auf das Sims des schmalen Küchenbalkons und lässt sie dort draußen trocknen. Trotzdem riecht die ganze Küche nach Benzin. Darüber haben sie und Klara sich oft beschwert.
Anders, als Trixa es in Erinnerung hat, liegen nicht eineinhalb Packungen der Anzünder auf dem Regal, sondern nur noch die halbe Packung, die übrig geblieben war, nachdem sie den Kamin vorbereitet hatte. Gewiss wird auch die halbe Packung ausreichen, um ein schönes, großes Feuer anzuzünden, das sie wärmt. Das genug Hitze ausstrahlen wird, um das Eis unter ihrer Haut bis zu den Knochen, das sogar in ihren Knochen steckt oder sie wie ein Mantel, ein Eismantel, umschließt, zu schmelzen.
Noch immer steif tappt Trixa zurück in den Salon. Als sie vor dem Kamin langsam und vorsichtig in die Hocke geht, knackt es in ihren Kniegelenken, und sie muss an die zugefrorenen Seen in Kopenhagen denken, auf denen sie Schlittschuh lief, und wie es unter ihren Füßen knackte, wenn das Eis im Frühjahr zu tauen begann.
Sie baut einen doppelt so großen Scheiterhaufen wie zuvor mit doppelt so vielen Kaminanzündern zwischen den Scheiten. Sie verbraucht den ganzen Rest.
Mit einiger Mühe – ein paar Mal brechen die langen Streichhölzer ab oder zünden nicht, ihre eiskalten Hände sind einfach zu ungeschickt – setzt sie endlich den Scheit in Brand. Und in was für einen! Zu einer einzigen

großen Flamme gebündelt, einem reißenden Wasserstrom gleich, stürzt das Feuer nach oben und entfacht eine außergewöhnliche, eine außergewöhnlich große Hitze.

Trixa setzt sich so nah wie möglich vor die rauschende, in einem hohen Ton zischende und sirrende große Flamme: Sie hat im Kamin einen wahren Feuersturm entfacht.

Die Hitze berührt ihre Haut und durchdringt sie, und die Kälte weicht zurück. Als Erstes gewinnen ihre Finger eine gewisse Gelenkigkeit zurück. Und ihren Kopf kann sie auch wieder drehen. Sie bewegt die Schultern und streckt die Beine aus. Alles fällt ihr wieder leichter: Der Eisblock schmilzt.

Dann ist das Feuer hinuntergebrannt, aber das Eis ist noch nicht völlig geschmolzen. An der Oberfläche ist die Kälte zurückgewichen, haust jedoch noch in ihrem Inneren. Es gibt dort noch einen hartnäckigen Kern.

Um ihn zum Schmelzen zu bringen, braucht sie ein viel größeres Feuer. Eine viel größere Hitze. Sie hat genug Holz da, aber es gibt keine Anzünder mehr. Ohne die Anzünder wird es ihr nicht gelingen, im Kamin einen Feuersturm zu entfachen, der die Restkälte verdrängt und den Kern schmelzt. Sie starrt in die Glut. Sie horcht in sich hinein. Sie fühlt die Kälte, die von ganz innen kommt. Sie braucht das Feuer. Die Hitze. Dieses übergroße Feuer. Diese übergroße Hitze. Nur, sie hat keine Anzünder. Aber sie hat Benzin. Waschbenzin. Christinas Kanister mit Waschbenzin.

Trixa setzt sich erst auf, geht dann in die Hocke, kommt aus der Hocke hoch. Sie ist tatsächlich gelenkiger. Trotzdem muss sie sich beeilen, bevor sich die Kälte von innen, vom Kern her, wieder ausdehnt.
Sie macht einen Schritt und stößt gegen Stellas Umhängetasche.
Ist sie immer noch da? Sie sollte doch schon längst nicht mehr hier sein. Sie hat ihr alles von Christina erzählt, was sie von Christina wissen musste. Sie hätte längst nach Hause gehen können. Sie wollte doch auch nach Hause. Weshalb liegt sie noch auf dem Sofa?
Trixa beugt sich über Stella, ruft ihren Namen, rüttelt an ihrer Schulter.
»Stella, du kannst nach Hause gehen«, sagt sie. »Wach auf! Geh nach Hause! Ben wartet auf dich! Komm, steh auf!«
Stella blinzelt, wirft sich herum und schläft weiter.
»Du musst jetzt gehen. Komm. Steh auf. Ich helfe dir bis zur Tür. Dann musst du allein weitergehen. Du schaffst es. Ben wartet. Er will dich heiraten. Steh auf! Bitte, steh auf!«
Trixa rüttelt mit aller Kraft, und tatsächlich steht Stella auf, wankt durch den Salon und durch die Salontür in den Vorraum. Auf halbem Weg zur Wohnungstür knicken ihre Beine ein wie Schläuche, aus denen schlagartig die Luft entweicht, und sie sinkt zu Boden. Sie rollt sich zusammen wie eine Raupe und schläft weiter.
Ausgeschlossen, sie wach zu bekommen!
Trixa gibt es auf, sie hat keine Zeit zu verlieren, sie muss sich beeilen. Sie muss den Benzinkanister aus der Ab-

stellkammer holen, ihn in die Küche tragen und seinen Inhalt in eine der größeren Plastikschüsseln gießen. Sie muss die Schüssel dann vor den Kamin tragen, in ihr Zimmer gehen und aus ihrem Schrank Wollpullover oder Baumwollpullover holen. Vielleicht sind Wollstrümpfe oder Baumwollsocken noch geeigneter. Sie muss die Teile in die Plastikschüssel legen, sie müssen sich mit dem Benzin voll saugen. Danach muss sie den Scheiterhaufen aufbauen und die mit Benzin durchtränkten Woll- oder Baumwollknäuel strategisch darin verteilen. Sind die Knäuel zu groß, werden sie mit der Küchenschere zerschnitten. Sie hat viel zu tun.

*

Einer der Brüder hält sich vor dem Zaun auf, der andere dahinter. Die Aufgabe der beiden Brüder ist es, unauffällig zu beobachten, was sich vor dem Zaun abspielt und was sich dahinter abspielt: wer in die Burg hineingeht und wer wieder aus der Burg herauskommt und wer nicht wieder aus ihr herauskommt.

Von der gegenüberliegenden Straßenseite aus behält Bruno die Wohnung an der Burgfront im Obergeschoss ständig im Auge. Er ist dabei in Bewegung. Seit fast drei Stunden. Er sucht die verschiedenen Eingänge und Ausfahrten der Häuser auf und verweilt in ihrem Schutz. Er geht auch schon einmal in die Kneipe und setzt sich an das Fenster mit Sicht auf die Burg und bestellt eine Coca Cola. Er hat sogar das Hotel an der Ecke, den *Albrechthof,* ausprobiert. Keiner der Plätze hatte jedoch eine Sicht. Am besten ist sie von der Passage des neu gebauten *Albrechtquartiers*, die zu den hinteren Gebäudekomplexen führt. Aber zu lange kann er sich dort nicht aufhalten, ohne aufzufallen. Und so wechselt er zwischen den verschiedenen Aussichtspunkten hin und her.

Mit den beiden Brüdern verständigt er sich durch Zeichen oder durch Laute. Einer von ihnen imitiert Wellensittiche und Papageien. Die Rufe erregen zwar manchmal Aufsehen, aber nie Verdacht. Ein Wellensittich oder ein Papagei kann immer irgendwo in einer der Wohnungen zu Hause sein.

Bruno steckt die Hände in die Jackentasche und kontrolliert die beiden Dosen. Er tritt aus der Passage auf die Straße. Der Abend ist kühl. Er geht die Straße ein paar Mal hinauf und hinunter. Immer nur so weit, wie er die Fenster im Obergeschoss nicht aus den Augen verliert. Es ist nicht mehr viel los auf den Gehwegen. Die Leute sind nicht mehr beim Essen, sie sind bereits beim Trinken. Die Esser sind nach Hause gegangen oder ins Kino, sie werden nicht wiederkommen. Die Trinker bleiben noch. Erst in einer Stunde oder zwei Stunden werden sie die Kneipen und Restaurants und Cafés verlassen. Oder sehr viel später. Auf jeden Fall ist die Straße in der Zeit zwischen zweiundzwanzig und dreiundzwanzig Uhr überschaubar, vor allem an einem kühlen Abend wie diesem, an dem die Leute nicht wie an den wärmeren Tagen vor den Restaurants und Cafés und Kneipen auf der Straße sitzen, sondern sich drinnen aufhalten.

In den letzten Stunden hat sich hinter den Fenstern nichts gerührt, die Räume liegen in völligem Dunkel. Trotzdem konnte er erkennen, dass das Fenster zu Trixas Zimmer nicht so dunkel ist wie mit dem schwarzen Filzvorhang. Er kennt den schwarzen Filzvorhang. Er trug Trixa den schweren Stoff bis vor die Haustür, und sie erklärte ihm dabei, wofür sie ihn verwenden würde und dass sie nur schlafen könne, wenn kein Licht von außen ins Zimmer fällt. Öfter sah er, wenn er abends vorbeikam und zu ihr hochblickte, die schwarzen Vorhänge zugezogen, und dann wusste er, dass sie dahinter schlief. Heute sind sie nicht zugezogen, sie schläft nicht dahinter. Sie ist nicht zu Hause. Niemand ist zu Hause. Nicht der geringste Schimmer einer Lampe ist in den vergangenen Stunden hinter den Fenstern der Wohnung aufgetaucht. Manchmal glaubte er, ein Flackern zu sehen, eine Andeutung davon, aber es stellte sich als Täuschung heraus. Wenn man zu lange auf denselben Punkt starrt, kann es schon mal vor den Augen zu flackern beginnen.

Sie sind ausgeflogen, die Schwestern, zwitscherte der Wellensittichimitator schon vor einiger Zeit und wiederholt es in Abständen.

Bruno konnte in den vergangenen Stunden auch beobachten, wie die Verehrer der Schwestern vergeblich den letzten Knopf auf der Klingelleiste außen an der Pforte drückten. Den, wo *Kleist* daneben steht. Zuerst dieses Fassadenarschloch Ben. Er schlich vor dem Zaun herum und spähte erst einmal zu den Fenstern hinauf, bevor er klingelte. Er kam aus der Marienstraße. Er war allein, ohne seine Braut. Irgendetwas stimmte mit ihm nicht. Er strich sich ständig durchs Haar, während er klingelte. Dauerklingelte. Er schielte in alle Richtungen dabei, als wollte er nicht gesehen werden. Er verhielt sich aber so auffällig, dass jeder, der vorbeiging, auf ihn aufmerksam wurde. Danach ging er ins Café nebenan, kam aber kurz darauf wieder heraus und klingelte noch einmal, dieses Mal kurz, und ging dann ziemlich schnell weiter, zurück in die Marienstraße.

Er hat noch eine Rechnung mit ihm offen. Eigentlich mit seiner Braut. Sie hat gedacht, sie könnte ihn reinlegen. Einen Augenblick ließ er sich tatsächlich von ihr täuschen. Aber wirklich nur eine Sekunde. Bruno lässt sich nicht reinlegen. Nicht von so einer Fassadin. Aber Frauen fasst er nun mal nicht an. Er hätte Ben vorhin sagen können, dass er, wenn seine Braut glaubt, er sei blöd und hätte sie nicht erkannt, ihr das nächste Mal zeigen wird, wie blöd er ist. Nur ist das heute nicht sein Job.

Nach dem Fassadenarschloch Ben tauchte der Freund auf. Er hielt mit seinem Angeberauto, offenes rotes Cabrio, vor der Burg und sprang heraus, wie so einer eben aus seinem Angeberauto herausspringt, wie ein fetter Frosch, und klingelte. Er gab es ziemlich schnell auf und bog auch in die Marienstraße ein. Dann kam noch jemand mit dem Fahrrad. Der klingelte aber nicht. Er stieg auch nicht vom Fahrrad ab, sondern hielt sich am Zaun fest und pfiff durch zwei Finger und sah zur Burgfront. Er kann Blicke und ihr Ziel ziemlich gut einschätzen. Und der Blick des Fahrradfahrers zielte direkt auf die Fenster im Obergeschoss. Nichts bewegte sich dahinter,

trotz Pfiff. Auch der Fahrradfahrer fuhr in die Marienstraße.
Einen Augenblick überlegte er, ob das Treffen in der Marienstraße ein Hinweis sein könnte auf einen nicht so günstigen Zeitpunkt für sein Unternehmen, entschied sich dann dagegen. Richtig ausgeführt, wird seine Aktion nicht länger als zehn Minuten dauern.
Bruno schaut auf die Uhr. Es ist ziemlich genau dreiundzwanzig Uhr. Ab dreiundzwanzig Uhr sind die Mieter der Burg in der Regel nicht mehr unterwegs. Sie sind in der Regel von ihren Besuchern wieder verlassen und bekommen auch keinen Besuch mehr.
Bruno wartet noch ein paar Minuten, schätzt noch einmal den Weg ab, den er über den Kirschbaum und die Hausmauer hoch bis zum Fenster nehmen wird. Sowohl hin als auch zurück. Er wird sich nicht mit irgendeiner Beute beschweren, wird nichts mitgehen lassen. Höchstens Schmuck, sollte welcher herumliegen. Er wird die Wohnung nur ein bisschen verwüsten. Mit seinem Namen. Er wird ihn überall hinsprayen, in zwei Farben, in Schwarz und in Braun. Er wird ihn auf die Wände und auf die Spiegel und auf den Teppichboden sprayen. Und auch auf Trixas Bett. Rache muss sein.
Bruno überquert die Straße. Noch ein kontrollierender Griff nach den Spraydosen, dann ein Zeichen an den Bruder vor dem Zaun, der fast unsichtbar am letzten Pfosten steht und aufpasst, dass Bruno sich beim schnellen Erklimmen des Eisengitters nicht mit seiner Kleidung in einer der Speerspitzen verfängt. Der Bruder hinter dem Zaun gibt das Zeichen für *Okay*, und Bruno

klettert behände, schnell und äußerst geschickt über den Zaun und ist im Innenhof. Er huscht an den Burgrändern entlang zum Kirschbaum unter dem Fenster und ist gleich darauf in seiner rosafarbenen Wolkenkrone verschwunden.

*

Monika lehnt sich weit über die Brüstung und sieht auf die Marienstraße hinunter. Unten öffnet sich die eine Torseite, und Ben tritt auf die Straße. Ihm folgt erst Eckart und dann Ulrich. Beide begleiten ihn zum Polizeirevier. Eckart meinte, es sei sinnvoller, persönlich mit dem Dienst habenden Beamten zu sprechen und alle Fragen vor Ort zu stellen oder zu beantworten. Ben war sehr blass, als er die Wohnung verließ. Eckart und Ulrich wirkten beklommen. Plötzlich stand unausgesprochen die heimliche Gewissheit im Raum, Stella müsse etwas passiert sein.
Monika wäre mit zur Polizei gegangen. Aber Ben meinte, sie und Joachim sollten in der Wohnung bleiben, falls Stella auf dem Festnetz anruft. Oder nach Hause kommt, fügte er schnell hinzu und sah sie nicht an. Er glaubt nicht mehr, dass sie nach Hause kommt. Einfach so und von ganz allein.
Monika sieht, wie die drei die Straße hinuntergehen. Sie scheinen nicht miteinander zu reden. Jeder schaut vor sich auf den Boden, als müsste er aufpassen, wohin er seine Füße setzt.
Ulrich hatte kurzfristig für Stimmung gesorgt mit seiner

Eröffnung, die drei Schwestern wären in Wahrheit keine drei Schwestern, sondern eine einzige Person. Und die heißt Christina. Sie hat Christina noch nie gesehen, sie kennt nur Trixa und Klara. Und diese beiden Schwestern sind so verschieden, wie Schwestern nur verschieden sein können. Sie sind gewiss nicht eine Person. Keiner von ihnen hat Ulrich geglaubt. Und je weniger sie ihm glaubten, umso heftiger verrannte er sich in Behauptungen wie die, diese Christina erforsche sich nicht nur in ihren drei Aspekten – er nannte Trixa und Klara ihre Aspekte –, sondern schaffe gleichzeitig ein Kunstwerk, das sie zum Schluss als Installation mit Performance in einer Galerie ausstellen und aufführen werde. Zumindest sei das sein Vorschlag gewesen.

»Die weibliche Protestantwort auf das Klonen! Kunst gegen Klonen! Einfach genial!«, rief Ulrich ekstatisch aus.

Daraufhin hat Ben zum ersten Mal an diesem Abend wieder gelacht und seinen kleinen genialen Bruder umarmt, und sie haben sich ein bisschen gerauft. Ben meinte, Christina hätte Ulrich wohl gleich richtig erkannt, niemand anderer als er würde so eine Geschichte glauben.

»Mir scheint, es handelt sich hier um Liebe. Um wahre Liebe! Nur wahre Liebe erkennt! Einfach genial!«, rief Ben, Ulrich kopierend, ekstatisch aus, und alle hatten noch ein bisschen Spaß mit Ulrich, der langsam dahinter zu kommen schien, was für einen Bären ihm Christina aufgebunden hat.

»Aber warum? Weshalb?«, grübelte er.

»Aus Eifersucht. Christina ist auf ihre Schwestern eifer-

süchtig und behauptet deshalb, alle drei zu sein«, schlug Monika als Erklärung vor. Ulrich sah sie ungläubig an, und so richtig glaubhaft erschien es ihr auch nicht.
Monika tritt vom Fenster zurück und schließt es. Je länger sie über Ulrichs Geschichte von den drei Schwestern nachdenkt, desto interessanter findet sie Christinas Idee, man könnte sich seine eigenen Schwestern erfinden. Muss doch Spaß machen, sich zu verwandeln. Gleich mehrfach. Und dazu noch in die eigenen Schwestern. Als Einzelkind hat sie sich früher häufig ausgemalt, wie es ist, Geschwister zu haben. Sie könnte es ja einmal ausprobieren.
Monika hätte nicht übel Lust, es jetzt gleich auszuprobieren. Stellas Kleiderschrank und ihr Schminkkoffer bieten bestimmt einiges an brauchbarem Material. Sie könnte sich ein bisschen ablenken und sich die Zeit vertreiben. Stella hätte bestimmt nichts dagegen. Sie gab ihr sowieso oft das Gefühl, ihre kleine Schwester zu sein. Bis Ben auftauchte. Da war sie plötzlich ganz erwachsen. Wie würde sie sich verkleiden? Als Stellas große Schwester? Monika zögert. Wenn Ben und Eckart und Ulrich zurückkommen, und Stella ist immer noch nicht zu Hause, und sie hat sich mit Hilfe von Stellas Garderobe und Schminke in jemanden, der Stellas Schwester sein könnte, verwandelt, dann könnte das Ganze zum Schluss noch nach einem ziemlich makabren Scherz aussehen. Plötzlich hat Monika Angst um ihre Freundin.

*

Zur Polizeiwache müssen sie nach links abbiegen, aber Ben biegt nach rechts ab.
»He, Ben«, rufen Eckart und Ulrich hinter ihm her, und er will auch schon umkehren, aus Gewohnheit hat er den Weg zum Bäcker und zum U-Bahnhof Friedrichstraße eingeschlagen. Aber da sieht er, wie jemand am Ende des Burgzauns an einem der Pfosten hinunterklettert und auf die Straße springt. Ihm folgt ein Zweiter. Ein Dritter wartet bereits, und alle drei laufen davon. Einer von ihnen ist schneller als die beiden anderen. Sehr viel schneller. Er trägt zwar keine Jacke mit Zickzackstreifen quer über der Brust und die Ärmel hinauf, trotzdem erkennt Ben Bruno. An seinen Bewegungen. Es sind Zickzack-Bewegungen.
Ben sieht hinauf zu den Fenstern der Burg. Im Obergeschoss ist eins weit geöffnet und hinter den drei äußeren, den Salonfenstern, wie Stella sie immer nennt, flackert ein unheimliches Licht. Ben spurtet aus dem Stand los. Es ist einfacher, sich an der Pforte hochzustemmen und hinüberzuspringen, als über den Zaun mit seinen Speerspitzen zu klettern. Der Kirschbaum verlangt einen ähnlichen Klimmzug, aber dann ist er schnell von Ast zu Ast in der Krone und über einen Mauervorsprung, Halt und Ausgangspunkt für eine wenn auch kurze, so doch nicht ganz einfache Kletterpartie die Hauswand hinauf, erreicht er das offen stehende Fenster. Ulrich ist ihm gefolgt, Ben hört seinen Atem. Kurz hintereinander springen sie vom Sims in das dahinter liegende dunkle Zimmer.
Eckart versucht vergeblich, die Pforte zu erklimmen

oder über den Zaun zu klettern oder sich durch den Spalt zwischen dem letzten Pfosten und der Hauswand des angrenzenden Gebäudes zu quetschen. Da nähert sich ein Mann der Burg. Er kommt vom Schiffbauer Damm, geht an Eckart vorbei und schnellen Schrittes auf die Pforte zu. Er trägt einen warmen Mantel und hat eine Reisetasche in der Hand. Eckart folgt dem Mann, ohne darüber nachzudenken. Der Mann bleibt vor der Pforte stehen und drückt den letzten Knopf in der zweiten Reihe. Eckart stellt sich neben ihn.

»Sie wollen zu Kleist?«, fragt er. »Da werden Sie kein Glück haben. Es wird Ihnen nicht geöffnet, und andere Mieter werden Ihnen auch nicht öffnen, wenn Sie sagen, Sie wollen zu Kleist. Zu den Kleist-Schwestern. Ich habe das alles schon probiert. Wir, Ben und Ulrich und ich, haben das alles schon probiert. Der Hausmeister wird Sie auch nicht hereinlassen. Sie sind abgereist. Man kann nur durch das Fenster in die Wohnung. Sehen Sie, da oben. Durch das offene Fenster dort oben.«

Der Mann zieht einen Schlüsselbund aus der Tasche und schließt die Pforte auf. Eckart folgt ihm und bleibt dicht hinter ihm.

»Wir müssen uns beeilen«, drängt er. »Ben und Ulrich sind oben in der Wohnung. Und wer weiß, wer sonst noch dort ist.« Er versucht, im Gesicht des Mannes zu lesen, es bleibt ausdruckslos.

Der Mann schließt eilig die Eingangstür auf und hastet durch die schwach erleuchtete Halle. Ohne zu zögern, wendet er sich rechts zum Seitenaufgang und ist schnell über die Stufen die Treppe hinauf verschwunden. Eckart hätte fast den Anschluss verloren, er ist das erste Mal im labyrinthischen Inneren der Burg. An der Wohnungstür probiert der Mann, die verschiedenen Schlösser mit den jeweiligen Schlüsseln zu öffnen. Die Schlüssel passen, aber die Schlösser lassen sich nicht aufschließen. Er drückt den Klingelknopf. Kein Echo eines Klingeltons ist zu hören. Aus der Wohnung dringt überhaupt kein Laut.

»Die Schlüssel stecken in den Schlössern«, sagt der Mann, »wahrscheinlich ist auch der große Riegel vorgeschoben. Sie hat die Hauptsicherung ausgeschaltet. Wahrscheinlich werden wir wirklich nur durch das Fenster die Wohnung betreten können.«

»Erlauben Sie?« Eckart bittet den Mann zur Seite, nimmt einen Anlauf und wirft sich gegen die Tür.

Der Mann schüttelt den Kopf. »Das ist eine Sicherheitstür, die würden wir beide, selbst wenn ich noch so jung und kräftig wäre wie Sie, nicht aus den Angeln heben.«

Eckart lässt sich nicht entmutigen, wirft sich wieder und wieder gegen die Tür, bis Ben und Ulrich drinnen endlich das Krachen und Donnern gegen die Wohnungstür bemerken.

»Mach auf!«, ruft Ulrich Ben zu. »Ich behalte alles so lange im Griff!«

Beide hasten und springen durch den Salon, und werfen die Glutstücke, die der Feuersturm mit seinen kleineren und größeren Explosionen der benzingetränkten Wollknäuel aus dem Kamin auf den hochflorigen

Teppich gespuckt hat und weiterhin unablässig ausspuckt, mit Hilfe der Teile des Kaminbestecks in ihn zurück.

Trixa kauert auf dem Sofa. Schmittchen sitzt neben ihr. Sie verfolgt Ulrichs hektische Sprünge in alle Richtungen. Ein zufriedenes Lächeln liegt auf ihrem Gesicht. Und hin und wieder, bei einem besonders gewagten Sprung von Ulrich, blitzt es lustig in ihren Augen.

»Mach endlich auf!«, ruft Ulrich nach einem erneuten Krachen draußen gegen die Wohnungstür.

Ben zögert. Es liegen noch immer viele Glutstücke im ganzen Zimmer verstreut auf dem hochflorigen Teppich und schwelen qualmend vor sich hin. Es ist eine Frage von Minuten, bis sie ihn in Brand setzen. Oder eins der Polstermöbel. Auch auf ihnen glüht und schwelt es.

»Ich schaff es schon«, ruft Ulrich. »Geh und öffne die Tür. Wir brauchen Hilfe!« Ben reißt hastig die Salontür auf.

So hell wie im Salon, so dunkel ist es im Vorraum. Irgendwo flackert hinten eine Kerze, als wolle sie gleich ihren Geist aufgeben. Ben sucht den Schalter an der Wand. Er findet ihn. Er drückt ihn. Nichts passiert. Wieder kracht es gegen die Wohnungstür. Er antwortet, er werde sie gleich öffnen. Er ruft es immer wieder und beeilt sich, den Raum zu durchqueren. Da stolpert er über etwas Großes, Weiches und zugleich Festes, das am Boden liegt. Er fällt fast der Länge nach hin. Stella! Keinen Ton bringt er heraus, obwohl er das Gefühl hat, er hätte laut ihren Namen geschrien.

Stella springt auf, vom Stoß wie elektrisiert, und ohne ihn zu sehen, stürzt sie davon. Ben kann ihr kaum folgen. Sie stürzt in eine Dunkelheit, in der sie sich auszukennen scheint, als wäre es taghell. Und dann ist es taghell. Im Vorraum brennt das Licht. Stella stürzt zur Wohnungstür und dreht die Schlösser um und lässt das Metallrohr zurückschnappen, dann taumelt sie, und Ben fängt sie auf.

Der Mann mit der Reisetasche eilt mit einem kurzen Nicken an ihnen vorbei, und Eckart folgt ihm. Erst nach einigen Minuten treten Ben und Stella in den Salon, und wie sie neben der Tür stehen, wie Stella in Bens Armen hängt, dreht sich Eckart um und hilft Ben, Stella auf eine der von den Glutexplosionen verschonten ominösen Chaiselongues zu betten.

Stella hat die Augen geöffnet und beobachtet Ben, wie er Glutstücke sammelt und zurück ins Feuer wirft. Er arbeitet schnell und stumm, und der Schweiß läuft ihm an Gesicht und Hals hinunter. Ebenso Eckart und Ulrich. Eckart zieht als Erster seinen Pullover aus, dann das Hemd.

Der Mann sitzt neben Trixa auf dem Sofa. Er hat vergessen, seinen Mantel abzulegen. Die Reisetasche steht neben ihm auf dem Teppich.

Das Sofa ist nicht mehr an seinem alten Platz vor dem Kamin, es ist trotzdem unerträglich heiß. Und nicht ungefährlich. Der Feuersturm wütet immer noch, und noch immer explodieren im Innern des hochgetürmten Scheiterhaufens mit Benzin getränkte Wollknäuel.

Trixa scheint die Hitze nichts auszumachen, nur ihre

Wangen sind leicht gerötet. Fliegt ein Glutstück in ihre Nähe, springt sie auf und stößt es mit dem Fuß auf das Blech vor dem Kamin und setzt sich wieder.

Die Stirn des Mannes neben ihr überzieht sich langsam, aber stetig mit einem dünnen Feuchtigkeitsfilm. Er blickt, wie Trixa, ins Feuer. Beide kümmern sich weder um Stella noch um die rege Geschäftigkeit der drei Männer. Sie sehen vor sich hin und sind versunken, als wären sie allein.

»Willst du dir nicht deinen Mantel ausziehen?«, fragt Trixa schließlich, ohne vom Feuer wegzusehen.

Der Mann atmet tief durch, macht aber keine Anstalten, sich von seinem warmen Kleidungsstück zu befreien. Dann dreht er seinen Kopf zu Trixa, schaut sie an, sieht zu Schmittchen, der zwischen ihnen sitzt, und blickt wieder ins Feuer. Er atmet noch einmal tief ein.

»Bist du Trixa?«, fragt er dann unsicher. Als er keine Antwort bekommt, fragt er weiter. »Oder bist du Klara?«

»Mach dir nicht so viel Mühe, Papa«, sagt Trixa, und ihre Stimme klingt ganz verändert, »du weißt doch, dass ich Christina bin. Du bist einfach ein bisschen zu früh gekommen«, fährt sie nach einer Weile fort, »ich habe es befürchtet. Du bist zu ungeduldig. Ich hatte dir doch gemailt, dass der Feldversuch bald zu Ende ist. Es sollte eine Überraschung werden. Du hast es dir doch so sehr gewünscht. Du wolltest doch, dass ich sie nicht mehr trage. Jetzt, wo ich erwachsen bin. Du bist einfach ein bisschen zu früh gekommen.«

»Ich verstehe nicht, was du meinst«, sagt der Vater.

»Die Perücke. Du wolltest, dass ich sie nicht mehr trage. Es sollte eine Überraschung sein. Du bist zu früh gekommen. Ab morgen werde ich die Perücke nicht mehr tragen. Ich wollte dich überraschen.«

*

Sechzehn Tage darauf landen Ben und Stella auf dem Flughafen in Berlin-Tegel. Von der Sonne geküsst und den wiegenden Rhythmus der langwelligen Brandung von Hawaii noch im Blut, den Duft der Frangipaneblüten auf der Haut und das Kokosnussöl im Haar, verlassen sie das Flugzeug. Sie sind aus dem Honeymoon zurück. Das bunte Hawaii-Hemd von Ben und das Hawaiiblüten-Kleid von Stella leuchten schon von weitem durch das eher diffuse Licht im Flughafengebäude.
Ulrich erwartet sie in der Ankunftshalle. Er sieht Ben und Stella als Erster und winkt ihnen durch die gläserne Trennwand hindurch zu. Er hat seinen Arm um eine junge Frau gelegt. Ihr Haar ist blond, und sie hat ein lustiges Gesicht. Sie ist mindestens einen Kopf kleiner als Ulrich, obwohl sie Schuhe mit hohen Absätzen trägt. Rote Schuhe.
»Glaubst du, das ist …«, flüstert Stella Ben zu. »Natürlich ist sie es«, sagt sie dann und flüstert noch immer. »Zumindest sieht sie so aus. Oder nicht? Und wie heißt sie jetzt?«
Ben und Stella nehmen ihre Reisetaschen vom Band. Ulrich kommt ihnen mit der jungen Frau im Arm entgegen. Sie lächelt. Es ist das Lächeln von Christina,

gemischt mit dem Schalk von Trixa und dem Schmelz von Klara.
»Sie sieht aus wie alle drei«, flüstert Stella, »ich meine, sie sieht allen drei ähnlich. Oder nicht?«
Sie begrüßen sich. Sie sind unsicher und verlegen. Alle vier.
»Und wie heißt du jetzt?«, platzt es aus Stella heraus.

Linn Ullmann
Wenn ich bei dir bin

Roman
Aus dem Norwegischen von
Ina Kronenberger

Ein Mann und eine Frau balancieren auf dem Dach eines Hauses. Plötzlich stürzt die Frau in die Tiefe. Hat Martin sie gestoßen, oder ist Stella gesprungen? Dies herauszufinden ist die Aufgabe der Polizistin Corinne. Sie befragt den Ehemann Martin, die Töchter Amanda und Bi und einen Freund Stellas, den alten Axel Grutt. Bei ihren Nachforschungen erfährt Corinne nur nach und nach etwas über Stella, und auch der Tatverlauf bleibt ein wenig im Dunkeln. Dafür erzählen die Befragten um so mehr über ihre eigenen Sorgen und Träume. Martin träumt von ruhigen Nächten, Amanda von der Liebe, Axel von Riesenrädern und Musik. Bi schweigt. Und Stella hat vom Leben geträumt, und davon, einem Menschen nahe zu sein.

»Ein zärtlich-melancholischer Roman.«
Focus

»Mit Nonchalance spielt Linn Ullmann mit dem Thriller-Genre, seziert die Träume einer Familie. Schmerzvoll nah, geheimnisvoll fremd.«
Amica

Droemer*

Kate Atkinson
Nicht das Ende der Welt

Erzählungen
Aus dem Englischen von
Anette Grube

Es gibt nur wenige, die Wendepunkte im Leben so pointiert, die Menschen in solchen Situationen so humorvoll in ihren Schwächen und ihrer Trauer schildern können wie Kate Atkinson.

Kate Atkinsons Figuren widerfährt nichts Ungewöhnliches, sie erleben das, was das Leben für jeden bereithält: Altern, Einsamkeit, Liebe, Tod. Doch die Geschichten, die sie erzählt, enden nie in Hoffnungslosigkeit. Der scharfe und illusionslose Blick der Autorin richtet sich stets auch auf den Ausweg aus dem scheinbar unveränderbaren Dasein.

Droemer*